KB265514

한권으로 읽는 세계명작 50선

한권으로 읽는 세계명작 50선

"한권으로 읽는 세계명작 50선"

신라 출판사

　'독서백편의자현(讀書百遍意自見)'이란 말이 있다. 글을 백 번 읽으면 그 뜻이 저절로 드러난다는 뜻으로, 후한(後漢) 말 동우(董遇)라는 학자가 한 말이다. 제자 한 명이 그에게 물었다.

　"어떻게 책을 백 번이나 읽습니까?" 그러자 동우가 대답하기를,
　"세 가지 여분을 가지고 해라. 그 세 가지란, 겨울·밤·비오는 때, 이 세 때를 말한다. 겨울은 한 해의 여분이고, 밤은 하루의 여분이며, 비오는 때는 한 때의 여분이다. 그러니 이 여분을 이용하여 학문에 정진하면 되는 것이다."

　이 땅에 사는 청소년들에게는 현실적으로 어려운 일이겠지만, 그들에게는 공부할 시간을 쪼개 책을 읽는다는 것 자체가 모험이고 용기가 필요한 것이겠지만, 그럼에도 불구하고 '책을 읽는다는 것'은 충분히 떠나볼 만한 가치가 있는 타인의 영혼으로의 멋진 모험이 될

것이다.

　이제 자신과 다른 시대에서 세계 곳곳의 문화와 낯선 인물들의 인생과 만날 준비가 되었다면 그대들이여, 배낭을 준비하라.

　레마르크가 거닐었을 「개선문」을 출발해, 토마스 만의 「마의 산」에 올랐다가, 에밀 졸라의 「목로주점」에서 잠시 쉰 다음, 「잃어버린 시간을 찾아서」 방황하는 마르셀 프루스트를 만나고, 앙드레 지드의 「좁은 문」에 이르러 보라.

　그런 다음 느껴 보라. 그들과의 여행을 통해 여러분의 배낭 안에서 살찌워져 있는 자신의 영혼을!

　세계 문호 50명을 선정해, 그들 각각의 살아 숨쉬는 작품들을 정선해 놓은 이 책은, 그들과의 여행길에 작은 지침서가 될 것이다.

　이와 더불어 그대들의 여행을 돕기 위해, 작가의 생애와 작품의 줄

거리, 그리고 작품에 얽힌 이야기들과 명구 등을 작품의 '가나다' 순
서대로 수록해 놓았다.

　아무쪼록 여러 세대를 거치면서도 여전히 우리 곁에서 빛을 발하
고 있는 그들의 발자취를 통해, 여러분 모두 죽은 지식이 아닌 산지식
을 구하게 되기를 바란다.

　그것이야말로 진정한 용기와 자유를 호흡하는 길이 되리라.

- 한영미

| 차 례

| 차 례

| 차 례

개선문

(Arc de Triomphe, 1946)

E. M. 레마르크

"내가 할 일은 아무 것도 없다. 내일이란
말은 무의미한 말이다. 창 밖으로 오늘이
란 날은 수면 속으로 떨어져 가듯 가라앉
아 무(無) 속으로 떨어져 간다."

— 「개선문」 중에서.

■ E. M. 레마르크(Erich Maria Remarque, 1898~1970)

　1898년 서부 독일의 오스나부르크에서 제본집 아들로 태어난 에리히 마리아 레마르크는, 1919년 제1차 세계대전이 발발하자 18세의 어린 나이로 출전해 전쟁의 참상과 공포를 몸소 체험한다. 휴전과 더불어 귀환한 상처투성이의 레마르크는 전후의 소란한 현실과 불안한 사회에 직면하게 된다.

　시골의 한 초등학교 교사로 일하던 레마르크는 이후 여러 직장을 전전하다가 잡지사의 기자로 재직하기도 한다. 그러던 중 1929년 제1차 세계대전을 배경으로 한 자신의 처녀작 「서부 전선 이상 없다」를 발표해, 무명의 잡지사 기자에서 일약 세계적 작가로 발돋움한다.

　이후 레마르크의 작품들은 발표하는 것마다 베스트셀러 대열에 오르는데, 「서부 전선 이상 없다」의 속편 격인 종전 이후의 양상을 묘사한 「귀로」(1931)도 그중 하나이다.

　1933년 히틀러 정권이 수립되기 직전의 혼란한 독일을 떠나 스위스로 이주한 레마르크는 1939년 미국으로 망명한다. 레마르크의 망명을 알게 된 나치스는 반전 사상으로 일관된 그의 작품에 판금과 분서(焚書) 처분을 내리고 레마르크의 독일 시민권을 박탈하기에 이른다.

　미국으로 망명 후 레마르크는 외국을 방랑하는 난민들의 비운을 그린 「네 이웃을 사랑하라」(1940)와 제2차 세계대전을 전후해서 전쟁에 대한 증오심을 파헤친 「개선문」(1946)을 발표한다. 특히 발행 부수 2백만 부 이상의 베스트셀러가 된 「개선문」은 「서부

전선 이상 없다」와 함께 그의 대표작이 된다.

1947년 미국 국적을 취득한 레마르크는 이후 순수 문학과 대중 문학의 중간에 위치하는 작품들을 발표하는데, 「생명의 불꽃」 (1952)을 선두로 전쟁으로 사랑을 빼앗긴 「사랑할 때와 죽을 때」 (1954), 「검은 오벨리스크」(1956), 「리스본의 밤」(1963) 등이 대표적이다. 레마르크는 거의 대부분의 만년을 스위스에서 보내다가 1970년 심장병으로 72세의 생을 마감한다. 그가 세상을 떠난 지 9개월 만에 그의 유작 「그늘진 낙원」이 발견되어 미망인에 의해 출간되기도 했다.

레마르크 문학의 위대함은 휴머니즘에 입각한 반전 사상의 위대함과 더불어 긴장감 넘치는 구성력에서 기인하는 것으로, 이 때문에 독일뿐 아니라 전세계에 많은 독자를 확보하고 있다.

■ 줄거리

제2차 세계대전의 위기가 임박한 어수선한 파리 몽마르트의 한 삼류 호텔. 창 밖으로 우뚝 솟아 있는 개선문의 검고 거대한 모습이 보이는 그곳에는, 유럽 각지에서 모여든 망명가들이 숨죽이며 모여 살고 있다.

외과 의사 라비크도 그중 하나로, 베를린 큰 병원의 유능한 산부인과 의사였으나 반(反)나치스 혐의로 체포되어 게슈타포의 모진 고문을 견뎌낸 사람이었다. 라비크는 자신의 애인이었던 시빌이 강제 수용소에서 자살을 하게 되자, 가까스로 게슈타포의 눈을 피해 프랑스로 불법 입국을 하게 된다. 다른 망명자들과 마찬가지로 매일매일을 불안에 떨며 희망 없는 나날을 보내던 라비크는 의사로서의 실력을 인정받아 생활비를 벌고 있었다.

그러던 어느 날 밤 그는 세느 강 다리 위에서 떠돌이 신세인 여가수 조안을 구해 주게 된다. 동거하던 남자의 뜻하지 않은 죽음으로 불안과 공포에 싸여 자살하려던 그녀를 자신의 호텔로 데리고 온 라비크는, 남자의 시체까지 처리해 주고 그녀를 한 카바레에 취직시켜 준다. 그러고는 다시는 사랑할 수 없으리라 생각해 왔던 것과는 달리 그녀에게 빠져드는 자신을 발견한다. 그러나 아직까지도 불안과 공포에서 벗어나지 못한 조안은 그를 사랑하면서도 여러 남자들과 관계를 갖는다. 그런 그녀를 지켜보던 라비크는 질투심과 갈등 속에서 번민하다가 그녀와 헤어질 것을 결심하나, 조안은 그를 놔주지 않는다.

그 무렵 라비크의 병원 환자였던 케이트가 자신과 함께 미국으로 떠날 것을 제안하지만, 라비크는 이를 거절한다. 아름답고 총명한 케이트였지만 불행하게도 그녀의 몸은 암으로 고통받고 있었다. 거절당한 케이트가 이탈리아의 플로렌스로 떠나고 얼마 안 돼, 라비크는 교통 사고를 당한 인부에게 응급 처치를 해주다가 그만 불법 입국자라는 사실이 탄로 나고 만다. 결국 그는 강제 추방을 당하게 되지만, 몇 개월 후 다시 파리에 밀입국해 조안과 재회한다.

그러던 어느 날 라비크는 우연히 독일에서 자신을 고문하고 옛 애인인 시빌을 자살하게 만든 장본인 게슈타포 하케를 보게 되고 그의 뒤를 쫓는다. 한편 조안은 라비크에게 자신과 함께 살자고 간청하나, 라비크는 더 이상 그녀를 사랑하지 않는다는 대답을 한다. 하케를 다시 만나게 된 라비크는 친구의 도움을 받아 그에게 복수할 것을 계획하고, 교묘하게 그를 교외의 숲 속으로 유인해 살해한다.

그 사이 라비크의 사랑을 되찾을 수 없음에 절망하던 조안이 자포자기의 심정으로 여러 남자들과 관계를 맺다가 그중 한 사람의 총탄에 맞고 죽게 된다.

얼마 후 히틀러의 군대가 폴란드를 침공해 세계대전이 발발하자, 파리의 불법 입국자들은 더욱 강화된 심사를 받는다. 도망을 치든지, 러시아 여권을 빌리라는 친구의 충고에도 불구하고, 라비크는 자신의 신분을 숨김없이 밝힌다. 이로 인해 그는 호텔의 다른 망명자들과 함께 체포되어 수용소에 송치된다. 트럭에 실려 가며 담배를 찾던 라비크는, 마침내 더 이상 머무를 수 없게 된 파리의 어두운 밤 속으로 쓸쓸히 사라져 간다. 인간의 부서지기 쉽고 덧없는 운명을 내려다보며 육중하게 서 있는 개선문의 그림자조차 보지 못한 채.

■ 해설

광대한 역사의 움직임을 배경으로 의지할 곳 없는 망명자들의 운명을 대중성 짙은 문장으로 묘사한 「개선문」은, 「서부 전선 이상 없다」와 더불어 레마르크를 세계적 작가의 반열에 올려놓은 작품이다.

'전쟁 문학'과 '망명 문학'으로 나뉘어지는 그의 작품 중, 1941년 미국에서 발표한 「네 이웃을 사랑하라」에서부터 시작되어 '망명 문학'의 정점에 위치한 작품이, 바로 「개선문」이다.

제2차 세계대전의 전운이 감도는 파리의 거대한 개선문을 배경으로 정치적 이데올로기에 쫓기는 인간상들의 절망적인 몸부림을 그리고 있는 이 작품은, 소재의 우수성과 더불어 레마르크의 작가로서의 원숙미를 유감없이 발휘하고 있으며, 허무주의적 분위기가 흐르는 듯하면서도 작품 곳곳에서 따스한 휴머니즘을 발견할 수 있다.

독일의 다른 작가들처럼 지나치게 관념적이거나 사변적 경향을 띠지 않는 레마르크는 세계 시민적인 관점에서 휴머니즘을 강조한 반전 문학을 지향하고 있다. 그의 소설을 서민 문학, 보고 문학, 또는 시대 문학이라고 하는 것은, 작가 자신이 항상 약자의 편에 서서 소시민과 서민을 주인공으로 내세우고 있기 때문인데, 바로 이 때문에 그의 작품들이 독일뿐 아니라 세계 곳곳의 모든 계층에서 폭넓게 읽혀지고 있는 것이다. 다시 말해 그의 문학에 전반적으로 흐르고 있는 세계적 공감 때문이며, 작가로서 지닌 레마르크만의 엄숙하고 진실한 태도와 체험 때문인 것이다.

검은 고양이

(The Black Cat, 1843)

에드가 알랜 포우

"해서는 안 된다는 이유를 알고 있기
때문에 오히려 우리들은 몇 번이고
죄악과 어리석은 행동을 범하고 있는
것이 아닐까?"

— 「검은 고양이」 중에서.

■ 에드가 알랜 포우(Edgar Allan Poe, 1809~1849)

미국의 시인이자 소설가인 포우는 한 가난한 유랑 극단 부부의 둘째아들로 보스턴에서 태어났다. 그러나 일찍 부모를 여의고 리치먼드의 상인 존 앨런의 양자로 들어가 경제적으로는 유복한 유년 시절을 보냈다.

어릴 때 어머니를 잃었던 포우는 항상 이상적인 여성상을 추구하고 있었는데, 14세 때 친구의 어머니인 젊고 아름다운 제인에게서 그것을 발견하고 훗날 유명한 서정시 「헬렌에게」(1831)를 쓰게 된다. 이 작품은 근대사의 정점에 위치하는 시라는 평가를 받고 있다. 17세 때 버지니아 대학에 입학하나 양부의 송금이 끊기자 도박 등으로 막대한 빚을 지고 10개월 만에 퇴학당한다.

이후 포우는 군에 입대하나 양부와의 불화와 생활고 등으로 비참한 생활을 하게 된다. 감수성이 강했던 그는 보스턴으로 가 여러 편의 시를 발표하지만 주목받지 못하다가, 단편 소설 「병 속의 수기」(1833)가 한 문예지의 현상 공모에 당선되어 비로소 이름이 알려지게 된다.

1936년 나이 어린 사촌 누이동생과 결혼한 포우는, 결혼 후에도 도박벽과 주벽 등으로 인해 사회적 지위를 상실하기에 이른다. 그러나 그 무렵 그는 왕성한 창작 활동을 보이며 「어서가(家)의 몰락」과 「리지아」 등이 포함된 최초의 단편집 『그로테스크하고 아라베스크한 이야기』를 출판했다. 곧이어 작가 자신의 추리력과 분석 능력이 돋보이는 「모르그가(家)의 살인 사건」을 발간하여 훗날 셜록 홈즈 등으로 대변되는 추리 소설 장르를 개척한다.

이후「황금벌레」와 초기 대표작「검은 고양이」등을 묶은『단편집』(1845)과 그의 대표적인 시「까마귀」를 발표한다. 아내가 죽자 술과 아편 때문에 건강이 악화된 상황에서도「종」,「애너벨리」등의 시를 쓰기도 하나, 1849년 볼티모어의 한 술집에서 쓸쓸한 삶을 마친다.

"문학의 목적은 미(美)의 창조에 있으며 그것은 단일적 주제로 창조되어야 한다."고 주장한 포우는 단시(短詩)와 단편 형식을 강조한 바 있다. 죽음과 공포, 불쾌, 우울, 괴기 등의 특이한 정서를 작품 속에 나타내는 데 성공한 포우는 빈곤과 주벽, 정신착란, 그리고 주의의 반감 속에서 짧은 생을 보냈으나, 근대 문학에 끼친 그의 영향과 공적은 매우 지대한 것이라 할 수 있다.

■ 줄거리

어려서부터 온순하고 인정 많은 아이였던 그는 어른이 되어서도 동물을 사랑하는 것을 유일한 즐거움으로 삼고 있었다. 그러던 중 젊은 나이에 결혼을 하고, 아내 역시 그와 비슷한 성품을 지니고 있었기 때문에 언제나 그의 집에서는 새나 금붕어, 원숭이 등을 기르고 있었다. 그중에서도 그는 크고 검은 고양이인 플루토를 가장 사랑했는데, 지나친 음주로 인해 점점 병적인 성격으로 변하게 된 그는 언젠가부터 플루토를 학대하기 시작한다.

어느 날 밤에 술 취해 돌아온 그가 플루토에게 손을 할퀴자 그만 화를 참지 못하고 플루토의 한쪽 눈을 칼로 도려내 버린다. 곧 그는 자신이 한 짓에 대해 후회하지만, 다시금 죄책감을 잊기 위해 술을 입에 대고, 날이 갈수록 그를 싫어하는 플루토의 태도에 분노를 느끼게 된다.

그러던 어느 날 아침, 그는 잔혹하게 고양이의 목에 고리를 걸어 나뭇가지에 매달아 플루토를 죽여 버린다. 그리고 바로 그날 밤 원인을 알 수 없는 화재가 일어나 그의 집은 잿더미가 되어 버리는데, 이상하게도 타다 남은 벽에는 목이 매인 채 죽어 버린 플루토의 모습이 새겨져 있었다.

며칠이 지난 후 그는 한 술집에서 플루토와 몹시 닮은 검은 고양이 한 마리를 발견하고 집으로 데려온다. 우연히도 그 고양이의 한쪽 눈도 플루토처럼 멀어 있었고 가슴에는 흰 반점을 지니고 있었다. 시간이 조금씩 흐르면서 고양이 가슴의 흰 반점은 희한하게도 점점 모양이 바뀌어 교수대의 모양을 나타내게 되었다.

잠재의식 속에서 플루토를 죽인 가책으로 고통받고 있던 그가 그 모습을 보자, 결국 그는 노여움이 극에 달아 새 고양이에게까지 도끼를 휘두르게 된다. 이때 남편을 말리려던 아내가 고양이 대신 그가 휘두른 도끼에 맞아 죽게 된다. 당황한 그는 이 사실을 숨기기 위해 지하실의 벽을 헐어내 아내의 시체를 넣고는 그 위를 시멘트로 발라 버린다.

조사를 나온 경찰까지 감쪽같이 속아 돌아가려는 찰라 갑자기 벽 속에서 울부짖는 것 같은 고양이의 비명 소리가 들려 온다. 마침내 경찰들이 소리가 들려 오는 쪽의 벽을 허물자, 피가 말라붙은 채 썩어가던 아내의 시체가 발견된다.

그리고 마침내 아내의 머리 바로 위로 시뻘건 큰 입을 벌린 채 한쪽 눈을 부릅뜨고 있는 검은 고양이의 모습이 목격된다.

■ **해설**

포우의 단편 소설 「검은 고양이」는 병적 심리를 지닌 주인공의 파멸해 가는 과정을 묘사한 작품으로, 『단편집』에 수록되어 있다.

포우는 풍부한 상상력을 최대한 발휘하는 작가로서, 이 세계의 숨은 신비와 사랑과 미움이 교차된 심리, 죽음을 에워싼 공포 분위기 등을 작품 속에서 정확하고 치밀하게 그려내고 있다.

그러나 「검은 고양이」가 단순히 공포심만을 불러일으키는 소설은 아니다. 포우는 이 작품을 통해서 고양이를 죽이고 마침내 아내마저 죽이게 되는 주인공의 심리를 탐구함으로써, 사랑이 증오로 바뀌어 마침내는 그 대상을 죽음으로 몰고 감으로써 스스로도 파멸해 가는 과정을 사실적으로 묘사하고 있다. 즉 병적인 범죄 심리와 공포 분위기를 검은 고양이로 상징하고 있는 것이다.

주인공은 고양이와 아내를 죽여서는 안 된다는 강박 관념 때문에 오히려 그들을 죽여 버리는 이상 심리의 소유자였다. 그는 자신의 고양이를 사랑하는 동시에 학대했고, 학대하는 자신이 몹시 괴로웠기 때문에 그 상황을 벗어나기 위해 고양이를 죽인다. 술집에서 데려온 고양이도 마찬가지였다. 이러한 자신의 미움과 증오를 극복하지 못함으로써 결국 엄청난 결과를 자초하고 만 것이다.

포우는 살아생전에는 빛을 보지 못한 채 비참함과 고통 속에서 생을 마친 작가였다. 바로 이 작품 「검은 고양이」에서 알코올 중

독에 걸려 병적 심리를 주체 못해 파멸해 가는 주인공은 곧 알코올과 마약, 도박 등에 빠져 40세의 짧은 일기로 생을 마친 포우의 자화상인 것이다.

그러나 불행했던 그의 삶과는 달리 포우는, 보들레를 비롯한 상징파 시인들에게 큰 영향을 미친 미국 문학의 개척자였다.

고도를 기다리며
(Waiting for Godot, 1952)

사무엘 B. 베케트

"딴 사람들이 고통 당하고 있을 때 난 자고
있었단 말인가? 내가 지금 혹시 잠자고
있는 것은 아닌가? 내일 내가 잠에서 깨
어났다고 확신하게 될 때, 오늘 하루에 대
해 뭐라고 할 것인가?"

— 「고도를 기다리며」 중에서.

■ 사무엘 B. 베케트(Samuel Barclay Beckett, 1906~1989)

프랑스의 소설가이며 극작가인 사무엘 베케트는 아일랜드 더블린 출생으로, 트리니티 대학 졸업 후 1930년 모교에서 프랑스어 강사로 근무한다. 이후 프랑스로 이주하여 그곳에 정착하고 그 무렵, 더블린 출신의 내적 독백의 작가 제임스 조이스와 친분을 맺게 된다.

당시 파리에서 발간되던 <트란지론>에 작품을 발표하면서 문단에 발을 들여놓은 베케트는 이후 영어로 쓴 시집 「호로스코프」(1930)와 에세이 「프루스트론」(1931), 소설 「머피」(1938) 등을 발표했다. 베케트는 스승이면서 동시에 친구였던 제임스 조이스로부터 많은 영향을 받았으며, 이에 그치지 않고 자신만의 독특한 방법으로 발전시켜 나갔다. 특히 그는 소설에서는 내면 세계의 허무적 심연을, 희곡에서는 인물의 움직임이 적고 대화가 없는 드라마를 추구했다.

1945년 이후부터 베케트는 프랑스어로 작품을 쓰기 시작해 3부작 「몰로이」, 「말로지울은 죽다」, 「이름 붙일 수 없는 것」을 발표하면서 주목받기 시작했다. 이 3부작은 1950년대 프랑스 문단에서 '누보로망(nouveau roman)'이라는 새로운 소설 양식의 견인차 역할을 했던 작품이다.

이어서 1953년 희곡 「고도를 기다리며」를 발표해 베케트는 작가로서의 명성을 획득했다. 이 작품의 성공으로 그는, 제2차 세계대전 후 프랑스를 중심으로 일어난 연극 운동이며, '앙티로망'과 호응해 기성의 연극 형식을 대담하게 파괴하고 부조리 세계관에 기초를 둔 '앙티테아트르'의 선구자가 된다.

이후 희곡 「승부의 끝」(1957)과 「오, 아름다운 나날」(1963), 「연극」(1964) 등을 발표했다. 이외에도 모노 드라마 「최후의 테이프」(1960)와 소설 「일에 따라」(1961) 등이 있다.

베케트는 자신의 전 작품을 통해 세계의 부조리와 그 속에서 아무 의미 없이 죽음을 기다리고 있는 절망적인 인간의 조건을, 일상적 언어로 니힐하게 묘사하고 있다. 1969년 노벨 문학상을 수상한 베케트는 기성 연극을 부정한 프랑스식 연극의 선구자이기도 하다.

■ 줄거리

제1막의 배경은 앙상한 고목 나무 한 그루가 서 있는 황량한 시골길이다.

저물녘, 어딘지도 모르는 시골길에서 부랑자인 에스트라공과 블라디미르가 알 수 없는 대화를 주고받고 있다.

에스트라공은 신발이 자꾸 말썽을 부린다며 연신 신발과 씨름하고 있고, 블라디미르는 그리스도와 함께 십자가에 못 박힌 도둑에 대해 이야기하고 있다. 그들은 일상의 무료함 속에서 의미 없는 대사와 동작들을 반복하며 '고도'라는 미지의 인물을 기다리며 시간을 보내고 있는 것이다.

이제는 가자고 하는 에스트라공에게 블라디미르는 고도를 기다려야 한다면서 안 된다고 하고 에스트라공도 이에 수긍한다.

두 사람이 드디어 고도가 왔다는 착각을 하는 동안, 그들 앞에 채찍을 든 주인 포조가 무거운 짐을 진 하인 럭키를 개처럼 끌어당기면서 등장한다. 포조는 회초리로 럭키를 위협하며 내키는 대로 먹고 마시면서 지껄여 댄다. 이때 울먹이던 럭키가 그런 자신을 동정하는 에스트라공을 발로 차면서 알아들을 수 없는 현학적인 말을 내뱉자, 에스트라공과 블라디미르, 포조, 이 세 사람이 럭키에게 덤벼들어 모자를 빼앗고 그의 말을 막는다.

이윽고 포조가 쓰러져 있던 럭키를 데리고 퇴장하자, 남아 있는 두 사람 앞에 이번에는 한 사내아이가 등장해, "고도는 오늘 오지 않는다."라고 말한다. 그런데도 두 사람은 계속해서 고도를 기다리고 있다.

제2막은 전과 동일한 배경에서 나뭇잎만 무성해져 있는 무대이다. 전날 밤과 별로 다르지 않은 상황들이 되풀이된다. 블라디미르와 에스트라공은 여전히 고도를 기다리면서 의미 없는 대화를 계속한다. 두 사람은 서로 사랑하는 몸짓을 해 보이기도 하고, 떠밀고 다투는 몸짓을 하기도 하며 시간을 보낸다.

그때 다시 포조와 럭키가 등장하는데, 이번에는 주인이 된 럭키가 장님이 된 포조를 데리고 등장한다. 입장이 바뀌어 버린 두 사람이 무대 위에서 퇴장하자 어제의 소년이 또다시 등장해, "오늘도 고도는 오지 않는다."라고 말한다.

그 광경을 지켜보던 두 사람은 실망에 가득 차서 목을 매려 하나 그것마저 이루지 못한다.

이윽고 블라디미르가 말한다. "내일 목매달기로 하자. 고도가 오지 않는다면 말이야."

에스트라공이 묻는다. "오면 어떡하고?"

그러자 블라디미르가 대답한다. "우린 구원받게 되는 거지!"

마침내 두 사람은 떠나자고 하면서도, 그 자리에서 움직이지 않고 서 있다.

■ 해설

베케트의 「고도를 기다리며」는 극적인 짜임새나 복선이 깔려 있지 않고, 극적인 행위도 전개되지 않는 반(反)연극적인 요소로 인해 반(反)연극, 부조리극, 엘리엇 이후의 진정한 시극이라는 평가를 받고 있는 작품이다.

기묘한 네 사내의 하염없는 기다림을 그린 이 부조리극은, 1953년 바빌론 극장에서 로제 블랭의 연출로 초연된 바 있는데, 이 첫 공연의 성공으로 인해 '앙티테아트르[反演劇]'가 각광을 받게 되었다.

베케트는 이 작품에서 '기다린다'는 기묘한 행동을 통해 일상 생활의 그늘에 숨어 있는 현대인의 존재론적 불안을, 그만의 독자적인 수법으로 파헤치고 있다. 극중에서 정신을 상징하는 블라디미르와 육체를 상징하는 에스트라공이 함께 고도를 기다리는데, 이는 고도가 올 때까지 살 수도 죽을 수도 없는 인간의 근원적 상황을 의미하며, 포조와 럭키는 현실 세계의 인간의 주종(主從)적 삶을 상징하는 것이다.

실마리를 잡기 힘든 베케트의 작품들은 인간의 본질적 고뇌를 부각시키는 동시에 실존주의적 사상을 잘 나타내고 있다. 베케트에게 작가로서의 확고한 명성을 가져다 준 「고도를 기다리며」는, 지금까지도 세계 각국에서 공연되고 있는 전위극의 고전으로 그에게 노벨 문학상을 안겨 준 작품이기도 하다.

구토

(La Nause, 1938)

장 폴 사르트르

"나는 무의 세계를 그리워한다. 그러면서
도 나는 그러한 무의 세계에서 나 자신을
끌어내려고 한다. 존재에 대한 증오나 염
증도 결국은 나를 존재케 하고 나를 존재
속으로 몰려들어가게 하는 것이다.

— 「구토」 중에서.

■ 장 폴 사르트르(Jean Paul Sartre, 1905~1980)

파리의 전형적인 중산층 가정에서 태어난 장 폴 사르트르는, 두 살 때 아버지를 여의고 외할아버지 밑에서 유년 시절을 보냈다. 어려서부터 책읽기를 좋아했던 그는, 고등학교를 졸업하고 난 뒤 1929년에 교수 자격 시험에 1등으로 합격하여 르아브르 학교에서 학생들을 지도한다.

이 무렵에 사르트르는 그의 평생의 반려자이며 학문적·문학적 동지인 보부아르와의 만남을 갖게 되고, 그녀와 2년간의 계약 결혼 생활에 들어간다. 이들의 결혼 생활은 사르트르가 사망할 때까지, 이상적인 남녀의 결합을 증명하는 전례로 평가되면서 평생 지속된 바 있다.

1938년 7년여에 걸쳐 완성한 소설 「구토」를 출판해 호평을 받은 사르트르는, 이듬해 제2차 대전에 참전하면서도 소설 쓰기를 멈추지 않았는데, 이 작품이 바로 「자유의 길」이다. 1964년 자전적인 소설 「말」이 노벨 문학상 수상작으로 지목되지만, 사르트르는 끝내 수상을 거부한다. 사르트르는 행동하는 지식인으로서의 면모를 보이는 일에 게을리 하지 않았고, 활발한 정치적 대외 활동과 작가로서의 현실 참여에도 적극적으로 개입했다.

75세를 일기로 사망할 때까지 소설은 물론 희곡, 평론, 강연, 철학서적 집필 등 왕성한 필력을 과시한 사르트르는 죽음을 예감한 몇 해 전 이런 내용의 글을 남긴다.

"죽음이라는 것에 대하여 나는 절대로 생각하는 일이 없으면서도 또 한편으로는, 내가 글을 쓸 때 서두른다는 사실로 미루어 그 문제는 항상 내 안에 존재하고 있음을 느낀다. 나는 어째서 여러 가지 이야기를 한번에 쓰려고 계획했는지……. 갑자기 나는 그 계획의 일부를 포기하지 않으면 안 되겠다고 느꼈고, 방대한 저서를 억지로 쓰고 있다는 생각이 들었다. 그 모든 것이 죽음 때문이라는 확신을 이제서야 갖게 되었다……."

■ 줄거리

부르빌에 사는 주인공 앙트완느 로캉탱은, 프랑스 혁명의 혼란기에 이중 첩자로 활약했던 룰루봉 후작이라는 인물에 대해 조사를 하기 시작한다. 하루 종일을 도서관에서 살다시피 하는 로캉탱은 혼자만의 생활에 훨씬 더 익숙한 인물이다. 때문에 이웃이나 친구들과의 어떠한 교류도 없이, 스스로의 껍질에 갇혀 살아가는 소극적인 사람이었다.

어느 날 해변에서 로캉탱은 물수제비를 뜨는 아이들을 만나게 된다. 아이들을 따라 작은 돌을 하나 집어드는 순간, 그는 처음으로 구토를 느끼게 된다. 그후 로캉탱은 반복되는 구토 때문에 곤혹을 치른다. 구토를 가라앉히는 유일한 방법은 오래된 재즈 음악을 듣는 일뿐이었다.

이제 룰루봉 후작을 연구하는 일은 로캉탱이 살아 있는 의미가 되었다. 그러던 중 그는 한 가지 회의점에 봉착한다. 이중 첩자로서의 삶을 살아야 했던 룰루봉은 속임수와 배반을 일삼을 수밖에는 없었는데, 그것은 현재를 살기 위해서였다.

"그렇다면 지금 살아 있다는 것, 이 순간 살아 있는 나는 과연 무엇인가? 숨쉬고, 움직이고, 울고 웃는 단순한 몸뚱어리와 생각하는 머리를 가진 단순한 존재일까?"

이것이 바로 실존에 대해 로캉탱이 갖고 있던 의혹이었다.

'내가 존재해야 할 이유는 무엇인가?' 하는 회의에 빠져 있던 로캉탱은 어느 날 저녁, 또다시 이유 없는 구토 증세에 시달리며 공원 벤치에 앉아 쉬고 있었다. 그러고는 마침내 로캉탱은 벤치 옆에 서 있는 한 그루의 마로니에 나무를 통해, 진정한 실존의 의미를 깨닫게 된다.

마로니에 나무는 그 자리에서 말없이 존재하고 있었다. 자신의 본질을 드러내려 애쓰지도 않고, 거기 그렇게 서 있어야 하는 이유를 찾지도 않았다. 그렇게 실존하고 있었던 것이다. 인간을 포함한 모든 사물, 즉 존재하는 모든 것에 굳이 존재 이유가 따로 있는 것이 아니라, 단지 그렇게 그 자리에 묵묵히 존재할 뿐이라는 사실에 대한 발견이 그것이었다.

아니와를 만난 후 로캉탱은 구역질 나도록 반복되는 삶과 고독한 삶, 그리고 그저 그렇게 살아가고 있는 한 인간의 실존을 목격하게 된다. 그러고는 그 자신 또한 그렇게 실존하고 있다는 것을 깨닫게 된다.

이후 로캉탱은 룰루봉 후작의 전기를 쓰는 일을 그만두고, 유일한 자신의 존재 이유를 글쓰기에서 찾으려 한다. 그것만이 인간 존재의 부조리나 절망을 극복할 수 있는 길이라고 생각하며, 로캉탱은 파리로 향한다.

20세기의 최고의 실존 소설이라는 평가를 받는 이 작품의 원제는 '멜랑콜리아'였는데, 역사 학자인 앙트완느 로캉탱이 일기를 쓰며 느끼는 단상들을 서술해 놓은 작품이다.

사르트르는 로캉탱이라는 인물을 통해 세상의 그 누구도, 혹은 그 무엇도 존재해야 할 이유가 없다고 절망한다.

또한 이러한 인간 존재의 부조리함을 자각한 주인공으로 하여금, 진실을 알 수 없는 불확실한 역사의 기록이 무슨 의미가 있는가에 대해 항변하며 룰루봉 후작의 전기를 마무리하지 않은 채 그만두게 한다. 사르트르는 결국 인간 실존의 의미찾기를 그만두고, 역사란 무의미한 것이며 우리들 인생도 한마디로 우스꽝스럽다는 허무적 결론에 도달한다.

「구토」에서 사르트르는 이러한 인간 존재의 허무와 부조리를 극복할 수 있는 유일한 대안으로, '글쓰기'를 제시하고 있다.

이 글을 집필하던 당시에 대두되었던 인간 존재의 부조리와 실존에 관한 철학적 사상을 소설로 풀어서 보여 주려 했던 사르트르는, 후에 자서전적인 소설 「말」에서 "나는 로캉탱이었다. 나는 그를 통하여 내 삶의 본바탕을 가차없이 드러내 보였다. 동시에 나는 나였다. 나는 선택받은 자, 나 자신의 원형질 액을 굽어보는 유리와 강철로 된 사진 현미경이었다."라고 서술한 바 있다. 이러한 실존 철학에 관한 그의 사상은 후에 발표한 「존재와 무」에서도 강조되고 있다.

'나'라는 실존의 존재 가치를 찾고, 아무런 이유 없이 존재하는 인간 자체의 부조리에서 보다 자유로워질 수 있는 방법을 찾는 것이, 구역질 나도록 반복되는 일상을 구원하는 길이라는 것을 역설한 「구토」는, 우리에게 존재의 의미에 대한 의문을 다시 한 번 생각하게 한다.

느릅나무 밑의 욕망

(Desire under the Elms, 1934)

유진 오닐

"……난 그 분의 손바닥 안에 있어. 그 분의
손이 날 인도하시는 거지. 전보다도 더 쓸쓸
해지겠지. 그리고 자꾸 늙어가고. 그래, 소원
이 뭐냐? 하느님은 외로우시지 않니? 하느님
은 엄격하고 외로우신 분이야!"

- 「느릅나무 밑의 욕망」 중에서.

■ 유진 오닐(Eugene O'Neill, 1888~1953)

미국의 극작가인 유진 오닐은 1888년 뉴욕에서 유명한 순회 극단 배우였던 아버지와 유복한 가정 출신의 어머니 사이에서 태어났다. 독실한 카톨릭 신자였던 부모 밑에서 성장한 오닐은 1906년 프린스턴 대학에 입학하나 다음해 자퇴를 한다. 학업에 별다른 흥미를 못 느끼던 오닐은 여러 가지 직업에 종사하다가, 1909년 캐서린 젠킨즈와 결혼하고 그해 말 중앙 아메리카의 온두라스로 금광을 찾아 떠난다. 그곳에서 말라리아에 걸려 돌아온 후에도 그는 다시 아르헨티나의 부에노스아이레스 등지로 항해의 길을 떠나는데, 이때 얻은 항해의 경험을 훗날 자신의 작품 소재로 쓰게 된다.

그후 신문 기자를 하면서 각지를 전전하던 오닐은 1912년 폐결핵 선고를 받고 요양 생활에 들어간다. 요양 생활 속에서 얻은 명상과 사색의 시간을 통해 작품을 집필하게 된 그는 그때부터 극작가의 길을 걷게 된다. 퇴원 후 처음으로 쓴 작품이 「거미줄」(1913)이며, 1년 남짓한 사이에 12편의 단막극과 3편의 장막극을 쓴다.

1914년 하버드 대학 연극과에 들어간 오닐은 미국 연극사를 빛낸 베이커 교수의 지도하에 연극 공부를 하고, 1916년 부두의 생선 창고를 개조한 부두 극장과 프로빈스타운 극단을 조직한다. 그해 가을 뉴욕의 그리니치 빌리지로 이동한 오닐은, 마구간을 개조한 무대에서 「카디프를 향하여 동쪽으로」(1916)를 상연한다. 이 작품은 물의 생활을 동경하는 한 선원의 삶을 사실적이면서도 낭만적으로 묘사한 작품이다. 이후 오닐의 프로빈슨타운 극단은 브로드웨이의 모로스 극장으로 진출해 「지평선 너머」(1920)를 상연하게 되는데, 이 작품은 흥행적으로도 대성공을 거둔 오닐의 최초의 장막극이었다. 또한 이 작품으로 오닐은 그 해에 퓰리처상을 수상함과 동시에 극작가로서의 입지도 굳건히 다졌다.

본격적인 창작기에 들어선 오닐은 흑인을 주인공으로 한 「황제 존스」(1921), 「안나 크리스티」(1921), 「털원숭이」(1922) 등을 발표한다. 이어서 자신의 대표작 「느릅나무 밑의 욕망」(1924)과 「위대한 신 브라운」(1926), 2부 9막의 대작 「기묘한 막간극」(1928), 「아, 황야」(1933), 「끝없는 나날」(1934) 등을 발표한다. 이중 「안나 크리스티」와 「기묘한 막간극」으로 두 번 더 퓰리처상을 거머쥔 오닐은 1936년 노벨 문학상을 수상하고, 1953년 보스턴에서 세 번째 아내가 지켜보는 가운데 생을 마감한다.

■ 줄거리

뉴잉글랜드의 시골 2층 농가는 그 집을 둘러싸고 있는 커다란 느릅나무 때문에 항상 음침한 분위기를 자아낸다. 그 집에는 70세가 넘은 욕심 많고 호색한인 캐버트 노인과 전처 소생의 아들인 시미언과 피터, 그리고 후처 소생의 아들 이븐이 살고 있었다.

이븐의 두 형들은 아버지의 압제에서 벗어나 캘리포니아의 금광으로 가서 자유와 돈을 만져 볼 꿈을 키우고 있었고, 이븐은 형들보다도 더 아버지의 압제와 냉혹함을 증오하면서 한편으로는 토지와 집을 모두 자신의 것으로 만들려는 야심을 품고 있었다.

그러던 어느 날 갑자기 행방을 감추었던 캐버트 노인이 젊은 여자 애비를 데리고 집으로 돌아와서는 그녀를 후처로 삼으려 한다. 관능적이면서 행실이 단정치 못했던 애비는 그 동안의 불안정한 생활에서 벗어나 안정된 생활을 하기 위해 캐버트 노인의 청혼을 받아들인 상태였다.

한편 전처 소생의 시미언과 피터는 부친과 크게 싸움을 벌인 후, 재산에 대한 자신들의 권리를 포기하는 대신 이븐에게 300달러씩을 받고 캘리포니아로 떠난다. 그 사이 이븐과 사랑하는 사이가 된 애비는 캐버트 노인으로부터 자신에게 집과 토지의 권리를 양도한다는 약속을 받아낸다. 그러고는 이븐을 유혹해 그의 아들까지 낳게 되는데, 그런 사실을 까맣게 모르고 있던 캐버트 노인은 그 아이가 자신의 아들인 줄 알고 좋아한다.

두 사람의 위험천만한 불륜이 계속되던 어느 날 이븐은 그녀가 자신을 유혹한 것은 재산을 가로채기 위한 것이라고 의심하면서, 아이마저도 농장을 빼앗기 위해 낳은 것이라고 애비를 오해하게 된다. 애비에게 한바탕 욕설을 퍼붓고 집을 나온 이븐은 형들의 뒤를 따라 캘리포니아로 떠날 결심을 한다. 그러나 이븐 없이는 잠시도 살 수 없을 만큼 그를 사랑하고 있던 애비는, 그에게 자신의 진실한 사랑을 증명하기 위해 아기를 살해하기에 이른다. 뒤늦게 이 사실을 안 이븐은 분노한 나머지 그녀를 경찰에 신고하려고 집을 나선다.

한편 그제야 애비의 실토로 두 사람의 관계를 알게 된 캐버트 노인은, 반쯤 얼이 나간 듯 혼잣말을 중얼거리며 자신도 두 아들의 뒤를 따라 캘리포니아로 떠나야겠다며 감춰 둔 돈을 찾는다. 그러나 감춰 두었던 돈은 이미 이븐이 형들이 떠날 때 줘 버려 사라진 후였다. 돈이 없어진 것을 발견한 노인이 망연자실하게 서 있는 사이, 신고하고 돌아온 이븐과 마주친다. 아직까지도 애비를 사랑하고 있음을 깨달은 이븐은 그녀와 함께 죄값을 치르겠다고 결심한 상태였다. 잠시 후 경찰들이 도착하자 이븐은 자신도 살인을 방조한 공범자라고 말하고는, 캐버트 노인을 남겨 둔 채 그녀와 함께 경찰의 뒤를 따른다. 이윽고 서로의 사랑을 확인한 이븐과 애비는 손을 잡은 채로 해 돋는 하늘을 황홀하게 올려다본다.

■ 해설

현대 미국 연극의 아버지 유진 오닐의 「느릅나무 밑의 욕망」은, 청교도주의 풍토 아래서 인간의 고독과 욕구 불만을 자연주의적 수법으로 치밀하게 파헤친 그의 야심작이다.

3막 12장으로 이루어진 긴밀한 구성과 모성을 상징하는 느릅나무, 엄격한 뉴잉글랜드의 농부 생활을 암시하는 돌 울타리, 그것들로 둘러싸인 농가 등이 효과적인 배경을 이루며, 오닐의 원숙한 극작술을 유감없이 보여 주고 있다.

오닐은 자신의 삶 속에서 통감했던 그리스 비극의 황량함과 필연성을 이 작품을 통해 그려내고 있는데, 근친상간과 유아 살해, 숙명적 보복 등의 그리스 비극의 주제를 끌어내어 가족의 갈등이라는 맥락으로 이야기를 구성한 것이다. 발표 당시만 해도 브로드웨이 연극의 관례를 완전히 무시한 것이라고 평가되어 상연이 금지될 만큼 커다란 반향을 일으키기도 했다.

  이 작품 속에서 오닐은 자식들에게 배반당하고 끝내는 젊은 아내에게까지 배신당하는 캐버트 노인에게 가장 큰 애착을 갖고 있는 듯 보이는데, 오닐은 고독 속에서 살아가는 강한 생명력의 소유자 캐버트 노인을 통해 인생의 근원적 모습을 발견해 내고 있는 것이다.

  또한 「느릅나무 밑의 욕망」은 오닐 초기의 자연주의적 작품과 실험적 작품을 집대성한 작품으로, 멜로 드라마적인 요소를 배제한 간결한 문체로 등장 인물들의 감정을 사실적으로 묘사해, 호소력 넘치는 비극이라는 찬사와 함께 20세기 미국의 대표적 희곡으로 자리 매김하고 있다.

닥터 지바고

(Doktor Zivago, 1957)

B. L. 파스테르나크

"나는 한번도 발을 헛디디거나 낙오하거나
잘못을 저지르지 않은 사람은 좋아하지
않아요. 그런 사람의 미덕이란 생명 없는
것이며 가치 없는 것이니까요. 그런 사람
은 인생의 아름다움과는 거리가 멀어요."

— 「닥터 지바고」 중에서.

■ B. L. 파스테르나크(Boris L. Pasternak, 1890~1960)

러시아의 시인이며 작가인 파스테르나크는, 유명한 화가인 아버지와 피아니스트인 어머니 사이에서 모스크바에서 출생했다. 어릴 때부터 그림과 음악에 뛰어난 재능을 보이던 파스테르나크는, 한때 음악도를 지망하기도 했다. 이후 그는 1909년 모스크바 대학에 입학해 철학을 전공하는 한편, 독일로 유학을 가 마르부르크 대학에 다니기도 했다.

이 무렵 파스테르나크는 미래파 그룹에 가담하여, 자신의 처녀 시집 「구름 속의 쌍둥이」(1914)와 「진지를 넘어서」(1916) 등을 발표한다. 이때부터 파스테르나크는 상징주의를 초월하는 시인으로, 문단의 주목을 받기 시작한다.

이어서 시집 「나의 누이동생 인생」(1922)으로 작가로서의 위치를 확고히 한 파스테르나크는, 독창적인 비유와 언어 구사로 러시아 20세기 시(詩)의 정점에 올라서게 된다.

이후 오랜 세월에 걸쳐 공들여 쓴 자신의 대표작 「닥터 지바고」(1957)를 발표하나, 혁명의 부정적인 면을 다루고 있다는 이유로 소련에서는 출판되지 못하고 3년 후 이탈리아에서 출판된다. 또한 이듬해에는 소련 정부의 압력 때문에 자신에게 수여된 노벨 문학상마저 거부하게 되고, 소련 작가 동맹에서도 영구 제명되는 비운을 겪기도 한다.

여러 차례 조국 소련으로부터 상처 아닌 상처를 받았던 파스테르나크는 「닥터 지바고」 외에도 「괴상한 병」, 「1905년」, 「투라에서 온 편지」, 「제2의 탄생」, 「밝아질 때」 등과 몇 권의 시집을 남기고, 1960년 불행했던 삶을 마감한다.

■ 줄거리

시베리아의 부유한 사업가 집안에서 태어났으나 일찍 부모를 여의고 고아가 된 주인공 유리 지바고는, 어린 시절을 숙부네 집에서 보내게 된다. 철학자였던 숙부는 그에게 깊은 종교적 영향을 끼치게 되는데, 그 당시는 러시아에서 혁명의 물결이 휩쓸려 오기 시작하던 시기였다.

어느새 의과 대학을 졸업하고 자유주의적인 성향을 띤 청년으로 성장한 지바고는, 모스크바의 저명한 교수의 딸 토냐와 만나 결혼을 하게 된다.

그 무렵 제1차 세계대전이 발발하자 지바고는 군의관으로 전선에 나가게 되는데, 그는 그곳에서 남편이 전쟁 중 행방불명된 아름다운 간호사 라라와 운명적인 만남을 갖게 된다.

어린 시절에 어머니의 정부에게 순결을 빼앗긴 불행한 경험을 지니고 있던 라라는, 노동 계급 출신인 재능 있는 청년과 결혼한 후 남편의 뒤를 따라 종군 간호사로 일하고 있는 상태였다.

전쟁의 포연 속에서도 운명적으로 맺어진 지바고와 라라는, 서로를 마음속 깊이 사랑하고 있었다.

그러던 중 1917년, 전쟁에서 혁명으로 사태가 바뀌면서 러시아 혁명이 전국적으로 확산되자, 지바고는 3년 만에 가족이 기다리는 모스크바로 돌아가게 된다.

그러나 그것도 잠시, 혁명 직후의 혼란과 도시에서의 기아 상태를 피해 지바고는, 가족을 데리고 처가의 옛 영지인 우랄 지방으로 떠나간다.

그러던 어느 날 그곳에서의 생활에서도 안정을 찾을 수 없었던 지바고는, 우연히 도서관에서 꿈에 그리던 라라와 재회하게 된다. 그리고 그때부터 다시금 두 사람의 비극적 사랑이 불타오르기 시작한다.

아내 몰래 라라를 만나러 가던 중 적군의 포로가 된 지바고는, 꼼짝없이 그들이 시키는 대로 환자들을 돌보며 시베리아의 여러 지방을 떠돌게 된다.

한편 이러한 사실을 알지 못하는 아내와 두 아이는 소련 정부에 의해 파리로 추방당한다.

그 사이 열병에 걸려 중태에 빠진 지바고는, 라라의 헌신적인 간호로 건강을 회복하게 되고, 두 사람의 애정은 깊어만 간다.

그러나 탈주했다는 죄목으로 지명 수배를 받고 있던 지바고로서는, 라라의 안전을 위해 그녀를 떠나 보내는 것이 최선책이었다. 결국 지바고는 그 동안 남모르게 그녀를 사랑하고 있던 코마롭스키에게 라라를 보내주며 함께 떠나라고 한다.

그녀를 떠나 보내고 먼길을 걸어 모스크바로 돌아온 지바고는, 기력을 상실한 채 옛 하인의 딸과 결혼을 하고는, 실의와 허탈 속에서 고독한 만년을 보내게 된다.

그렇게 세월이 흐른 어느 날 지바고는 전차 속에서 심장마비로 쓸쓸한 생을 마감하고, 그의 장례식에 홀연히 나타난 라라는 그를 생각하며 애절하게 눈물을 흘린다.

「닥터 지바고」는 사회주의 혁명의 와중에서의 참된 인간의 모습과, 사랑과 고난을 통해 혁명에 대한 비판적 견해를 상징적 리얼리즘의 수법으로 쓴 작품이다.

고도로 세련된 문체, 철학적 내용과 대화, 서정적 아름다움과 서사적 전개, 심오한 사색 등이 절묘한 조화를 이루고 있는 이 작품을 통해 파스테르나크는, 공산주의 혁명 속에서 죽어간 러시아 인텔리의 비극적 운명과, 몰락해 가는 지성의 내면 세계를 세밀하게 묘사하고 있다.

혁명 이전 세계에 대한 애착과 혁명의 부정적인 면을 다뤘다는 이유로, 러시아에서는 간행을 거부당하기도 했던 파스테르나크의 「닥터 지바고」는, 결국 3년 후 이탈리아에서 출판되어 세계 각국어로 번역, 소개되는 우여곡절을 겪기도 했다.

특히 이 작품은 지바고와 라라의 끝없이 아름답고 서정적인 비련의 사랑으로 많은 이들에게 감동을 주고 있는데, 간결하고 정확한 언어와, 조화와 절제에 의한 문체 또한 주목할 만하다.

다만 내용이나 줄거리가 너무 복잡하고 에피소드식(式)의 묘사가 많아, 대하 소설로서의 통일성이 결여되어 있는 것이 단점으로 지적되고 있다.

그러나 격동하는 혁명의 무대를 통해 사회와 국가의 횡포를 고발하고, 인생과 죽음에 대한 궁극적인 문제를 종교와 철학의 문제로 연결시켜 깊이 있게 파헤치고 있다는 점에서, 높이 평가되고 있는 작품이다.

이 작품으로 파스테르나크는 노벨 문학상을 받았으나, 반소(反蘇)적이고 반혁명적이라는 소련의 압력으로 이를 거절한 채, 실의와 고독 속에서 불행한 생을 마감했다.

대위의 딸

(Kapitanskaya Dochka, 1836)

A. S. 푸슈킨

"행복감이 나를 소생시켰다. 그녀는 내 것
이 되는 것이다! 그녀는 나를 사랑하고 있
다! 이 생각이 나의 모든 존재를 충만시키
고 말았다."

— 「대위의 딸」 중에서.

■ A. S. 푸슈킨(Aleksandr Sergeevich Pushkin, 1799~1837)

러시아의 국민 시인이자 소설가인 푸슈킨은 1799년 모스크바의 명문가에서 태어났다. 백부 바실리와 그 친지인 카람진 제코프스키 등의 러시아 낭만주의 시인들의 영향 아래, 라신과 볼테르, 루소와 그리스·로마의 고전들을 탐독하며 유년 시절을 보냈다.

1811년 수도 페테르부르크의 귀족 학교에 입학해 그곳의 자유주의적 기풍과 나폴레옹 전쟁의 국민적 고양(高揚), 미래의 '데카브리스트'들과의 교류 등은 그의 사상 형성에 큰 밑거름이 되었다. 이 무렵 그는 진보적인 로맨티시즘 문학 그룹에 참가해 그의 처녀시 「친구인 시인에게」(1814)를 발표한다.

1817년 졸업 후 외무성에 근무하며 상류 사회의 환락에 탐닉하는 한편 시작(詩作)에 몰두했는데, 당시 문단의 거두였던 카람진과 주코프스티 등에게 재능을 인정받았다.

1820년 최초의 서사시 「루슬란과 류드밀라」를 완성했으나, 자유주의를 신봉하는 내용이 문제가 되어 알렉산드르 1세의 노여움을 사 남부 러시아로 추방된다. 이 무렵 로맨티시즘의 경향이 강한 서사시 「카프카스의 포로」를 완성하고, 사실적인 시형소설(詩形小說) 「에프게니 오네긴」을 집필하기 시작한다.

1824년 미하일로프스토로 간 푸슈킨은 러시아 민중과 직접 접촉해 깊은 공감대를 형성하게 되고, 그 동안의 바이런에 대한 열광 대신 셰익스피어에 대해 몰두하면서 사극 「보리스 고드노프」를 완성한다. 이로써 종래의 러시아 고전주의 작시법을 지양하고, 러시아 연극에 사실주의적 기풍을 불어넣게 된다.

이후 역사시 「폴타바」(1828)를 완성하고, 러시아 리얼리즘의 완성을 보여 주는 최초의 작품 「에프게니 오네긴」(1830)을 발표한다.

1831년 결혼한 푸슈킨은 아내의 걷잡을 수 없는 사치와 낭비벽 때문에 어려움에 처하게 되지만, 이런 상황에서도 소설 「스페이드의 여왕」과 19세기 러시아 리얼리즘 문학의 초석을 이룬 「대위의 딸」을 1836년에 발표하고, 제정 러시아의 역사적 숙명을 제시한 그의 마지막 서사시 「청동의 기사」를 완성한다.

1837년 아내와 청년 근위 사관과의 스캔들로 인해 또다시 상처 받은 푸슈킨은, 아내의 정부와의 결투 끝에 치명상을 입고 38세의 짧은 삶을 마감한다.

■ 줄거리

러시아의 여왕 예카테리나 2세 재위 시절 지방 귀족의 집에서 출생한 주인공 그리뇨프는, 엄격한 아버지와 인자한 어머니 슬하에서 자유롭게 성장한다. 그리뇨프는 17세가 되자 근위 사관보다는 포탄 냄새를 맡는 실전 군인이 되어야 한다는 부친의 뜻에 따라 변방의 요새 베로고르스크에 소위보로 부임하게 된다.

늙은 하인인 사베리치와 함께 임지로 떠나던 중 그는, 몰아치는 눈보라 때문에 길을 잃게 되고 곤경에 빠진다. 그때 우연히 만나게 된 한 건장한 농민의 도움으로 위기에서 빠져 나온 그리뇨프는, 그 농민의 비참한 몰골을 보고서 자신의 털옷을 선물로 건네 준다. 돈 코사크의 탈주병이었던 농민은, 훗날 농민 반란의 괴수가 된 에메리얀 푸가초프였다.

임지에 도착한 그리뇨프는 요새 사령관 미로노프 대위의 외동딸인 마샤를 사랑하게 되지만, 전부터 그녀에게 흑심을 품고 있었던 시바브린과 결투를 치르게 된다. 그 무렵 농민 푸가초프의 반란이 일어나, 요새가 공격당하고 미로노프 대위 부부와 사관들이 살해당하는 사건이 일어난다. 그러나 그리뇨프는 푸가초프에게 건네줬던 털옷으로 인해 목숨을 구하게 되고, 부모를 잃은 마샤는 신부의 집으로 피신해 간다. 한편 정부군을 배반하고 반란군에 가담한 시바브린은 푸가초프의 임명으로 요새의 새 사령관이 된다. 구사일생으로 살아남은 그리뇨프는 하인과 함께 오렌부르크로 피신하여, 그곳 주둔 장군에게 반란군에게 점령당한 베로고르스크를 탈환해야 한다고 보고하지만, 장군은 이를 무시해 버린다.

어느새 성을 포위한 반란군들로 인해 비참한 농성이 시작되는 사이 그리뇨프는 마샤로부터 시바브린이 자신에게 결혼을 강요하고 있다는 편지 한 통을 받는다. 이로 인해 단신으로 성을 탈주한 그리뇨프는 마샤를 구출하려다가 오히려 반란군에게 체포되어 푸가초프 앞으로 끌려간다. 그가 푸가초프에게 지금까지의 상황을 설명하고 마샤를 시바브린에게서 구해 달라고 간청하자, 그의 용기 있는 사랑과 성실함에 감동을 받은 푸가초프는 그의 부탁을 들어주게 되고, 두 사람 사이에는 기묘한 우정이 싹튼다.

이후 그리뇨프와 마샤가 여기저기를 전전하는 동안 반란이 진압되고, 두 사람에게도 비로소 행복한 나날이 시작된다. 그러나 반역죄로 체포된 시바브린이 복수심에 사로잡혀 모함을 하는 바람에, 그리뇨프는 푸가초프의 밀정이라는 혐의로 시베리아 유형에 처해진다. 다시금 위기에 처한 그리뇨프를 구하기 위해 마샤는 목숨을 걸고 페테르부르크로 가서 여왕에게 직접 탄원을 하기에 이른다.

한편 반란의 괴수였던 푸가초프는 모스크바에서 처형을 당하게 되고, 마샤의 노력으로 풀려나게 된 그리뇨프는 군중 속에서 그를 지켜본다. 처형 직전에 그리뇨프의 모습을 발견한 푸가초프는, 그에게 조용히 고개를 끄덕여 보이며 형장의 이슬로 사라진다.

■ 해설

푸슈킨의 산문 예술의 극치라고 평가받고 있는 「대위의 딸」은, 러시아의 여제(女帝) 예카테리나 2세 시대에 일어난 '푸가초프의 반란(1773~1775)을' 배경으로 한 역사 소설이다.

이 작품은 청렴결백하고 민중을 이해하는 따스한 감정을 지닌 귀족 그리뇨프와 반란의 괴수 푸가초프 사이의 기묘한 우정, 그리고 그리뇨프와 마샤와의 아름다운 사랑 이야기를 절묘하게 조화시켜, 근대 사실주의의 원천이라는 평가를 받고 있다.

푸슈킨은 이 작품을 쓰기 위해 직접 카잔과 오렌부르크 등지를 답사하기도 했는데, 작품 속에서도 실제 인물을 모델로 하고 있다.

특히 이 작품 이전에 역사 연구서 「푸가초프 반란사」를 집필하기도 했던 푸슈킨은 러시아 역사를 깊이 있게 연구함으로써, 민족의 숨은 심리를 파악해 그 경향을 동시대의 나아갈 길에 결부시켜 놓고 있다.

그는 푸가초프를 단순한 악당이나 이상화된 영웅으로서가 아니라 적나라한 인간으로 사실적으로 묘사해, 앞서가는 자신의 역사 의식을 한껏 뽐내고 있다. 또한 푸가초프가 체포되어 형장의 이슬로 사라지는 결말을 통해, 아직 농노 해방의 시대가 오지 않았음을 상징적으로 보여 주고 있다.

뿐만 아니라 푸슈킨은 이 작품 속에 대비되는 인물들을 등장시킴으로써, 자신만의 격조 높은 간결한 문체를 이용해 빈틈없는 짜임새를 갖추고 있는 것이다. 예를 들면 18세기 러시아 귀족의 전형인 그리뇨프의 아버지와 러시아적 기질을 지닌 농민의 대표 격인 하인 사베리치 등이 그들이다.

그가 죽기 불과 수개월 전에 완성된 「대위의 딸」은 그의 또 다른 작품 「에프게니 오네긴」과 쌍벽을 이루는 작품으로, 간혹 고골리의 「대장 부리바」와 비교되곤 하는데, 신중하고 절제된 러시아 사실주의의 전통에 충실하다는 점에서 19세기 러시아 리얼리즘 문학의 선구적 작품이란 평가를 받고 있다.

대지

(The Good Earth, 1931)

펄 S. 벅

"그 대갓집에겐 이런 땅 같은 건 아무런 의
미도 없겠지만 나에겐 더할 수 없이 소중
한 땅이야. 땅은 살과 피니까 말이야."

ㅡ「대지」 중에서.

■ 펄 S. 벅(Peal Sydenstricker Buck, 1892~1973)

  펄 벅은 미국의 여류 작가로 1892년 중국에 파견된 선교사의 딸로 태어나 중국에서 교육을 받으며 성장했다. 그녀는 겉모습은 서양인이었지만 거의 중국인과 마찬가지인 사고방식을 지니고 있었다. 1910년 모친의 바람대로 미국에서 랜돌프 메이콘 여자대학을 졸업한 펄 벅은, 그후 다시 중국으로 돌아와 중국의 농업 경제를 공부하다가, 1917년 중국 농업 연구의 세계적 권위자이며 선교사였던 존 로싱 벅과 결혼한다.

  1930년 펄 벅은 중국에 있어서의 동·서양 문명의 갈등을 다룬 장편 「동풍·서풍」을 발표한 후, 빈농으로부터 출발해 대지주가 되는 왕룽(王龍) 일가의 역사를 그린 「대지」(1931)를 발표해 작가로서의 명성을 얻게 된다. 그녀의 가장 큰 관심은 중국 농민을 통해 그들이 갖고 있는 흙에 대한 애착심과 폭력과 불행에 대한 인간의 반응, 가족 관계의 미묘한 마찰, 붕괴하는 귀족 계급과 융성하는 소지주 계급간의 대조 등이었다. 그녀의 노벨 문학상 수상작인 「대지」가 그 대표적 작품이다. 이 작품은 「아들들」(1932), 「분열된 집」(1933)과 함께 훗날 『대지의 집』이라는 3부작을 구성하게 된다. 이밖에도 무명의 어머니를 통해 영원한 모성상을 그린 「어머니」(1934), 아버지의 전기인 「싸우는 천사들」(1936)과 「용자(龍子)」(1941), 「약속」(1943) 등을 발표한다.

  제2차 세계대전 후에도 그녀는 미국의 양심으로서 평화를 위한 집필을 계속하는 한편, 펄 벅 재단을 설립해 전쟁 중 미군으로 인해 아시아 여러 국가에서 태어난 사생아 입양 알선 사업을 벌여 세계 평화에 이바지한다.

이어서 1954년 자서전인 「나의 가지가지 세계」를 발표한 펄 벅은, 6·25 전쟁 후의 한국의 수난사를 그린 「갈대는 바람에 시달려도」(1963)와 한국의 혼혈아를 소재로 한 「새해」(1968) 등을 남긴 바 있다.

■ 줄거리

가난한 농부인 왕룽은 일찍부터 아내를 얻고 싶어했다. 그러나 가난한 사람은 노예를, 그것도 미인이어서는 안 되는 노예를 아내로 얻는 방법밖에는 없다는 아버지의 말을 듣고, 왕룽은 마을의 부잣집인 황가의 계집종 모랑을 아내로 맞기 위해 데려온다.

모랑은 납작한 경단 코에 커다란 검은 콧구멍, 거기에 큰 입과 작고 생기 없는 눈을 갖고 있었다. 이처럼 얼굴도 못생기고 전족도 하지 않은 아가씨였으나, 어릴 때부터 온갖 일을 다 해왔기 때문에 힘든 일을 마다하지 않는 인내심 강한 여자였다.

왕룽과 오랑이 열심히 일한 덕택으로 드디어 그들은 점차 망해가고 있던 황가의 땅을 사들이기에 이르고, 얼마 안 있어 오랑은 왕일, 왕이, 왕삼이라 불리는 아들 셋을 낳는다.

그 무렵 농민에겐 더할 수 없이 무서운 적인 가뭄이 닥쳐온다. 가뭄을 피해 갈 수 없었던 그들은 농토만은 무슨 일이 있어도 갖고 있어야 한다는 왕룽의 신념 때문에, 땅만을 남겨 둔 채 남쪽 도시 창스로 내려가게 된다. 그곳에서 어려운 생활을 연명하던 어느 날, 혁명이 일어난 혼잡한 틈을 타서 왕룽은 대지주를 습격해 많은 양의 은화를 강탈한 후 그 돈을 밑천으로 고향으로 돌아간다. 다시금 농사에 정력을 쏟으며 열심히 일한 덕분으로 그들은 점점 부자가 되어, 마침내는 황가의 땅을 모조리 손에 넣게 되고 꿈에도 생각해 보지 못했던 대지주가 된다. 그러나 생활에 여유가 생긴 왕룽이 이화라는 젊은 여자를 첩으로 맞아들이자, 오랑은 질투심으로 시름시름 앓다가 결국 병에 걸려 죽게 된다.

한편 왕룽의 자식들은 점점 성장해서 각자의 일가를 이루게 되고, 왕일과 왕이는 땅을 팔아 돈을 만지길 원하지만, 땅에 대한 집착이 강한 아버지 왕룽 때문에 뜻을 이루지 못한다.

수년 후 왕룽이 "우리는 땅으로부터 태어났다. 땅은 절대로 팔아선 안 된다."는 유언을 남긴 채 세상을 떠나자, 세 형제는 제각각 다른 심정으로 유산 분배의 날을 고대하게 된다.

그들 중 왕삼만이 재산에는 별 관심을 갖고 있지 않았다. 그는 키가 크고 민첩하고 용맹한 젊은이였는데, 당시 반란군 속에서 명성을 떨치던 한 장군 밑에서 그를 보좌하고 있었다. 그러나 시간이 흐를수록 혁명을 위한 싸움은 부패하기 시작하고, 주색에 빠진 장군에게 실망한 왕삼은 자신의 군대를 조직하기로 결심한다.

집으로 돌아가 얼마간의 돈을 가지고 나온 왕삼은 병력을 증강시켜 모두가 두려워하는 '왕호' 장군이 된다. 수년 후 왕호는 군벌로서의 지휘를 확보하게 되고 그의 명성은 지방 곳곳에까지 알려진다. 그러던 어느 날 비적의 우두머리인 파오 장군을 치밀한 계획 아래 살해하자 그의 위치는 한층 더 확고해지지만, 그 자신이 타도의 목표로 삼았던 관료의 한 자리를 차지하게 되었다는 사실은 미처 깨닫지 못하고 있었다. 그 또한 장군이 그랬던 것처럼 부하들을 먹여 살리기 위해 민중으로부터 막대한 세금을 걷어들였던 것이다.

한편 왕호의 아들 왕원은 혁명 단원이 되어 각처에서 폭동을 일으키며 활동하고 있었는데, 왕원에게는 단순한 지방 관료가 되어버린 군벌의 아버지야말로 적이나 다름없었다. 필요하다면 그는 아버지를 암살하라는 명령에도 순종할 태세였다. 그러나 얼마 후 왕원은 체포되어 사형을 당할 처지에 놓이게 된다. 옥중에서 자신의 한계를 느끼며 쇠약해져 있던 왕원은 결국 아버지 왕호 장군의 도움으로 석방된다. 석방된 후 왕원은 혁명에 대한 이론적 공부를 하기 위해 미국으로 건너가지만, 우연히 새 혁명군이 중국에서 폭동을 일으켰다는 신문 기사를 보고는, 다시 조국으로 돌아가 싸울 것을 결심한다.

■ 해설

펄 벅에게 노벨상을 안겨 준 「대지」는 중화민국 출범 당시를 시대 배경으로 그린 스케일 큰 작품이다.

그녀의 작품 중 가장 웅장한 소설로 손꼽히고 있는 이 작품은 중국인에 대한 그녀의 남다른 사랑을 문학화한 인도주의 문학의 수작인 동시에, 자연과 함께 하려는 인간의 처절한 노력을 광대한 중국 대륙을 배경으로 절묘하게 묘사한 작품이다.

이와 더불어 토지와 가족 제도, 군벌 정치, 신·구 사상의 대립

등의 근대 중국의 주요 문제에 대한 펄 벅만의 깊은 이해가 돋보이는 작품이다.

그 때문에 이 작품을 통해 펄 벅이 수상한 퓰리처상과 노벨상은, 외국인이면서도 중국인들에게 무한한 사랑과 신뢰를 보낼 수 있었던 것에 대한 화답인 셈이다.

인간을 포함한 자연의 생명력의 위대함을 절절하게 느끼게 하는 「대지」는 단순한 중국의 빈농 왕룽 일가의 이야기뿐만이 아니라, 아시아 전체와 나아가서는 전세계 농민들의 모습을 사실적으로 그려내고 있는 것이다.

또한 이야기의 내용이 작품 전체에 강물처럼 거침없이 흐르는 가운데, 동요하지 않는 중국 민중의 강인함을 생생하게 느끼게 해 주고 있다.

데미안
(Demian, 1919)

헤르만 헤세

"새는 알에서 나오기 위해 싸운다. 알은 세
계다. 태어나려고 하는 자는 하나의 세계
를 파괴하지 않으면 안 된다. 새는 신에게
로 날아간다. 그 신의 이름은 '아브락삭
스'라고 한다."

— 「데미안」 중에서.

■ 헤르만 헤세(Herman Hesse, 1877~1962)

1877년 독일 뷔르템베르크 주의 칼브에서 태어난 헤세는 1891년 마울브론 신학교에 입학했으나 7개월 만에 자퇴한다. 그 무렵 자살을 시도하기도 하지만 미수에 그쳐 정신 병원에 3개월간 입원을 하는 등 헤세는 어린 나이에 정신적인 방황을 겪게 된다.

그러던 중 22세 때 서점 직원으로 일하면서 처음으로 소설 습작을 시도하고, 지방지에 평론을 기고하기도 하며 시집이나 여행기 등을 출간하면서 본격적인 집필 생활을 시작한다.

그후 1903년 소설「페터 카멘친트」를 완성하면서 직업 작가로서의 위상을 세우고, 이듬해 아홉 살 연상의 여인과 결혼, 전원 생활을 시작하면서 왕성한 집필 활동을 펼친다.

불안정한 결혼 생활의 와중에서도 헤세는「로스할데」(1914)와「크눌프」(1915), 단편집「청춘은 아름다워」(1915) 등을 연이어 발표하며 창작열을 불태운다.

1919년「데미안」을 '에밀 싱클레어'라는 가명으로 발표한 그에게 주목받는 신인이라며 폰타이네 상을 수여하려 하자, 그제야 헤세는 자신의 본명을 밝히고 이를 거절한다.

두 번의 결혼과 이혼을 거쳐 1931년 처음으로 안정되고 행복한 결혼 생활을 하기까지 헤세는,「싯달타」(1922)와「황야의 이리」(1925),「유리알 유희」(1932) 등을 출간하고 스위스 최고 권위의 문학상인 고트프리트 켈러 문학상을 수상한다.

그러나 1939년 제2차 세계대전이 일어나면서 헤세는 나치스에 의해 그간 발표된 작품들을 몰수당하고 더 이상의 출판도 금지

당하는 수모를 겪기도 한다. 전쟁이 끝난 후 헤세는 스위스 남쪽 외딴곳에 거처를 정하고, 새로운 마음으로 한 사람의 화가로서 생활한다. 그리고 1946년 험난한 역사의 소용돌이 속에서 마침내 노벨 문학상을 수상하게 된다.

헤세는 1962년 뇌출혈로 몬타뉼라에서 사망하기까지 많은 문학적 업적을 쌓았으며, 오늘날까지 끊임없이 수많은 나라에서 그의 사상과 작품들을 탐구하는 학회나 연구소 등이 생겨나고 있다.

■ 줄거리

주인공 싱클레어는 차분한 지성과 신앙이 충만한 가정 환경에서 행복하고 평온한 어린 시절을 보낸다.

그러나 선(善)을 대표하는 밝은 세계에 속한 아버지의 집과는 달리, 집밖으로 나서면 바로 접할 수 있는 호기심과 수수께끼 가득한 악(惡)의 세계와 만나게 되면서 싱클레어는 정신적인 충격을 받는다.

학교를 다니면서 싱클레어는 순진하다고 또래 집단으로부터 소외당하지 않기 위해, 자신도 도둑질을 해본 적이 있다는 거짓말을 하게 되는데, 이것으로 도리어 악의 상징으로 대표되는 프란츠 하이머라는 아이에게 괴롭힘을 당하게 된다.

그러던 중 싱클레어의 인생에 적지 않은 영향을 주게 되는 전학생 막스 데미안과 처음으로 만나게 되고, 그의 도움으로 위기를 넘긴다.

그러나 이후 그에게 정신적으로 많은 지식과 정보를 준 데미안을 한동안 만나게 되지 못하면서 싱클레어는 점차 어둠의 세계에 발을 들여놓게 되고, 사춘기 시절 흔히 겪을 수 있는 성적 호기심과 인간의 이중성에 대해 고민하기 시작해, 흥미를 충족시켜 주는 갖가지 유혹에 자신을 내맡긴다. 그러면서도 싱클레어는 언제나 자신의 정신적인 지주로 가슴 한구석에 남아 있는 데미안을 그리워한다.

"새는 알에서 나오기 위해 싸운다. 알은 세계다. 태어나려고 하는 자는 하나의 세계를 파괴하지 않으면 안 된다. 새는 신에게로 날아간다. 그 신의 이름은 '아브락삭스'라고 한다."

싱클레어는 오랫동안 보지 못한 데미안으로부터 이러한 내용의 편지를 받는다. 싱클레어는 또다시 카인과 아벨로 대표되는 순수한 영혼의 선(善)의 세계와 영혼을 흔들어놓는 악(惡)의 세계 사이에서 고뇌하고, 죽을 때까지 추구해야 할 인간의 가치와 진정한 자아찾기 등의 번민으로 방황하고 갈등한다.

데미안과의 만남이 두절되었던 사이에 싱클레어는 피스토리우스라는 신학자를 통해, 데미안에게서 받았던 철학적인 영향을 또 다른 시각에서 경험하게 된다.

그후 우연히 데미안을 만나게 된 싱클레어는 오랫동안 자신의 이상형으로 꿈속에 나타나곤 했던 여성의 이미지가 바로 데미안의 어머니 에바라는 사실을 알고 놀란다.

에바는 끊임없이 갈등하고 방황하는 싱클레어에게 데미안이 그랬던 것처럼 정신적으로 많은 안정을 가져다주면서 그를 성숙한 한 인간으로 인도한다.

세계 제1차 대전이 발발하자, "새로운 세계가 태어나기 위해서
는 알은 반드시 깨져야 한다."는 말을 남긴 채 데미안은 전쟁에
참전하고 싱클레어 또한 그 뒤를 따른다. 그러던 중 싱클레어는
한 야전 병원에서 친구인 동시에 그의 인생의 길잡이였던 데미안
과 일생에서의 마지막 만남을 갖게 된다.

■ 해설

헤세가 세계대전을 겪은 후 쓴 자전적인 소설 「데미안」은 진정
한 자아의 삶이란 무엇이며, 그것을 찾기 위해서는 어떻게 생각해
야 하는가 등에 대한 탐구를, 한 소년의 성장 과정을 통해 보여
주고 있는 작품이다.

"세계는 새로워지려고 해. 죽음의 냄새가 나지. 죽음 없이는 새
로운 것은 오지 않아. 그것은 내가 생각한 것보다 훨씬 끔찍한 일
이야." 데미안이 전쟁을 예감하며 하는 말이다.

헤세는 전쟁을 목격한 후 작품 속에서 누구도 전쟁을 바라지
않았고 산 사람에게 총을 겨누는 일은 슬픈 일이지만 역사의 수레
바퀴 아래에 선 인간에게는 어쩔 수 없는 일이라고 얘기한다. 그
는 이 책의 서문에서 다음과 같이 밝히고 있다.

"내 속에서 솟아 나오려는 것, 바로 그것을 나는 살아 보려고
했다. 왜 그것이 그토록 어려웠을까?"

이처럼 간단한 철학적 물음에서 시작된 이야기 속에는, 카인과
아벨에 대한 성서 이야기를 비롯해 반복되는 꿈을 통한 인간 영혼

의 이중성, 데미안의 어머니 에바를 통해 구현되는 여인의 근원적 동경 등등, 헤세가 탐구하는 여러 철학적 관념에 대한 주장이 녹아 있다.

또한 헤세는 '자기 자신을 찾고 자기 자신 속에 확고해지고 자기 자신의 길을 더듬어 전진하는' 것이야말로 우리가 살아가면서 해야 할 일이라 역설하면서, 불안정하고 혼돈으로 가득 찬 자아를 완성하기 위해 우리에게 주어진 내면의 길을 묵묵히 걸어가야 할 것이라 주장하고 있는 것이다.

도리언 그레이의 초상
(The Picture of Dorian Gray, 1891)

오스카 와일드

"여자는 정신에 대한 물질의 승리를 대표
하지. 마치 남자가 도덕에 대한 정신의 승
리를 대표하듯이 말이야."

- 「도리언 그레이의 초상」 중에서.

■ 오스카 와일드(Osar Wilde, 1854~1900)

영국의 시인이며 소설가, 극작가인 오스카 와일드는 1854년 아일랜드의 더블린에서 목사의 아들로 태어났다. 고독한 유년 시절을 보냈던 그는 트리니티 대학을 거쳐 옥스퍼드 대학을 장학생으로 다녔다. 그 무렵 대중의 취미와 당대 문예의 인습적 매너리즘의 반항으로 생겨난 유미주의 운동(aesthetic movement)에 몰두해 있던 와일드는 특이한 복장과 기이한 행동, 기지에 넘치는 유미적 담론 등으로 세간의 주목을 받았다. 와일드는 모든 예술은 무익하다는 주장을 내세워, 체면과 실리 유지에 급급했던 빅토리아 시대의 예술과 사회에 과감히 저항했던 것이다.

1879년 첫 시집을 출판한 그는 이후 재치 넘치는 단편 소설 「아더새빌 경(卿)의 범죄」(1887), 「캔터빌관의 유령」(1887)과 유명한 동화집 「행복한 왕자」(1888)를 출판했다.

1890년대에 접어들며 전성기를 맞이한 와일드는 대화체의 훌륭한 논문 「예술가로서의 비평가」(1890)와 그의 유일한 장편 소설 「도리언 그레이의 초상」(1891)을 발표했다. 이어서 그의 최초의 희극 「윈티미어 경(卿) 부인의 부채」(1891), 「살로메」(1891), 「하찮은 여자」(1894), 「이상적 남편」(1895) 등을 발표해 작가로서의 성공을 거두었다.

그러나 이 무렵 동성애 사건으로 고소를 당해 투옥되기도 했던 와일드는 석방된 후 프랑스로 건너가, 「레팅 감옥의 노래」(1897)와 자신의 잘못을 반성하며 그리스도의 수난의 의의를 논한 「옥중기」(1897)를 완성했다.

천당과 지옥을 오가는 삶을 살았던 와일드를 두고 프랑크 해러스는 "오스카 와일드의 최대의 희곡은 그 자신의 생애였다. 그것은 그리스 비극에 견줄 만한 5막의 비극이었고, 이 비극의 가장 열렬한 관객은 그 자신이었다."라고 말한 바 있다.

모험에 찬 생을 살았던 와일드는 만년을 프랑스와 이탈리아 각지를 전전하다가, 1900년 파리의 한 허름한 집에서 생을 마감했다.

■ 줄거리

광적인 정열에 자신의 모든 것을 건 아름다운 여인의 아들 도리언 그레이는, 모친을 닮아 미모가 빼어난 청년이었다.

화가 버질 홀워드는 20세의 미남 청년 도리언 그레이에게서 최고의 미를 발견하고, 그의 미모에 감동한 나머지 초상화를 제작하게 된다. 버질은 온 정신을 가다듬고 심혈을 기울여 도리언의 초상화를 완성하지만, 그것에 깃들인 것은 예술가의 영혼이 아닌 도리언 자신의 영혼이었다.

그러던 중 도리언은 헨리 워튼 경의 쾌락주의적 인생관의 영향으로 마음껏 인생을 향락하면서 타락의 길로 빠져든다. 그 무렵 시빌 베인이라는 여배우를 사랑하게 된 도리언은 이 평범하기만 한 여인을 정신없이 찬미하지만, 무대에서 서툰 연기를 하는 그녀에게 실망한 후에는, "내가 너를 사랑한 것은 네가 지닌 모든 천재적인 예술성 때문이었다."라고 말하며 작별을 고한다.

이후 도리언과의 이별로 상처를 받은 시빌이 자살을 해버리자,

어찌 된 영문인지 초상화 속의 도리언의 입가에는 잔잔한 미소가 떠오른다. 계속해서 방탕한 생활을 하며 쾌락이란 쾌락은 모조리 섭렵한 도리언은 악에 물들어 간다. 그러나 도리언은 아무리 나이를 먹어도 모습이 변하지 않았는데, 그 대신 점점 추악해져서 피로 물 들어가는 것은 도리언이 아닌 초상화 속의 도리언이었다. 그런 와중에서도 도리언은 가끔씩 인간으로서의 본연의 양심 때문에 후회와 고통의 늪에 빠져들기도 한다.

몇 년이 흐르고 도리언의 서른 여덟 번째 생일 전날 밤, 그는 화가 버질에게 자신의 영혼과 다름없는 초상화를 내보인다. 그러나 얼떨결에 자신에게 충고를 하는 버질을 살해해 버린 도리언은, 생물학자 앨런 켐벨을 협박해 완전 범죄를 기도한다. 이후 더욱 방탕한 생활로 세월을 낭비하던 그는 옛 연인 시빌의 동생으로부터 목숨을 위협받지만 우여곡절 끝에 살아 남게 된다.

그러던 중 헤티 마롱이란 순결하기 이를 데 없는 한 아가씨를 만나게 되면서 도리언은 비로소, 자신의 과거의 잘못을 뉘우치고 번민하게 된다.

어느 날 밤, 고통받던 도리언이 다락에 넣어 두었던 자신의 초상화의 일그러지고 흉악한 모습을 보고 비명을 지르며, 그것을 칼로 찢어 버리려 한다. 그의 비명 소리에 놀라 달려온 집안 사람들은, 조금 전까지만 해도 미모를 간직하고 있던 도리언이 어느새 40세가 넘은 노쇠하고 추악한 모습으로 가슴에 칼이 꽂힌 채 죽어 있는 광경을 목격하게 된다. 그러나 그런 도리언의 모습과는 상반되게 도리언의 초상화는, 싱싱하고 아름다운 청춘 시절의 도리언의 모습으로 남아 있었던 것이다.

■ 해설

세기말 문학이 전 유럽을 풍미했던 1891년에 간행된 「도리언 그레이의 초상」은 오스카 와일드의 유일한 장편 소설로, 발표되었을 당시만 해도 퇴폐적이고 부도덕한 소설이라 하여 커다란 반향을 불러일으켰던 작품이다.

유미주의를 내세워 영원의 미와 청춘의 꿈을 묘사한 와일드는, 이 소설의 서문에서 예술의 무용성과 비도덕성, 다시 말해 예술을 위한 예술인 예술 지상주의의 입장을 밝히고 있다.

특히 「도리언 그레이의 초상」은 작가 자신의 인생관과 예술관, 도덕관 등을 여실히 드러내고 있어, 이로 인해 와일드는 사회의 격렬한 비난을 감수해야 했다. 공리주의자들은 도리언의 퇴폐적인 관능 생활을, 청교도들은 도리언의 악덕을 비난했던 것이다.

그러나 이러한 비난에도 불구하고 와일드는 아름다움을 위해서는 그 과정 속에서 일어날 수 있는 추악하고 속된 것들도 윤리적, 도덕적 제한이나 압력을 받을 수 없다는 자신의 항변을, 주인공 도리언 그레이의 행적을 통해 나타내고 있다. 이와 동시에 그는 화가 버질의 입을 빌려 "예술가는 아름다운 것들을 창조해야 하는데, 그 아름다운 것들을 결코 자신의 생활 속에 집어넣어서는 안 된다."라고 말하고 있다.

또한 와일드는 이 작품에서 스티븐슨의 「지킬 박사와 하이드」와 마찬가지로 이중 인격의 문제를 다루는 동시에, 선과 악의 싸움에서 선이 승리하는 결말을 따르고 있다. 소설 속에서 헨리 워튼 경에 의해 서술되고 있는 그리스적인 쾌락주의에는 육체와 영혼의 갈등이라는 기독교적인 모럴이 결부되어 있음을 그는 말하고 있는 것이다.

모럴리스트인 화가 버질을 비롯해 영원한 미소년 도리언 그레이, 냉소적 향락주의자 헨리 워튼 경 등은 모두 작가 자신의 분신이라 할 수 있다. 이와 더불어 와일드는 통속적이면서도 지적이고 대중적이면서도 독자적인 문체와, 끊어지는 듯하면서도 이어지는 만연체 문장 등을 사용해 이 작품의 가치를 높여 놓고 있다.

돈 키호테

(Don Quixote, 1615)

M. 세르반테스

"자유를 위해서라면 명예를 위해서와 같이
생명을 걸어도 좋고 또 당연히 걸어야 한
다. 이에 반해 잡힌 몸이란 인간으로서는
최대의 불행이다."

— 「돈 키호테」 중에서.

■ M. 세르반테스(Miguel de Cervantes, 1547~1616)

스페인의 소설가이며 극작가, 시인인 세르반테스는 마드리드 근교의 알카라데 에나레스에서 가난한 외과 의사의 아들로 태어났다. 성년이 될 때까지 각지를 전전하는 아버지를 따라 불안정한 생활을 하던 그는 정규 교육을 거의 받지 못했다.

1570년 이탈리아로 건너가 추기경의 시복(侍僕)이 된 세르반테스는 이후 해군에 입대하지만, 레판토 해전에서 부상을 입는 바람에 불행히도 일생 동안 왼쪽 팔을 쓰지 못하게 된다.

스페인으로 귀환 도중 해적의 습격을 받아 알제리에서 5년간의 포로 생활을 하기도 했던 그는, 11년 만에 특사 자격으로 조국 스페인으로 돌아온다. 이후 문학에만 전념한 채 희곡 등을 썼으나 별다른 주목을 받지는 못한다.

1584년 자신보다 18세 연하인 부유한 농가의 딸 카타리나와 결혼한 세르반테스는, 이듬해 소설 「라 갈라테아」(1585)를 출판한다. 1585년 아버지의 죽음으로 인해 문학을 버리고 세금 수금원 등으로 생계를 유지하던 그는, 뜻하지 않은 사건으로 3개월간 투옥되기도 한다. 이후 1587년까지 여러 편의 희곡을 썼으나 「알제리의 생활」과 「라 누만시아」만이 전해지고 있다.

1605년 그의 나이 58세 때 발표한 「돈 키호테」는 출판과 동시에 호평을 받게 되지만, 정작 세르반테스는 판권을 싼값에 넘기는 바람에 빈곤한 생활에서 벗어나지 못한다. 「돈 키호테」의 성공 후 왕성한 창작 활동을 하며 12편의 단편 소설을 수록한 『모범 소설집』(1613)과 동시대의 시인들을 평가한 장시(長詩) 「파르나소에의 여행」(1614), 「돈 키호테 후편」(1615) 등을 발표한다.

만년에는 종교 생활을 하며 '아카데미아 셀바헤'라는 문학가 단체에도 가입했던 세르반테스는, 1616년 4월 25일 셰익스피어와 같은 날에 마드리드에서 생을 마감한다.

■ 줄거리

스페인 라만차 지방의 어느 마을에 사는 시골 선비 알론소 기하노는, 밤낮 없이 기사 이야기책에 빠져 지내는 오십이 가까운 독신자였다. 온통 기사도 책으로 가득한 집에서 그는 조카딸과 가정부, 하인과 함께 살고 있었다.

제대로 된 수입은 없으면서도 가난을 코웃음 치는 호탕한 성격을 지니고 있던 탓에, 그는 기사도 책을 탐독하면서 자신을 이야기 속의 주인공과 착각하게 된다. 용감하고 정의감에 불타는 기사가 되기를 열망하던 그는, 마침내 세상의 부정을 바로잡고 학대받는 사람들을 구하기 위해 집을 떠날 결심을 한다.

그는 자신의 이름을 '돈 키호테 라만차'로 바꾸고는, 조상 대대로 내려오던 남루한 갑옷과 투구를 몸에 걸친 채 오른 손에는 창을 왼손에는 방패를 들고, 로시난테라는 늙고 야윈 말을 타고 출발한다.

여행 도중에 한 여관에 도착하게 된 돈 키호테는, 여관을 성으로 착각하고 여관 주인을 성주라고 부르며, 그에게 자신을 기사로 임명해 줄 것을 부탁한다. 그러나 그에게 거짓으로 기사 명명식을 거행해 준 여관 주인은, 돈 키호테가 정상이 아니라는 사실을 눈치 채고는 숙박비를 받지 않을 테니 나가 달라며 내쫓아 버린다. 쫓겨난 돈 키호테는 이에 굴하지 않고, 여관 주인이 장난 삼아 일러주었던 기사의 필수품들을 구하기 위해 다시 마을로 돌아온다.

한편 그의 가족과 마을 사람들은 돈 키호테의 이상한 행동이 모두 그가 읽던 책 때문이라고 생각하고 책들을 모두 불태워 버린다. 한동안을 집에서 지내던 돈 키호테는 기사라면 하인 한 명쯤은 있어야 한다는 생각으로, 선량하지만 좀 모자란 농부인 산초를 꼬셔서 자신의 하인으로 삼는다.

그러고는 다시금 산초를 데리고 방랑과 모험을 길을 떠난다. 마침내 기사의 원정길에 나선 돈 키호테는 들판 가운데 수없이 서 있는 커다란 풍차를 보고는 그것을 그만 거인 악당으로 착각해 버린다. 산초가 말리는데도 불구하고 그는 창을 비껴든 채 괴성을 지르며 풍차를 향해 돌격한다. 그 순간 회전하는 풍차에 부딪혀 멀리 퉁겨져 나가면서도 돈 키호테는 이에 굴하지 않고 여행을 계속한다. 이후에도 그는 양치기가 몰고 가던 양떼를 적군으로 착각해 덤벼들기도 하고, 포도주가 든 가죽 주머니를 상대로 격투를 벌이기도 한다. 이렇듯 기상 천외한 갖가지 모험으로 바짝 말라 쇠약해질 대로 쇠약해진 돈 키호테는, 결국 마을 사람들에게 붙잡혀 집으로 돌아오는 신세가 된다.

집에 머무르는 동안 조카와 가정부의 정성 어린 간호로 조금씩 몸을 회복한 돈 키호테는, 다시금 산초와 함께 세 번째 모험 길을 떠난다. 그러던 중 어느 공작 부부의 초대로 그 집에 머물게 된 그는 그들의 깍듯한 기사 대접에 그 동안의 이야기들을 털어 놓는다. 그러나 공작 부부의 환대가 진심이 아니었음을 깨달은 돈 키호테는 크게 낙담한다.

그 무렵 돈 키호테의 친구인 카라스코는 돈 키호테의 광기를 고치기 위해 기사 복장을 한 채 자칭 '은월(銀月)의 기사'가 되어 돈 키호테에게 조건부 결투를 신청해 온다. 자신이 이길 경우 돈 키호테는 창과 갑옷을 버리고 고향으로 돌아가야 한다는 조건을 내걸었던 것이다. 결국 결투에서 패해 그와의 약속대로 고향으로 돌아온 돈 키호테는 숱한 우롱과 조소 속에서 끙끙 앓다가 병상에 눕게 된다. 그제서야 비로소 제정신으로 돌아온 돈 키호테는 자신의 본래 이름을 되찾은 후, 어리석었던 모험의 나날들을 신부에게 참회하고는 조용히 숨을 거둔다.

■ 해설

서구 문학사에 있어서 최초로 근대 소설을 시도한 작품인 동시에 세르반테스의 걸작품인 「돈 키호테」는, 작가 자신의 문학적이며 철학적이고 형이상학적인 인생관과 세계관을 잘 나타내고 있는 작품이다.

1605년에 발표된 전편과, 그보다 10년 후인 1615년에 발표된 후편으로 이루어진 이 작품을 두고, 세르반테스는 '당시 항간에 떠돌던 기사도 이야기의 권위와 인기를 타도하기 위해' 쓰게 되었다고 밝힌 바 있다.

세르반테스는 잘못된 사회 현실을 끄집어 내 그것을 개선시키기 위해 풍자적 모방, 즉 패러디를 통해 낡은 시대의 소설을 부정하고자 한 것이었다.

그러나 「돈 키호테」가 단순히 패러디만으로 그친 것은 아니었다. 인간을 그린 최초·최고의 소설이라는 격찬을 받기도 한 「돈 키호테」는 인간이 갖고 있는 두 가지 경향인 이상적인 면과 현실적인 면을, 돈 키호테와 산초라는 각기 다른 인물 설정을 통해 절묘하게 묘사하고 있다. 고매하며 이상적인 인물 돈 키호테와 실제적이고 비속한 물질주의적 인물 산초는 서로 대립하기도 하지만, 대부분은 협력 관계를 유지하면서 서로 의지하는 인간의 양면성을 보여 주고 있는 것이다.

러시아의 소설가 투르게네프는 돈 키호테의 성격을 햄릿과 대비시켜 돈 키호테는 낙천형에, 햄릿은 회의형에 가깝다고 규정한 바 있는데, 그로 인해 돈 키호테는 과대 망상적인 낙천주의자의 대명사가 되었다.

전편 가득 풍자와 해학으로 넘쳐흐르는 「돈 키호테」는, 스페인적인 세르반테스의 기질과 철학이 고스란히 담긴 세계 명작 가운데 하나이다.

동물농장
(Animal Farm, 1945)

조지 오웰

"권력은 타락하게 마련이다. 절대 권력은
절대로 타락한다."

— 「동물농장」 중에서.

■ 조지 오웰(George Orwell, 1903~1950)

인도에서 세관 하급 관리의 아들로 태어난 조지 오웰은 본명이 에릭 아더 블레어였다. 장학금으로 이튼 학교를 졸업한 오웰이었지만 19세 때 대학 생활과 더 이상의 사회 생활을 포기하고는 버마로 건너가 제국 경찰로 근무한다. 그러나 제국주의에 봉사하는 것을 탐탁지 않게 생각한 그는, 곧바로 그만두고 다시 파리로 거주지를 옮긴다.

그 무렵 영국의 식민 통치를 조롱하고 비판하는 입장에 서 있던 오웰은, 악의 독재 정치와 억압 제도를 비난하며 식민지 관리였던 자신에 대해 갈등하게 된다. 이후 파리에서 지내며 작품 활동을 하지만 인정받지 못한 채, 접시닦이와 가정교사 노릇을 하며 궁핍한 생활을 해나간다.

그의 처녀작 「파리와 런던의 최저 생활」(1933)은 그 당시 자신의 궁핍한 생활을 사실적으로 묘사한 작품이다. 이어서 식민지 백인 관리의 잔혹상을 담은 「버마의 나날」(1934)을 발표하고 영국으로 돌아온 오웰은, 1936년 신혼 초에 스페인 내란이 일어나자 인민전선 정부의 의용군으로 참전하기도 한다.

이를 바탕으로 쓴 「카탈로니아 찬가」(1938)는 국제 의용군의 내정을 들추고 공산당의 배신 행위를 규탄한 것으로, 작가 자신의 생생한 증언의 기록이었다. 이후 발표한 「동물농장」(1945)은 오웰의 작가적 위치를 확고히 해준 작품으로, 우화 소설의 형식의 빌려 공산·독재 체제를 비판한 작품이다. 이 작품은 그에게 제2차 세계대전 종식 후 새로운 형태로 세계를 뒤덮고 있던 전체주의적 분위기에, 펜으로 맞서야 한다는 생각을 심어 준 작품이기도 하다.

이후 그는 예술로 승화된 정치 소설을 쓰기 위해 주라 섬에 은거한 채, 손·발톱에 피멍이 들 정도로 집필에만 몰두했다고 한다. 폐결핵으로 고통받던 그는 병상에서도 작품에 대한 구상을 멈추지 않았는데, 이때 완성된 작품이 전체주의적 경향의 종말을 기묘하게 묘사한 「1984년」(1949)이다.

1950년 폐출혈로 사망한 오웰은 시대의 문제와 첨예하게 대립했던 뛰어난 평론가임과 동시에, 반(反)전체주의적이면서도 단순히 보수주의로 빠지지 않는, 유연하면서도 강인한 입장을 취하는 훌륭한 작가였다.

■ 줄거리

인간인 존스의 장원 농장에서 사육되던 여러 종류의 동물들은, 평소에도 혹독한 대접을 받고 있던 처지인지라, 늙은 수퇘지 메이저 영감의 유언에 따라 반란을 일으키기로 결정한다. 반란에 성공한 동물들은 농장 주인인 존스와 관리인들을 내쫓고 농장 이름을 '동물농장'이라고 바꾼 후, 그들 스스로 농장을 경영해 나가게 된다. 갖가지 어려움이 산적해 있었으나, 농장 주인이 된 동물들은 희망으로 부풀어올라 모두들 열심히 일을 해나간다.

비교적 지능이 발달한 수퇘지 스노우볼과 나폴레옹, 스퀼러가 동물들을 선두 지휘하게 되고, 동물들은 평등한 동물 공화국 건설을 위해 전력을 다한다. 돼지들이 주축이 되어 일요 회의가 열리고 문맹 퇴치를 위한 학습도 하게 되어, 말과 오리 새끼에 이르기까지 모두들 주인 의식을 갖고 농장의 운영에 참여해, 평등의 이념에 입각한 이상적 사회를 이루고자 한 것이었다.

이상주의자인 스노우볼은 풍차를 건설하여 농장의 기계화를 추진할 계획을 세운다. 그러나 나폴레옹의 음모로 주동 인물들 사이에 권력 투쟁이 시작되어, 스노우볼은 추방되고 그의 편에 섰던 동물들은 차례로 처형된다.

나폴레옹은 간교한 스퀼러를 대변자로 내세워 동물들을 설득하는 한편, 아홉 마리의 개들을 이용해 공포 분위기를 조성하며 완전한 독재 체제를 갖춰 나간다. 여기서 그치지 않고 그는 농장 운영의 방침도 새로 바꾸고 일요 회의까지 폐지해, 모든 일을 자신과 측근들에 의해 결정해 나가며 동물들의 자유를 침해하기 시작한다. 나폴레옹 무리는 인간 존스가 쳐들어온다는 위협으로 동물들의 내적 불안을 잠재우면서, 불평하거나 항의하는 동물들은 첩자로 몰아 숙청해 버린다. 또한 반란 전처럼 작업량을 늘리는 동시에 식량 배급은 줄여 버린다.

한편 우여곡절 끝에 완성된 풍차는 처음에는 폭풍우 때문에 붕괴되고, 두 번째는 농장의 탈환을 계획한 존스 일당에게 폭파되는 수난을 겪게 된다. 이런 와중에서도 동물들은 끝까지 희망을 버리지 않았는데, 그 중에서도 우직하고 성실하게 일만 하는 말인 복서가 대표적인 예였다. 그러나 묵묵히 일만 하던 복서가 과로로 쓰러지게 되자, 나폴레옹 일당은 그를 즉시 마을의 도살장으로 끌고 가 버린다.

몇 년 후 재건된 풍차 덕분에 생산량은 향상되지만, 돼지를 제외한 동물들의 생활은 오히려 반란 전보다 형편없어진 상태였다. 반면 나폴레옹을 비롯한 지배 계급들은 존스 시대의 인간들보다도 사치스러운 생활을 하며 호의호식하고 있었다. 그들은 존스가 살던 농장 집으로 이사를 해, 그곳에서 술을 마시며 인간과 마찬가지로 옷을 걸쳐 입고 침대에서 자는 등의 생활을 하고 있었다. 자신들의 자녀용 교실을 따로 지어놓은 것으로도 모자라, 그들은 자신들의 적인 인간과 상거래까지 하기 시작했다.

혁명 초기에 제정했던 7개 강령마저 손을 된 그들은, 과거의 '다리 두 개는 적, 다리 네 개는 아군'이라는 슬로건을 '다리 네 개는 좋고, 다리 두 개는 더 좋다'로 둔갑시켜, 인간 농장주들과 함께 밤새도록 연회를 즐기기까지 한다. 그들이 두 다리로 서서 인간들과 건배를 나누는 모습을 보면, 더 이상 누가 인간이고 누가 돼지인지 구별조차 하기 힘들 지경이었다.

마침내 동물 농장은 반란 이전의 상태로 되돌아가게 되고, 이상적인 사회를 꿈꾸던 혁명은 완전히 실패로 돌아가게 된다.

■ 해설

「동물농장」은 「1984년」과 함께 오웰의 대표작으로 손꼽히는 작품으로, 영국 해학 문학의 전통을 이어받아 동물을 의인화하여 인간 제국을 풍자한 일종의 우화 소설이다.

이 작품은 1917년 2월 혁명에서 1943년 테헤란 회담에 이르기까지 구(舊)소련의 역사를 재현하여 스탈린의 독재 체제를 통렬

하게 비판한 정치 풍자 소설이기도 하다.

예를 들어 동물들의 반란은 러시아 혁명을, 농장주 존스의 시대는 제정 러시아를, 독재자로 군림하게 되는 나폴레옹은 스탈린을, 나폴레옹에게 추방당한 스노우볼은 트로츠키를, 우직하게 일만 하는 복서는 노동자들을 상징하고 있는 것이다.

오웰은 「동물농장」을 통해, 새로이 계급 사회화되어 자본주의 체제에 동화되는 공산주의 사회의 실상을 재현하고 있다. 또한 소련 공산주의 사회뿐만 아니라 더 나아가 이상적 공약에서 출발하는 모든 혁명을 상징한 것이기도 하다.

「동물농장」은 1944년에 완성되었지만 당시 소련이 영국의 동맹국이었던 관계로 이듬해 종전이 되어서야 출판되었는데, 미·소 냉전 시대가 되자 일약 베스트셀러 대열에 합류한 작품이다.

명료하고 강렬하며 소박하고 솔직한 오웰의 문체가 빛이 나는 「동물농장」은 일찍부터 스탈리니즘의 본질을 간파하고, 거기서 다시 현대 사회의 바닥에 깔려 있는 악몽과 같은 전제주의의 풍토를 작품에 정착시켰다는 점에서 높이 평가되고 있다.

두 도시 이야기

(A Tale of Two Cities, 1859)

찰스 디킨스

"희망의 봄인가 하면 절망의 겨울이었고,
우리 앞에 모든 게 다 있는 것처럼 보이는
가 하면 아무 것도 없는 것 같았고, 곧장
천국을 향해 나아갈 수 있을 것 같으면서
도 다른 길로 빠져 버릴 것 같았다."

— 「두 도시 이야기」 중에서.

■ 찰스 디킨스(Charles Dickens, 1812~1870)

영국의 군항 포츠머스 부근에서 출생한 찰스 디킨스는, 아버지의 빚 때문에 소년 시절부터 빈곤의 고통을 겪으며 성장했다. 자본주의의 발흥기(勃興期)에 접어들던 19세기 전반기, 번영의 이면에 무서운 빈곤과 비인도적 노동의 어두운 면을 갖고 있던 영국의 대도시에서 사회의 모순과 부정을 직접 체험한 디킨스는, 가난에서 벗어나기 위해 공장에서 일을 하며 갖은 고생을 다했다. 이 시기에 받은 상처는 후에 아이들에 대한 연민의 정을 작품화하는 데 영향을 주기도 했다.

변호사 사무실의 사환과 법원의 속기사를 거친 디킨스는 신문사의 통신원이 되어 풍속의 견문 스케치를 써 보내는 일을 하게 되는데, 이 무렵부터 자신의 런던 견문기를 정기 간행물에 기고하게 된다. 이때의 견문기를 모아 단편 소품집인 「보즈의 스케치」 (1836)를 출판한 디킨스는 다음해 장편 「픽 위크 페이퍼즈」(1837)를 출판해 자신만의 독특한 유머를 잘 표현해 내고 있다.

이어서 그는 자신의 작가적 위치를 확립시켜 준 「올리버 트위스트」(1838)를 발표해 폭발적인 인기를 얻게 된다. 그후 영국과 미국의 다양한 계층의 독자들의 성원에 보답하기 위해 「니콜라스 니클비」(1839), 「골동품 상점」(1841), 「크리스마스 캐럴」(1843) 등을 발표한다.

디킨스는 일련의 작품들을 통해 자신이 직접 체험하여 알게 된 밑바닥 생활상과 사람들의 애환을 생생히 묘사하는 한편, 세상의 모순과 부정을 용감하게 지적하며 유머 섞인 비판을 하고 있다.

디킨스의 후기 작품으로는 자전적인 작품 「데이비드 커퍼필드」
(1850)와 「황폐한 집」(1853) 등을 들 수 있다. 이후에도 공장 직공
의 스트라이크를 다룬 「고된 시기」(1854), 프랑스 혁명을 무대로
한 대표적인 역사 소설 「두 도시 이야기」(1859)와 「위대한 유산」
(1861) 등을 발표한다.

디킨스는 이외에도 수많은 장·단편과 수필 등을 집필하면서
왕성한 활동을 벌이다가, 1870년 추리 소설풍의 「에드윈 드루드」
를 완성하지 못한 채 세상을 떠났다.

■ 줄거리

1775년 11월 하순의 어느 금요일 밤, 자욱한 안개 속을 도버행
역마차가 천천히 지나가고 있었다. 이때 안개 속을 뚫고 한 남자
가 말을 탄 채 역마차를 쫓아와, 자비스 로리라는 런던의 텔슨 은
행가를 찾는다. 그러고는 그에게 "도버에서 아가씨를 기다리시
오."라는 편지를 전해 준다. 편지를 읽은 로리는 곧 "소생했다!"라
는 답장을 그에게 건네준다.

60세의 독신 은행가 로리는 도버에서 자신이 보호하고 있던 17
세의 아름다운 아가씨 루시를 기다렸다가, 이미 죽은 줄로만 알았
던 그녀의 아버지가 소생했다는 통지를 받고, 그녀와 함께 파리로
가게 된 것이었다. 루시의 아버지인 의사 마네트는 어느 프랑스
후작 형제의 비밀을 우연히 알게 된 죄로, 바스티유 감옥에 감금
되어 기억을 상실한 상태였다.

한편 파리의 빈민굴에 있는 한 술집의 주인이며 비밀 결사대 자크당의 두목인 드파르주와 그의 아내는, 이곳에서 동지들과 연락을 취하고 있었다. 바로 이 술집 안에 18년간의 억울한 옥중 생활로 완전히 변해 버린 루시의 아버지 마네트가 있었다. 그는 후작 형제가 국왕의 총애를 잃게 되자 자신의 딸을 보살펴 주던 로리의 도움으로 풀려나게 된 것이었다.

석방된 마네트는 딸과 함께 런던으로 돌아와 그녀의 보살핌 속에서, 그 동안 잃었던 기억들을 되찾아 가며 조금씩 정상적인 생활로 돌아가게 된다. 그러던 중 루시는 프랑스 귀족인 동시에 귀족 제도를 혐오해 런던으로 건너와 영국식 이름으로 개명한 찰스 대니와 가까워지는데, 프랑스 스파이라는 혐의를 받고 있던 대니는 그녀의 증언으로 혐의가 풀리게 된다.

그러나 대니는 포악한 귀족인 동시에 인민의 증오 대상이었던 프랑스 후작의 아들로, 루시의 아버지인 마네트를 18년 동안이나 바스티유 감옥에 감금시켰던 장본인의 아들이었던 것이다. 그 사실을 알지 못했던 대니와 루시는 서로를 사랑하게 되고 결혼에 이르게 된다.

그 무렵 파리에서는 프랑스 혁명이 일어나 저주로 가득 찬 바스티유 감옥이 불살라진다. 때마침 파리로 돌아와 있던 대니는, 악명 높은 후작의 아들이자 망명 귀족이라는 죄명으로 혁명군에게 체포된다. 남편의 소식을 듣고 황급히 파리로 달려온 루시를 기다리고 있는 것은 남편에게 내려진 사형 선고뿐이었다.

한편 남 몰래 루시를 사랑하고 있던 법정 변호사 시드니 카튼은, 공교롭게도 대니와 흡사한 외모를 하고 있었는데, 루시의 고통을 덜어 주기 위해 대니를 구출해 내고는, 이튿날 자진해서 대니 대신 단두대에 오른다.

루시의 부축을 받으며 런던행 배에 올라탄 대니는, 자신의 사랑을 위해 목숨을 버린 카튼의 이름을 계속해서 부른다.

■ 해설

「두 도시 이야기」는 1859년 주간지 <All The Year Round>에 연재된 것으로, 고도의 희곡성과 정연한 구성적 기교를 갖추고 있는 작품이다. 디킨스의 작품들이 대부분 런던을 배경으로 하고 있는 데 비해 런던과 파리, 두 도시를 무대로 전개되고 있는 이 작품은 희극과 비극, 선과 악, 그리고 사랑 이야기 등을 처음부터 끝까지 주도면밀하게 묘사하고 있다.

특히 여러 가지 사건과 다양한 인물들은 상호간에 밀접한 관계를 유지하며 제각각 진행되어 나가면서, 후반부에 이르러서는 모든 사건이나 인물의 운명들까지 종결되는 치밀함을 보여 주고 있는 것이다.

언제나 가난한 사람들에 대한 따스한 동정심을 표현하기 좋아했던 디킨스는, 이 작품을 통해 자신의 개혁적인 사상 또한 여실히 드러내고 있다. 뚜렷한 역사관이나 정치적 주관으로 혁명을 묘사하고 있지는 않지만, 치밀한 플롯을 바탕으로 혁명 전후의 긴박한 두 도시에 대한 정경 묘사는 참으로 탁월하다 하겠다.

인도주의 작가인 디킨스의 진면목은 「두 도시 이야기」에서처럼 인간미와 사랑, 그리고 익살과 해학이 넘쳐나는 문장력 때문이라고도 할 수 있다.

한편에서는 그의 소설을 두고 독자에게 편승한 감상적이고 저속한 소설이라고 비판하는 견해도 있으나, 기지와 유머에 찬 디킨스 소설 속의 등장 인물들은 바로 그러한 점 때문에 끈질긴 생명력을 얻고 있는 것이다. 그리고 이것에 힘입어 그의 작품들은 오늘날까지도 각국어로 번역되어, 셰익스피어와 함께 디킨스를 영국 문학을 대표하는 작가로 손꼽히게 하고 있다.

레 미제라블

(Les Misérables, 1862)

빅토르 M. 위고

"아, 빛이 보인다!
나는 즐겁게 죽을 수 있다."

－「레 미제라블」중에서.

■ 빅토르 M. 위고(Victor Marie Hugo, 1802~1885)

프랑스의 낭만파 시인이며 소설가, 극작가인 위고는 나폴레옹 휘하 군인의 아들로 브앙송에서 태어났다. 그는 군인인 아버지를 따라 코르시카, 이탈리아, 스페인 등지를 전전하며 소년 시절을 보내다가, 이후 파리에 정착해 기숙 학교에서 교육을 받았다. 군인이 되기를 바랐던 부친의 뜻과는 달리 일찍부터 문학가로서 살아갈 것을 결심한 위고는 제2의 F. R. 샤토브리앙을 꿈꾸었다.

몇몇 개의 콩쿠르에서 시 부문 입상을 하기도 했던 그는, 1822년 어릴 적 친구였던 아델 푸세와 결혼을 하고, 처녀 시집 「오드와 발라드」(1826)를 발표하면서 본격적인 작가 생활에 입문했다.

이 무렵 위고는 루이 18세와 가까워져 연금을 받게 될 만큼 왕당파 지지자이자 카톨릭적이었다. 초창기의 위고는 당시 '노디에'를 중심으로 모여 있던 낭만주의자들의 중심적 존재가 되었는데, 그의 희곡 「크롬웰」(1827)의 서문은 낭만주의 문학의 선언이라 할 만한 것이었다. 그는 고전주의를 비판하면서 특히 '삼일치(三一致)의 법칙' 중, 시간과 장소의 일치는 너무나 구차한 구속이라고 비난한 바 있다.

이후 낭만주의적 기반을 구축한 위고는 희곡 「에르나니」(1830)의 상연을 계기로, 고전주의를 깨뜨리고 낭만주의 연극의 승리를 이끌어 냈다. 이어서 위고는 내면화를 추구한 시집 「가을의 나뭇잎」(1831)과 「새벽 미명의 노래」(1835) 등을 발표하고, 중세 성당의 미와 민중의 힘을 노래한 낭만주의적 역사 소설 「노틀담의 꼽추」(1831)를 발표했다. 그러던 중 아내와 자신의 친구와의 추문으로 상처를 받게 된 위고는, 딸의 익사 사고까지 겹쳐 괴로움 속에서 세월을 보낸다. 그 무렵 아름다운 여배우 J. 들루에를 만나게 되어, 그녀의 헌신적인 사랑 속에서 위고는 비로소 평안을 발견하게 된다. 1848년 2월 혁명 이후 공화주의 쪽으로 기울어 있던 위고는, 1851년 나폴레옹 3세의 쿠데타를 반대하다가 국외로 추방당하는 신세가 된다.

이후 19년 동안 벨기에를 거쳐 저지 섬과 간디 섬의 웅대한 자연 속에서 지내면서 나폴레옹 3세를 비난하는 「징벌(懲罰) 시집」(1856)과 인류의 진보를 노래한 서사 시집 「여러 세기의 전설」(1859) 등을 발표한다. 이어서 위고는 자신의 대표적인 장편 소설인 동시에 세계적으로 가장 유명한 소설 「레 미제라블」(1862)과 「바다의 노동자」(1866), 「웃는 사나이」(1869) 등을 출판한 바 있다.

1885년 그가 세상을 떠나자 국장(國葬)으로 예우받을 만큼 국민적인 대시인으로 추앙되던 위고는, 현재 '판테옹'에 묻혀 있다.

■ 줄거리

일찍 부모를 여의고 누나의 집에서 자란 장발장은 일곱이나 되는 조카들의 굶주림을 못 본 척할 수 없어, 빵 한 조각을 훔치다가 체포되고 만다. 5년형을 선고받고 감옥에 들어가나, 네 번에 걸친 탈옥 시도로 장장 19년간의 옥살이를 하게 된다. 감옥에서의 비참한 생활은 그에게 사회에 대한 불만과 증오심만을 키워 주는 역할을 했다.

긴 형기를 마치고 감옥에서 나오기는 했지만, 전과자라는 꼬리표 때문에 그를 대하는 세상의 시선은 차갑기만 했다. 장발장은 하룻밤 잘 곳을 찾기 위해 여기저기 돌아다니며 부탁을 해보지만 번번이 거절당한다. 그러던 중 숭고한 사랑을 지닌 밀리에르 신부 댁에서 따스한 잠자리와 식사를 제공받게 된다.

그러나 이미 자신을 냉대하는 사회와 사람들에 대한 증오심으로 가득 차 있던 장발장은, 신부 댁에서 은촛대를 훔쳐 나오고 만다. 곧 헌병에게 붙잡혀 밀리에르 신부 앞에 서게 된 장발장에게 신부는, 그 은촛대는 그가 훔친 것이 아니라 자기가 준 것이라고 말하고는, 오히려 그에게 촛대 2개를 더 준다. 이러한 신부의 숭고한 마음에 감동한 장발장은 다시는 죄를 짓지 않기로 결심한다.

몇 년 후 장발장은 어느 조그만 마을에서 마들렌이란 이름으로 개명한 채, 그 동안 열심히 일해 모은 돈으로 소규모의 공장을 세워 어렵고 불쌍한 사람들을 도와주고 있었다. 마을 사람들은 장발장의 희생적이며 성실한 마음에 감동해 그를 읍장으로까지 추대한다. 그러던 어느 날 오랜 세월을 그림자처럼 그를 쫓고 있던 자베르 경감이, 자신과 동명이인(同名異人)인 사람을 체포하고는 그 동안 장발장에게 갖고 있던 의심을 푼다. 그러나 자신 때문에 억울하게 체포된 사람을 생각하며 고민에 빠져 있던 장발장은, 결국 명예와 부를 버리고 자수를 해 다시 수감된다. 감옥에서도 성실한 생활을 하던 그는, 우연히 군함의 돛대 위에서 죽음에 직면한 선원을 구하려다가 바다에 빠지는 바람에 자유의 몸이 된다.

죽은 것으로 처리된 장발장은 이후, 불행한 삶을 살다가 죽은 여공(女工) 팡티느의 딸 코제트를 데려다가 친딸처럼 기른다. 세월이 흐르고 아름다운 처녀로 성장한 코제트는 젊은 변호사 마리우스를 만나 사랑에 빠진다. 그러던 어느 날 귀족이면서도 민중들과 어울려 파리 시가를 휩쓰는 폭동에 앞장서던 마리우스가 중상을 입게 되자, 장발장은 그를 업고 지하 하수관을 통해 도주한다. 그 무렵 다시금 장발장의 뒤를 쫓던 자베르 경감은, 오히려 폭도들에게 붙잡혀 처형당할 위기에 놓인다. 이때 장발장의 도움으로 목숨을 구한 자베르 경감은, 장발장의 선량함과 관용에 괴로워하다가 결국 세느 강에 몸을 던져 버린다.

이후 마리우스와 코제트는 결혼을 하게 되고, 장발장은 마리우스에게 자신이 전과자였음을 고백한다. 장발장의 정체를 알게 된 마리우스는 그가 자신의 생명의 은인인 줄도 모르고, 코제트에게 그를 멀리하라고만 말한다. 그로 인해 고통의 나날을 보내던 장발장은 식사도 거른 채 나날이 쇠약해져 간다. 그 사이 장발장이 자신의 생명의 은인인 동시에 존경받던 마들렌과 동일 인물이었음을 알게 된 마리우스는, 그제서야 코제트와 함께 그를 찾아간다. 그러나 이미 쇠약해질 대로 쇠약해진 장발장은 그런 두 사람을 용서하며 숭고한 생을 마친다.

■ 해설

「레 미제라블」은 프랑스의 대문호 빅토르 위고의 장편 소설로, 위고가 나폴레옹 3세에 의해 국외로 추방당해 망명 생활을 하는 동안 집필된 작품이다.

'레 미제라블'이란 사회의 진흙 속에서 부당하게 신음하는 '비참한 사람들'이란 의미를 갖고 있는데, 이 작품은 주인공의 이름인 '장발장'으로도 잘 알려진 작품이다.

위고가 17년이란 긴 세월에 걸쳐 완성한 「레 미제라블」은 2백 자 원고지 8천 장 분량에 달하는 대하 소설인 동시에, 프랑스 혁명을 배경으로 독재와 암흑에 항거하는 사람들의 자유와 광명에의 욕망을 주인공 장발장을 통해 적절히 묘사한 작품이다. 또한 낭만적이며 혁명적인 위고가 자신의 일생을 통해 품어온 인도주의 세계관과, 이 세상에 절대적 악인은 존재하지 않는다는 그 나름대로의 낙관적인 세계관, 거기에 기독교적인 사랑이 하나로 집약된 사상의 결정체라고도 할 수 있다.

위고는 이 책의 서문에서 "하층 계급에 속하기 때문에 남자가 타락하고, 굶주림 때문에 여자가 몸을 버리고, 햇볕을 못 보기 때문에 어린이가 위축되는 등등의 사회의 여러 문제가 해결되지 않는 한, 이런 책도 아마 무익하지는 않을 것이다."라고 밝히고 있다.

이렇듯 위고의 인도주의적 세계관으로 일관된 파란만장한 서사시적 작품이며 낭만주의 문학의 대표작인 「레 미제라블」은, 출판과 동시에 세계 각국어로 번역되어 성서 다음으로 많이 보급된 책 중 하나로, 지금까지도 끊임없이 극화 및 영화화되고 있는 세계 대중 문학의 백미이다.

로빈슨 크루소

(The life and strange surprising adventure of
Robinson Crusoe, 1719)

다니엘 디포

"지금 나에게 금화는 필요 없어.
차라리 빵 한 조각이 더 낫지."

－「로빈슨 크루소」 중에서.

■ **다니엘 디포(Daniel Defoe, 1660~1731)**

영국의 저널리스트이자 소설가이며 영국 문단에서 독보적인 위치를 차지하고 있는 디포는, 런던에서 상인의 아들로 태어났다. 부친의 뜻에 따라 목사가 되기 위해 공부를 하던 그는, 도중에 포기하고 상업에 종사하게 된다. 이후 메리야스 무역상으로 유럽 여러 나라를 여행하기도 하며 벽돌 굽기와 세무원 등의 갖가지 일에 종사하나 모두 성공하지 못한다.

24세 때 상인의 딸인 메리 다프거와 결혼을 한 디포는, 28세 때 윌리엄 3세의 군대에 입대한다. 그는 외국 태생이었던 윌리엄 3세에 대한 국민들의 편견을 풍자한 「순수한 영국인」(1701)을 발표해 문필가로서 두각을 나타내기 시작하는데, 앤 여왕 즉위 때는 비국교도에 대한 압박을 풍자한 「비국교도 박멸책」(1702)을 발표해, 투옥되기도 했다.

석방이 된 후 디포는 토리당의 R. 할레이의 비서로 일하면서, 1704년부터 1713년까지 시평(詩評) 중심의 주간지 <리뷰>를 간행해 저널리스트와 정치가로 활약하게 된다.

이후 디포는 셀커크를 모델로 한 「로빈슨 크루소」(1719)를 발표해 명성을 얻게 되고, 이 작품으로 18세기의 가장 위대한 작가 중 한 사람으로 군림하게 된다.

1720년 연속해서 발표한 「던컨 캠벨의 생애」, 「싱글턴 선장」과 그 뒤 「전염병 연대기」, 「새로운 세계 일주 항해기」, 「대영 제국 여행기」 등을 발표한다.

디포의 소설은 악당의 일대기라는 형식으로 이루어진, 이른바

'악당 소설'이 많은데, 그 사실적 수법 때문에 리얼리즘을 개척한 근대 소설의 아버지라는 평가를 받고 있다.

영국인의 인간관과 사회관을 대표하는 작가로 평가받고 있는 디포는, 1731년 무어의 허름한 하숙집에서 71년간의 다난했던 생애를 마감했다.

■ 줄거리

태어나면서부터 방랑벽이 심했던 로빈슨 크루소는, 부모의 반대를 무릅쓰고 집을 떠나 선원이 된다.

그러나 그는 항해 초부터 난파를 당해 해적선에 붙들리는 신세가 되는데, 노예로 팔려 갔다가 가까스로 도망쳐 브라질에서 일을 하게 된다.

1659년 다시 항해의 길을 떠나게 된 크루소는, 이번에도 서인도 부근에서 좌초하여 일행을 모두 잃고 혼자서만 살아 남은 채 무인도에 표류하게 된다.

그때부터 로빈슨 크루소는 28년 2개월이라는 그의 반평생을 무인도에서 보내게 된다.

크루소는 섬에 '절망도'란 이름을 붙여 주고, 다음날부터 뗏목을 이용해 좌초된 배에 있던 일용품과 도구들을 차례차례 섬으로 가져온다. 그것들을 이용해 바다가 보이는 고지 샘 근처에 집을 짓기로 한 크루소는, 적도의 북위 9도 22분 지점으로 관측하여 기둥을 세우고 매일 날짜를 새겨 넣는다.

거기서 그치지 않고 로빈슨 크루소는 스스로 불을 피우기도 하고, 총으로 사냥을 하거나 곡류를 양식과 씨앗으로 구별을 해 땅을 개간하기도 하며, 산양을 길러 그 젖을 식량으로 사용하기도 한다. 이와 동시에 거의 20여 년을 하루도 빠짐없이 성경을 읽으면서 힘과 위안을 얻는다.

그러던 어느 날 크루소는 해변에서 사람의 발자취를 발견하고 놀라움 반 두려움 반으로 불안한 나날을 보낸다. 겨우 신앙심으로 마음의 평정을 되찾은 그는, 며칠 뒤 흩어져 있는 사람의 뼈를 발견하게 된다.

두려움에 떨던 크루소는 우연하게도 망원경으로, 열 명쯤 되는 식인종들이 해변에 상륙해 사람을 잡아먹은 뒤 떠나가는 것을 포착하게 된다.

그러던 중 식인종들이 포로로 잡아 온 토인 한 명을 죽이려는 장면을 목격한 크루소는, 자신의 총으로 식인종들을 쫓아내 버리고 토인을 구해 준다. 그러고는 그 날이 마침 금요일이었으므로 토인에게 프라이데이라는 이름을 붙여 주고 자신의 충실한 시중꾼으로 삼아, 기독교를 비롯한 여러 가지 것들을 가르쳐 준다.

얼마 후 크루소는 또다시 상륙한 식인종들에게서 선교사와 프라이데이의 아버지를 구해 내고는, 갖가지 난관에 부딪히면서도 섬에서의 생활을 지속해 나간다.

그 사이 세월이 흘러 반란을 일으켰던 한 상선의 선장을 구출해 냄으로써, 섬에 온 지 28년 만에 드디어 크루소는 고국인 영국으로 돌아가게 된다.

이 작품의 원제목은 「요크의 선원 로빈슨 크루소의 생애와 기묘하고 놀라운 모험」으로, 영국의 작가 다니엘 디포가 스코틀랜드의 선원 알렉산더 셀커트의 무인도 생활담을 취재하여 소설화한 작품이다.

18세기 영국 중산층 계급의 종교와 도덕, 생활 관습 등을 그대로 반영하고 있는 이 작품은, 간결한 문체와 사실적인 묘사로 영국 소설 형성에 선구적인 역할을 해내고 있다.

디포 자신의 상상력의 소산이며 그의 사상과 능력, 그 시대의 사회와 정신의 결정체라고도 볼 수 있는 「로빈슨 크루소」는, 어린이에게는 물론 청·장년층에게도 꿈과 용기를 심어 주는 작품으로 유명하다.

또한 단순한 로맨스에서 벗어나 근대 소설이 성립되어 가는 과도기적 단계에 위치하고 있어, 사실주의의 문을 열어 놓는 데도 큰 기여를 하고 있다.

이와 더불어 무인도에서 로빈슨 크루소가 살아가며 보여준 합리적이고 과학적인 생활 양식은, 예를 들어 보리를 발견했을 때 미래를 위해 수확을 늘리려한 계획이나, 포도를 건포도로 만들어 비축해 놓은 것 등등, 계획성 없이 무분별하게 살아가는 현대인들에게 훌륭한 메시지를 주고 있다.

당시는 제국주의 영국이 노르웨이, 스페인 등과 함께 바다의 패권을 다투며 인도를 식민지화했던 시대였다. 「로빈슨 크루소」는 바로 이 제국주의 영국의 개막을 알린 작품이기도 하다.

또한 「로빈슨 크루소」는 「걸리버 여행기」, 「천로역정」과 함께 영문학 사상 가장 인기 있는 소설인 동시에, 18세기 영국의 대표적 고전 소설로 칭송받고 있는 작품이다.

마(魔)의 산

(Der Zauberberg, 1924)

토마스 만

"죽음의 모험은 삶 속에 있으며, 그것이
없다면 삶은 삶이 아니다."

— 「마의 산」 중에서.

■ 토마스 만(Thomas Mann, 1875~1955)

독일의 평론가이며 소설가인 토마스 만은 곡물상을 경영하는 아버지와 음악을 좋아하는 어머니 사이에서 부유한 어린 시절을 보낸다. 그러나 16세 때 아버지를 여의고 가세가 기울어지자 뮌헨의 한 보험회사에 근무하며, 뮌헨 대학에서 미술사와 문학사 등을 청강한다.

18세 때부터 작품을 발표하기 시작한 만은 집안의 계보를 자세히 추적함으로써, 19세기 한자 동맹 도시의 시민 사회를 그 변천 과정에 따라 파헤친 장편 「부덴브로크가(家)의 사람들」(1901)을 발표한다. 이 작품으로 작가로의 위치를 굳힌 그는 계속해서 「트리스탄」(1903)과 「토니오 크뢰거」(1903), 그리고 3막극의 희곡 「피오렌처」(1905) 등을 출판한다. 이 작품들을 통해 만은 니체와 괴테를 정신적 아버지로 삼아 시민과 예술가를 하나로 결부시키고자 노력했다. 그후 장편 「태공전하(太公殿下)」(1909)와 단편 「베네치아에서의 죽음」(1912)을 발표하고, 서유럽식 민주주의를 반대하며 독일 문화를 옹호하는 논문집 「비정치적 인간의 성찰」(1918)과 산문 소품 「주인과 개」(1919)를 발표한다.

이후 독일의 후기 낭만주의 사상에서 벗어난 만은 독일 고전주의 휴머니즘의 상징인 괴테를 소재로 한 「괴테와 톨스토이」(1922)와 민주주의를 지지한 「독일 공화국에 대하여」(1923)를 발표한다. 1년 후 만은 드디어 12년간의 시간을 들여 완성한 자신의 대작 「마(魔)의 산」(1924)을 발표하기에 이른다.

1929년 노벨 문학상을 수상한 만은 일찍부터 히틀러를 위험시

하고 '이성에의 호소' 등의 정치적 강연 및 평론을 통해, 독일 시민
계급에게 그 위기를 호소한 바 있다. 이때 발표된 작품이 국수주
의적 독재의 사기술을 폭로한 단편 소설 「마리오와 마술사」(1930)
이다. 바이마르 공화국 시대에서부터 미국에로의 망명을 거쳐 전
후 시대에 이르기까지, 독일 및 인류의 양심의 소리를 대변해 온
토마스 만은, 이로써 전투적 휴머니즘의 대표 주자가 된다.

이 무렵 아이러니와 유머, 패러디 등을 절묘하게 조화시켜 악마
와의 계약에 의해 예술적 힘을 얻는 이야기 「파우스트 박사」
(1947)와, 은총의 기적을 주제로 인간성 회복을 묘사한 「선택받은
사람」(1951)을 발표한다. 이후 토마스 만은 사기꾼의 인생 행로를
통해 예술의 문제점을 되짚은 「사기꾼 펠릭스크르의 고백」(1954)
의 1부만을 완성한 채, 스위스의 취리히에서 사망한다.

■ 줄거리

함부르크의 명문가 출신이며 젊은 엔지니어인 주인공 한스는,
사촌인 요하임의 문병을 가기 위해 알프스 산중의 다보스 국제
요양소로 발걸음을 옮긴다. 원래 계획대로라면 3주간의 휴가를 그
곳에서 보내고 돌아왔어야 했지만, 공교롭게도 폐병이 재발하는
바람에 한스는 죽음과 병이 지배하는 이 '마(魔)의 산'에서 장장
7년이나 머물게 된다.

이곳에 머무르는 동안 그는, 질병이라는 삶과 죽음의 중간 존재
의 창조적 산물인, 왕성한 지식욕과 순수한 의구심을 무기로 하여

여러 가지 사상을 접하고 수많은 체험을 하게 된다.

그는 생각보다 병세가 심하지 않았던 요하임과 함께 지내면서 여러 사람들을 알게 되는데, 특히 진보적 합리주의자인 동시에 세계 공화제를 꿈꾸는 휴머니스트 제템브리너와, 비합리주의자인 동시에 중세의 교회 전제주의의 신비 사상을 찬미하는 나프타와 친해지게 된다. 그러던 중 한스는 젊고 아름다운 러시아인 소샤 부인에게 마음을 빼앗겨, 점차 그녀의 야릇한 관능의 세계를 동경하게 된다. 이로 인해 그는 생과 사, 정신과 육체 등의 명상의 세계에 빠져들면서 죽음이라는 심연 속으로 끌려 들어간다.

사육제가 열리던 어느 날, 한스는 소샤 부인에게 사랑을 고백한 후 그녀와 함께 밤을 보내지만, 이튿날 그녀는 산을 떠나 버린다. 그 사이 병세가 악화된 요하임이 죽자 한스는 죽음에 대해, 신비적인 위엄과 깊은 친근감을 느끼는 동시에 두려움과 추악함을 느끼게 된다. 그의 심신은 점차 무감각한 상태에 빠져들고 있었다.

시간이 흘러 산을 내려갔던 소샤 부인이 커피 왕(王)이라 불리는 페페르코른과 함께 돌아온다. 그 무렵 조금씩 삶에 대한 자신감을 되찾고 있던 한스는 눈보라 치는 산중에서 스키를 타다가 조난을 당하게 된다. 죽음의 문턱에서 꿈을 꾸다가 깨어난 한스는, 죽음이 존재를 낳는 힘인 동시에, 존재를 파괴하고 해체하는 힘이라는 사실을 깨닫는다. 그리고 이제는 단순한 죽음에의 공감에서 탈피하여 사랑에 의한 삶에의 봉사가 필요하다는 것을 절감한다. 이후 한스는 자신에게 힘이 되어 주었던 페페르코른에게 소샤 부인과의 관계를 고백하게 되는데, 이로 인해 페페르코른은 자살을 하게 되고 소샤 부인은 다시금 산을 내려가게 된다.

히스테릭한 기운으로 가득 차 있던 산중에서, 결국 나프타와 제템브리너는 자유에 대한 논쟁 끝에 결투를 하게 된다. 제템브리너가 허공에 총을 쏘자, 나프타는 그에게 비겁하다고 욕을 해대며 그대로 자살해 버린다.

여러 가지 일들을 겪은 한스가 산 아래에서의 시간 감각을 잃어버린 채 7년이란 세월을 산에서 보내고 있을 때, 제1차 세계대전이 발발한다. 그제서야 한스는 '보리수'를 흥얼거리며 마(魔)의 산에서 내려가 전장의 포연 속으로 사라져 간다.

■ 해설

독일의 교양 소설로도 손꼽히고 있는 「마의 산」은 낭만주의적, 보수주의적 휴머니즘에서 사회적 휴머니즘으로 발전해 가는 토마스 만의 세계관을 대변해 주는 작품으로, 유럽 문명을 예리하게 비평하고 있다.

실제로 1912년 만의 부인이 스위스의 다보스에서 요양 생활을 하는 동안 그녀를 문병하러 가서 겪었던 체험들이 이 작품을 쓰게 된 직접적인 동기였다.

12년에 걸쳐 완성된 「마의 산」에는 7년 동안의 산중 생활의 극명한 묘사와 심원한 인생 문제에 대한 주인공의 고찰이 적절하게 묘사되어 있다.

토마스 만은 평지에서 격리돼 있는 '마의 산'을 무대로, 19세기 후반부터 20세기 초반의 서구 사회를 대표하는 여러 가지 사상을 제시하고 있는데, 단순히 주인공 한스의 정신적 성장의 발자취만을 묘사한 것이 아니라, 죽음과 과거에만 집착했던 초기의 우울한 귀족적 의식을 억제하고 삶과 미래에 봉사하는 사랑의 휴머니즘을 향한 정신적 연화 과정을 묘사하고 있는 것이다.

즉「마(魔)의 산」은 제1차 세계대전 발발 당시를 비정치적 인간의 성찰과 병행하여 기술함과 동시에, 당대 유럽의 사상적 문제를 집약해 놓음으로써, 독일의 소설을 세계적 수준으로 끌어올린 토마스 만의 대표작이다.

마지막 잎새
(The Last Leaf, 1905)

오 헨리

"이 세상에서 가장 고독한 것은
신비롭고 먼 여행을 떠날 채비를
하고 있는 영혼이다."

- 「마지막 잎새」 중에서.

■ 오 헨리(O. Henry, 1862~1910)

　미국의 소설가 오 헨리는 미국 노스캐롤라이나 글린스보로에서 의사의 아들로 태어났다. 윌리엄 시드니 포터가 본명인 오 헨리는 어린 나이에 어머니를 잃고 숙모의 집에서 소년 시절을 보냈다. 가난 때문에 15세까지만 학교에 다녔던 그는 약국 점원에서부터 목동, 은행원, 기계 견습공, 신문 기자에 이르기까지 갖가지 직업을 전전하게 된다.

　1891년에는 근무하던 은행에서 공금 횡령죄로 3년 동안 옥살이를 하기도 했던 오 헨리는, 이때의 복역 기간 중 딸에게 줄 선물을 사기 위해 소설을 쓰기 시작한 것이 계기가 되어 작가로 변신하게 된다. 옥중에서 10편의 단편을 쓴 그는 출감 후에도 계속해서 활발한 작품 활동을 해, ‘미국의 모파상’이라 불리는 위대한 단편 작가로 발돋움하게 된다. 그는 전형적인 단편 작가로 장편은 한 편도 쓰지 않았는데, 3백여 편에 달하는 그의 단편들은 한결같이 감칠맛이 있고 빈틈없는 짜임새를 갖추고 있다.

　마크 트웨인 이래의 최고의 유머 작가로 큰 인기를 끌었던 오 헨리는 절묘한 구성과 익살스러운 우연, 막힘 없는 화술, 페이소스가 넘치는 묘사 등으로, 평범한 샐러리맨이나 하류 계층을 통해 깊은 인간애와 더불어 염세적인 인생관을 나타내고 있다.

　이후 그는 「양배추와 임금님」, 「400만」을 비롯한 단편집 13권을 간행하였으며, 거기에는 우리에게도 잘 알려진 「마지막 잎새」와 「매기의 선물」, 「경관과 찬송가」, 「20년 후」, 「초록색 문」, 「물레방아가 있는 교회」, 「추수감사절의 두 신사」, 「셋방」 등의 단편들이 수록되어 있다.

교묘한 플롯과 넘치는 기지, 흐뭇한 유머 등으로 미국 문단에서 독보적인 위치를 차지하고 있는 오 헨리는, 1910년 47세의 젊은 나이로 생을 마감했다. 사후에 문학상의 그의 공적이 인정받아 '오 헨리 단편상'이 제정되기도 했다.

■ 줄거리

가난한 화가 지망생들이 모여들어 예술가 부락을 이루고 있는 뉴욕의 그리니치 빌리지. 그곳의 자그마한 3층 벽돌집 꼭대기에서 수와 조안나는 화실을 공동으로 사용하고 있었다. 두 사람은 8번 거리에 있는 한 식당에서 우연히 만나, 서로의 취미가 같다는 사실을 발견하고는 함께 살기로 했던 것이다.

그러던 어느 날 폐렴에 걸린 조안나는 하루종일 침대에 누워 꼼짝도 못한 채, 창 너머로 보이는 텅 빈 담벼락만 바라보고 있었다. 심신이 쇠약해진 그녀는 자신이 창 밖의 앙상한 담쟁이 잎새와 같은 운명이라고 생각하게 된다. 그러한 조안나를 진찰한 의사는, 그녀 스스로 살겠다는 의지를 갖지 않는 한 회복될 가능성이 희박하다고 수에게 말한다.

의사의 말에 크게 낙담한 수가 걱정스런 마음으로 조안나의 방에 들어갔을 때, 그녀는 창 밖으로 시선을 고정시킨 채 숫자를 거꾸로 세고 있었다. 무슨 영문인지 몰라 어리둥절해 있는 수에게 조안나는 담쟁이덩굴 잎새의 숫자를 세고 있다면서, 이제 남은 것은 다섯 잎뿐이며, 그 마지막 한 잎이 떨어질 때 자신도 죽게 될 것이라고 얘기한다. 모든 것을 포기한 듯한 조안나의 모습을 확인한 수는, 아래층의 베이먼 노인을 찾아가 조안나의 상태를 설명한다. 60이 넘은 화가 베이먼은 젊었을 때부터 걸작을 그리겠다는 신념으로 살면서도 지금까지 제대로 시작조차 해본 적이 없는, 예술의 낙오자였다. 수는 이제는 나뭇잎처럼 연약해질 대로 연약해진 조안나가, 그나마 갖고 있던 세상에 대한 가냘픈 집착마저 놓게 되면, 정말로 큰일이 날 것 같다면서 근심에 차 말한다. 수의 얘기를 듣고 난 베이먼 노인은 눈물을 글썽이면서도 한편으로는 어이없는 조안나의 망상에 조소를 퍼붓는다. 잠들어 있는 조안나의 방으로 간 두 사람은, 창 너머의 담쟁이덩굴을 내다보고는 서로 말없이 쳐다본다.

진눈깨비가 밤새도록 퍼붓던 다음날 아침, 조안나는 흐릿한 눈을 크게 뜨고는 창문에 쳐놓은 녹색 커튼을 바라보고 있었다. 이윽고 그녀는 수에게 커튼을 젖혀 달라고 부탁을 한다. 수가 커튼을 젖히자, 어찌 된 영문인지 밤새도록 눈보라가 휘몰아쳤음에도 불구하고, 건너편 벽에는 담쟁이 한 잎이 끝까지 살아 남아 있었다. 조안나가 불안에 떨며 지켜보던 바로 그 마지막 잎새였다.

마지막 잎새로 인해 조안나는 삶의 의욕을 되찾게 되지만, 밤새도록 눈보라를 맞으며 담쟁이 잎새를 그려 넣었던 베이먼 노인은 그만 폐렴에 걸려 죽고 만다. 이 사실을 알고 있던 수가 조용히 조안나에게 말한다.

"창 밖의 벽에 붙어 있는 마지막 담쟁이 잎새 좀 보렴. 바람이 부는데 조금도 흔들리지 않고 움직이지도 않는 게 이상하지 않니? 저건 베이먼 할아버지의 처음이자 마지막 걸작이란다. 마지막 잎새가 떨어지던 그날 밤, 할아버지가 저 자리에 밤새도록 그려 놓으신 거란다."

오 헨리의 「마지막 잎새」는 그의 수많은 단편 소설 중에서도 단연 돋보이는 작품으로, 가난하고 불우한 뒷골목 화가들의 생활의 단면과 그들의 진실한 우정을 기발한 착상과 화법으로 풀어놓은 작품이다.

마지막 잎새가 떨어지면 죽고 만다는 공포와 초조감으로 자포자기 상태가 된 조안나, 그런 조안나를 돕기 위해 애쓰는 수의 극진한 우정, 그리고 조안나를 살리기 위해 눈보라 속에서 마지막 잎새를 그려 넣고 죽고야 마는 베이먼 노인. 이들 모두가 슬픈 현실 속에서도 삶을 긍정적으로 살아가는 인물들로, 오 헨리의 작가로서의 확신과 뚜렷한 가치관 속에서 적절하게 조화되어 감동을 안겨 주고 있는 것이다.

오 헨리의 생애에서 짐작할 수 있듯이 「마지막 잎새」 외에도 그의 작품의 주인공들은 모두 가난하거나 불행한 서민들이었다. 그럼에도 불구하고 그의 소설에서 비관적인 요소를 발견할 수 없는 것은 인간을 사랑하는 작가의 시선 때문이다.

작품 전면에 흐르고 있는 풍자와 기지, 유머와 페이소스뿐 아니라 기발한 착상과 교묘한 구성, 그리고 이야기를 전개해 나가는 오 헨리만의 탁월한 솜씨야말로 작품의 진가를 더해 주는 요소라 할 수 있다.

미국적인 서민의 애환과 따스한 유머가 넘쳐나는 오 헨리의 단편들은, 작가 자신의 오랜 체험의 결과인 동시에 그에게 가장 미국적인 작가라는 평가를 받게 하고 있다.

말테의 수기

(Die Aufzeichungen des Malte Laurids Brigge, 1910)

R. M. 릴케

"사람들은 누구나 죽음을 가지고 있는데,
그것은 이상하게도 그들에게 위엄과 긍지
를 부여하고 있는 것이다."

- 「말테의 수기」 중에서.

■ R. M. 릴케(Rainer Maria Rilke, 1875~1926)

　20세기 독일의 대표적 서정 시인인 릴케는, 체코의 민족주의가 고조되기 시작했던 시기의 프라하에서 출생해, 유달리 자부심이 강했던 모친 밑에서 고독한 소년 시절을 보냈다. 부친의 바람대로 육군 유년 학교에서 기숙사 생활을 하던 릴케는, 그후에는 독학으로 프라하 대학에 입학하고 베를린과 뮌헨 대학에서 청강을 한다.

　이 무렵 릴케는 14세 연상인 루 살로메를 알게 되어 깊은 영향을 받게 되는데, 그녀는 릴케로 하여금 현대 문학에 눈을 뜨게 해 준 장본인이었다. 릴케가 그녀에게 보낸 27년 동안의 사랑의 편지로도 유명한 두 사람은, 함께 떠난 러시아 여행길에서 톨스토이와 만나게 되고, 릴케는 이 러시아 체험을 통해서 초기의 서정적 감성과 우수에 깊이 있는 종교성을 더하게 된다.

　26세 때 로댕 문하의 여류 조각가와 결혼한 후 릴케는, 파리로 건너가 로댕의 비서가 되어 로댕의 평전(評傳)을 쓰기도 했다.

　시인으로서의 릴케의 생애는 4기로 나눌 수 있는데, 제1기는 몽상적이면서도 낭만적인 신(新)낭만파풍으로 시집 「인생과 소곡」(1894), 「가신(家神)에 대한 제물」(1896), 「꿈의 관(冠)」(1897), 「강림절(降臨節)」(1898) 등이 그것이다. 제2기는 릴케 자신의 개성에 눈을 뜬 시기로 그의 개성이 처음으로 확립된 시집 「나의 축일(祝日)에」(1899)를 발표해 새로운 생의 개화와 그에 대한 불안을 노래한다. 또한 이 시기에 릴케는 자신만의 독자적인 시의 경지를 개척한 「형상시집(形象詩集)」(1902)을 발표한다. 제3기는 파리 시절로, 대도시 파리에서 지금까지와는 다른 체험을 하게 된 그는 인간 실존의 궁극적 모습에 눈을 뜨게 되고 사랑과 죽음, 고독 등에 골몰하게 된다. 이러한 체험을 바탕으로 발표한 것이 「신시집(新詩集)」(1908) 1, 2부와 내적 묵상의 기록인 「말테의 수기」(1910)였다. 제4기는 인간 존재의 긍정을 희구하는 예술 정신의 흔적을 보여 주는 시기로, 10년에 걸쳐 집필한 「두이노의 비가(悲歌)」(1922)와 「오르페우스에게 바치는 소네트」(1922) 등이 대표적이다.

시어의 압축을 통해 말로는 표현할 수 없는 것, 귀로는 들을 수 없는 것까지도 표현해 냈던 릴케는, 게오르규와 함께 독일의 근대 시인 중 가장 위대한 존재로 기억되고 있다. 릴케는 장미꽃을 꺾다가 가시에 찔려 패혈증으로 1926년 숨을 거두었다.

■ 줄거리

천애 고아인 주인공 말테는 감수성이 강한 28세의 청년으로, 고향인 덴마크를 떠나 파리에서 고독한 생활을 한다. 그의 눈에 비치는 모든 것은 슬픈 인생의 이면과 패배된 모습뿐이다.

"아무리 추악한 현실일지라도, 현실을 위해서라면 일체의 꿈을 기꺼이 내던질 각오가 되어 있다."라고 생각하는 말테는 시인이기도 했다.

지금은 비록 파리의 싸구려 하숙방에서 살고 있지만, 덴마크의 유서 깊은 집안 태생이었던 말테는, 발소리조차 나지 않는 두터운 융단이 깔린 대저택에서 소년 시절을 보냈는데, 곧잘 열병에 걸려 환각을 보기도 했다. 어른이 되어서도 환각을 보는 일이 잦았던 그는, 의사로부터 전기 요법을 권유받을 만큼 갖가지 불안과 환상 때문에 고통받고 있었다.

"나는 머리가 떵하고 공연히 화가 나서 거울 앞으로 달려갔으며, 간신히 가면을 쓴 채 내 손이 움직이는 것을 들여다보았다. 거울을 들여다보면 바로 복수의 순간이 닥쳐올 듯했다. 나는 점점 숨이 막힐 것 같았고, 어떻게 해서든지 일체의 가장을 벗어 던지려고 했다. 어찌된 셈인지 거울은 나도 모르게 내 얼굴을 쳐들게 하고 거울을 들여다보도록 강요하는 것이었다. 나는 도망치듯 거기서 뛰쳐나왔다."

말테는 세느 강변을 거닐 때에는 자신이 마치 고서점의 주인이 된 것 같았고, 국립 도서관에서 「프랑시스 장」을 읽을 때면 인적이 끊긴 곳에 별장을 짓고 싶은 마음이 들기도 하고, 크루니 박물관에서 '여자와 일각수(一角獸)'의 고브랑을 보면 한때 연모했던 젊은 숙모가 생각나기도 했다.

또한 말테는 특이한 연애관을 갖고 있었는데, 그의 생각에 따르면 세속적 의미에서의 사랑을 단념함으로써 사랑을 지속시킬 수 있다는 것이었다. 그러던 중 말테가 덴마크의 여가수인 아베로네를 보게 된 것은, 어머니가 돌아가신 다음해 베니스에서였다. 그녀의 노래에 매혹된 말테는 "아베로네, 네가 눈을 들어 나를 쳐다보는 순간을 나는 절대로 잊고 싶지가 않다. 아베로네, 네가 내 곁에 있는 것만 같다. 그런데도 나는 여자란 여자는 다 좋다."라고 말하고 있다.

그러면서 말테는 사랑받는 것을 바라지 않는 사내의 이야기, 세속적인 사랑을 끊고 오로지 신의 사랑을 구하는 한 남자의 이야기를 하며 끝을 맺는다.

"그는 사람들의 사랑이 자신의 마음에 결코 와닿지 않는다는 것을 날이 갈수록 확인할 수 있었다. 사람들은 저마다 사랑에 일종의 허영을 느끼고 있을 뿐이었다. 그리고 서로 사랑을 경쟁하고 있는 것 같았다. 그런 사람들의 사랑의 노력을 보고, 그는 도리어 미소를 금할 수 없었다. 사람들이 그를 사랑할 수 없다는 것이 이미 분명하게 드러났기 때문이다. 그가 어떤 사람인지를 그들은 모르고 있었다. 그를 사랑한다는 것은 이제 엄청나게 어려운 일이었다. 오직 하나의 존재만이 자신을 사랑할 수 있다고 그는 어렴풋이 생각했다. 그러나 그 존재는 좀처럼 그를 사랑하려고 하지 않는 것 같았다."

■ 해설

「말테의 수기」는 파리에서 객사한 이름 없는 청년 시인이며 덴마크 귀족 출신인 말테가 남긴 수기 형식의 글을 모아 놓은 작품이다. 이 작품은 일관된 줄거리 없이 파리의 수많은 인상이라든가 유년 시절의 추억이라든가 역사상의 인물 묘사, 철학적이며 종교적인 사색 등의 단편들로 구성되어 있다.

「말테의 수기」가 발표되었을 당시에는, 소설이냐 일기냐 하는 문제로 문학 논쟁을 불러일으키기도 했는데, 그런 면에서 이 작품은 새로운 소설의 실험작이기도 했다.

65편의 패러그래프(paragraph)로 구성되어 있는 「말테의 수기」

초판은, 나무토막을 이어 맞춰 쌓아올린 것 같은 구성에 의해 참신함을 자아내고 있으며 파리에서의 주인공의 생활, 유년 시절의 추억, 풍부한 독서의 추억 등으로 나뉘어져 있다.

릴케는 이 작품을 통해 말테의 내·외적 생활을 독자 자신이 혼란함 속에서 구성하면서 읽어 나가기를 요구하고 있다. 보들레르의 산문시 특히 「썩은 고기」 등을 본보기로 하여, 주인공 말테는 아무리 추악하고 비참한 것도 외면하지 않으면서 불안을 철저히 체험하려고 한다. 즉 말테에게는 외계와 내계, 과거와 현재가 모두 동시적으로 '불안'으로서 존재하는 것이었다.

일종의 신의 탐구서이기도 한 「말테의 수기」는 현대의 참담함을 놓치지 않고 그것들을 운명으로 여기면서도 절망과 허무에 빠지지 않고, 고독을 이겨내고 새로운 길로 내딛는 결의에 가득 찬 작품이다. 즉 인간적 고통과 사색의 솔직성을 대담하고 세밀하게 다루고 있어, 무엇보다도 깊이 있는 인생관을 제시하고 있다.

이와 더불어 릴케 자신이 경험했던 인생에 대한 고독과 견딜 수 없는 향수의 그늘을 가장 잘 보여 주고 있는 산문인 동시에, 내재적 인간의 심리까지 놓치지 않고 묘사하고 있다. 바로 이런 점에서 「말테의 수기」는 실존주의 문학의 선구적 작품으로 간주되고 있으며, 릴케 자신이 특별한 애정을 갖고 있는 작품이다.

목로주점

(L'Assommoir, 1877)

에밀 졸라

"누구나 다 가는 거야. 서로 다툴 필요는
없지. 자리는 다 있으니까. 그래, 잘 들어
봐. 자, 그대는 행복한 거야. 고이 잠들어
주게, 어여쁜 여인이여."

— 「목로주점」 중에서.

■ 에밀 졸라(Émile Zola, 1840~1902)

에밀 졸라는 1840년 파리에서 이탈리아인 아버지와 프랑스인 어머니 사이에서 태어나, 남 프랑스의 자연 속에서 청소년기를 보냈다. 아버지의 사망으로 집안 살림이 궁색해지자 살던 집을 처분하고 교외로 이사를 간 졸라는 부르봉 중학교에 입학, 그곳에서 세잔느와 친분을 맺게 된다. 이후 대학 입시에 낙방해 학업을 포기하게 된 졸라는 부두 화물 창고의 말단 직원으로 일하며 뒷골목을 전전한다. 이 당시 졸라가 경험했던 가난과 그가 살던 곳의 이웃들은 훗날 「목로주점」을 쓸 때 좋은 참고 자료가 되어 준다.

가난에 굴하지 않고 문학으로 명성을 날리기로 결심한 졸라는 1862년 아는 사람의 소개로 출판사에 취직해 문학 및 예술계 인사들과 접촉할 기회를 잡는다. 그는 낭만주의 사조에 동조하면서 첫 단편집 「니농을 위한 콩트」(1864)를 발표한 후, 신문과 잡지를 통해 비평 활동을 병행하면서 「클로드의 고백」(1865), 「한 죽은 사람의 고백」(1866) 등을 연이어 발표한다.

그후 졸라는 사실주의 작가로 활약하게 되는데, 이때 발표한 작품이 「테레즈 라켕」(1867), 「마들렌느 페라」(1868) 등이다. 낭만주의 그늘에 묻혀 그들의 작품을 모방하기에 급급했던 졸라가 드디어 자연주의 작가로서의 활동을 시작한 것이었다. 또한 졸라는 실증주의 철학과 문학 및 예술사에 심취해 『루공마카르 총서』 집필에 착수한다. 이 작품은 프랑스 제2제정을 배경으로 한 가족의 변천 과정을 소설화한 것으로, 졸라가 심혈을 기울여 24년 동안 20여 권의 책 분량을 집필한 것으로도 유명하다.

졸라의 작가적 역량은 섬세한 인간 심리의 묘사보다는 웅대하고 서사시적인 면에서 잘 나타나는데,『루공마카르 총서』중 일곱 번째 소설인「목로주점」(1877)이 대표적이다. 당시에는 외설적이고 노동자들을 모욕하는 작품이라 하여 환영받지 못했던 이 작품은, 훗날 그런 비난들을 일소하고 졸라의 대표작으로 인정받게 된다. 이후『루공마카르 총서』의 아홉 번째 소설「나나」(1880)가 발표되자 다시 한 번 격렬한 논쟁을 불러일으켰는데, 당시로서는 파격적이었던 화류계 여성의 생활을 폭로하고 있기 때문이었다.

문학사적 위치에서 프랑스 자연주의 문학의 선구자로 일컬어지는 졸라는 모파상, 히스만, 세아르 등과 더불어『메당의 저녁』이라는 책자를 출간해 '메당 그룹'을 형성하기도 했는데, 이것은 오늘날 자연주의 문학의 상징어로 인용되고 있다.

■ 줄거리

다리를 저는 세탁부 제르베즈는 빼어난 미인에 일도 잘해서 많은 남자들로부터 사랑을 받고 있었다. 그중 모자 직공인 랑티베와 동거를 하게 된 그녀는 꿈에 부풀어 파리로 이사를 하게 된다.

그러던 어느 날 갑자기 랑티베가 그녀와 아이들을 버려 두고 집을 나가는 일이 생긴다. 그 일로 슬픔에 빠져 있던 제르베즈는 그 동안 끈질기게 구애해 왔던 지붕 수리공 쿠포와 재혼을 하게 된다. 4년 동안 행복한 나날을 보내며 열심히 일해 목돈을 마련한 그들은 조금만 있으면 꿈에 그리던 세탁소를 차릴 수 있게 된다.

그러나 그들 사이에 첫 아이가 출생할 무렵, 일을 하던 쿠포가 지붕에서 떨어져 다리가 부러지고 만다. 제르베즈는 성심 성의껏 남편을 간호하지만, 다치고 나서부터 사람이 달라진 쿠포는 게으름과 술 속에 빠져 모아 놓았던 돈을 탕진해 버린다. 이 때문에 그들이 오랫동안 소망해 왔던 세탁소 개업의 꿈도 사라진다.

그때 제르베즈에게 호감을 품고 있던 대장장이 구제가 돈을 빌려준 덕택으로, 그녀는 우여곡절 끝에 세탁소를 개업하게 된다. 그러나 행복에 젖어 지내던 것도 잠시, 다리가 완치된 쿠포가 다시금 게으름과 술에 절어 그녀의 행복을 앗아가기 시작한다.

그러던 중 그녀를 버리고 집을 나갔던 랑티베가 돌아오자 그때부터 제르베즈, 랑티베, 쿠포, 이 세 사람의 기묘한 동거 생활이 시작된다. 그런 상황에서도 열심히 일만 하던 제르베즈였지만, 희망은 점점 사라지고 날이 갈수록 빚만 늘어갔다.

결국 마지막 희망이었던 세탁소마저 넘어가게 되자, 제르베즈는 어느새 예전처럼 날품팔이 세탁부로 되돌아가 있었다. 삶의 고단함에 지친 제르베즈는 술집의 단골 손님이 되고, 쿠포 역시 알코올 중독으로 정신 병원 신세를 지게 된다.

그러던 어느 날, 돈을 갖고 오기로 한 쿠포가 약속을 또 어기자 제르베즈는 빵 한 조각을 얻기 위해 밤거리로 나선다. 그곳에서 그녀가 만난 것은 뜻밖에도 세탁소를 낼 때 돈을 빌려주었던 대장장이 구제였다. 아직까지도 그녀를 사랑하고 있던 구제가 건넨 빵을 뿌리치고 제르베즈는 허겁지겁 도망쳐 나온다. 그러나 집으로 돌아온 그녀를 기다리고 있는 것은 알코올 중독으로 미쳐 날뛰다 죽어버린 남편의 시체뿐이었다.

그후 제르베즈 또한 점점 정신이 흐릿해져 간다. 그녀는 굶주림과 쓸쓸함 속에서 지옥 같은 하루하루를 살아가고 있었다. 그러던 중 며칠 동안 모습을 보이지 않던 제르베즈가 싸늘한 시체로 변해 있는 것을 이웃 사람들이 발견하게 된다.

■ 해설

「목로주점」은 문단에서의 졸라의 위치를 굳건히 해줌과 동시에 자연주의 문학의 승리를 이끈 걸작으로, 발표 이후 10년 동안 자연주의 문학 전성 시대를 초래한 작품이다.

1868년 발자크의 문제작 「인간희극」을 본떠 프랑스 사회를 그려내려는 야심 만만한 계획으로 소설을 구상하던 졸라는, 자신의 그러한 생각을 이 작품 속에 그대로 나타내고 있다. 졸라는 인간에 대한 생각을 시대와 환경 등에서 찾고 있었는데, 그의 이런 사상은 바로 이 작품 「목로주점」에서 현실을 비정하게 바라보는 형태로 나타나고 있다.

「목로주점」에서 나타나는 다양한 장면 묘사는 어떻게 보면 어둡고 구질구질한 느낌마저 주는데, 그것이야말로 졸라가 바라보는 현실의 모습이었다. 즉, 이성과 지성을 초월한 곳에 존재하는 인간의 정체였던 것이다.

졸라는 특히 있는 그대로의 인간에 대해 그 깊숙한 곳에 파묻혀 있는 이상적 인간상을 발굴해 묘사하고 있다. 이것이 이른바 '졸라이즘'이라 불리는 졸라의 자연주의인 것이다. 또한 묘사나 기교

뿐 아니라 사상에 입각한 과학성이야말로 졸라 문학의 가장 큰
특징이라 할 수 있다.

　세탁부 제르베즈의 불행한 생애를 통해 한 노동자 가족의 숙명
적인 몰락을 그리고 있는 「목로주점」은 스탕달의 「적과 흑」, 발자
크의 「사촌누이 베트」, 플로베르의 「보바리 부인」과 함께 19세기
프랑스를 대표하는 문학 작품으로 평가받고 있다.

바람과 함께 사라지다

(Gone with the Wind, 1936)

마가렛 미첼

"내일은 또다시 내일의 태양이
떠오를 것이다."

－「바람과 함께 사라지다」 중에서.

■ 마가렛 미첼(Margaret Mitchell, 1900~1949)

마가렛 미첼은 미국의 여류 소설가로 미국 남부 애틀랜타에서 출생해, 평생을 그곳에서 살았다. 법률가이면서 역사 학자였던 부친 때문에 어려서부터 역사에 홍미를 느끼며 남북 전쟁 때의 일화를 들으며 성장했다.

이후 그녀는 스미스 대학에 입학해 의학을 전공했으나 어머니의 사망으로 귀향한 후 <애틀랜타 저널>에 입사해 편집 일을 하기도 하였다. 1925년 그곳에서 만난 존 마시와 결혼한 미첼은 어느 날 계단을 헛디뎌 3년간을 집안에서만 생활하게 되는데, 그 무렵 많은 양의 독서를 하게 된다.

이때부터 그녀는 남북 전쟁과 전후의 재건 시대를 배경으로 한 역사 소설 「바람과 함께 사라지다」(1936)를 무려 10여 년에 걸쳐 집필하기 시작한다.

출판과 동시에 폭발적인 반향을 불러일으켰던 「바람과 함께 사라지다」는, 그녀가 어릴 적 들었던 전쟁의 일화와, 오랜 시간 동안 모아 둔 자료를 바탕으로 천여 페이지에 달하는 대작으로 완성된 작품이었다.

또한 미첼의 세밀한 시대 묘사와 애욕 문제의 능숙한 처리 등이 선풍적인 인기를 끌게 되어, 출판되자마자 100만 부를 넘는 베스트셀러가 되었고, 세계적으로도 기록적인 숫자의 독자를 확보하고 있는 작품이다.

미첼은 이 단 한 작품으로 퓰리처상까지 수상하게 되었으며, 발간 즉시 영화화되어 아카데미 작품상 등을 수상하기도 했다.

평생동안 「바람과 함께 사라지다」 한 작품밖에는 쓰지 않았던 마가렛 미첼은, 남편과 조용한 생활을 하던 중 1949년 불의의 교통사고로 사망했다.

■ 줄거리

프랑스계 귀족인 어머니와 아일랜드 출신의 대농장 주인인 아버지 사이에서 태어난 스칼렛 오하라는, 귀족적인 자존심과 매력적인 외모를 동시에 갖춘 아가씨였다.

주위의 젊은이 중 그녀에게 매혹되지 않은 사람이 한 명도 없을 정도로 인기가 좋았지만, 그녀는 정작 문학과 예술에 열중하며 현실보다는 공상의 세계에 빠져 지내는 애슐리란 청년을 사랑하고 있었다.

그러나 애슐리는 스칼렛이 아닌 그녀의 사촌인 멜라니를 사랑하고 있었다. 그런 애슐리에게 화가 난 스칼렛은, 질투심에 사로잡힌 채 멜라니의 오빠 찰스와 결혼을 해버린다. 이렇게라도 해서 애슐리의 관심을 끌고 싶었던 것이다.

그 무렵 남북 전쟁이 터지자 출정한 지 두 달 만에 스칼렛의 남편인 찰스는 전사를 하고 만다. 젊은 나이에 미망인이 된 스칼렛은 남편의 죽음에도 별다른 상처를 입지 않고, 오로지 전장에 있는 애슐리만을 걱정하고 있었다.

전황이 확대되자 스칼렛과 멜라니는 애틀랜타로 옮겨 가 육군병원에서 부상병들을 간호하며 분주한 나날을 보낸다. 그러던 어느 날, 남들의 비난 섞인 눈초리에도 아랑곳하지 않고 상복을 입은 채로 한 무도회에 참석한 스칼렛은, 그곳에서 레트 버틀러와 운명적인 만남을 갖게 된다.

1865년 5년간이나 계속되던 전쟁은 남군의 패배로 끝이 난다. 애슐리가 돌아오자 스칼렛은 다시금 그에 대한 자신의 사랑을 고백하지만 이번에도 역시 거절당한다.

상처 입은 스칼렛은 애슐리의 말처럼 '자신에게 남은 것은 자신을 키워 준 농장의 흙'이라는 사실을 깨닫고는, 새로운 마음으로 농장을 재건하기 위해 제재소 주인인 동생의 약혼자를 빼앗아 재혼한다.

몇 해 후 두 번째 남편마저 사고로 죽게 되자 그녀 혼자 제재소 경영을 도맡아하게 되지만, 엄청난 세금 때문에 자금의 융통이 막혀 버린다.

궁리하던 끝에 스칼렛은 이제는 거부가 되어 있는 레트 버틀러를 찾아가 돈을 빌리게 된다. 그것을 계기로 그녀는 레트와 세 번째 결혼을 하기에 이른다.

그러나 자신과 결혼을 하고 나서도 애슐리에 대한 사랑을 포기하지 않는 스칼렛의 모습을 지켜보며 레트는, 둘의 결혼 생활에 조금씩 금이 가고 있음을 느끼게 된다.

둘 사이를 이어 주었던 딸마저 말에서 떨어져 죽게 되자, 결혼 생활에 환멸을 느낀 레트는 세상 모든 것에 흥미를 잃은 채 집을 나가 버린다.

그제서야 스칼렛은 자기가 가장 사랑했던 사람은 애슐리가 아닌 레트였다는 사실을 깨닫게 된다.

자신의 농장 한켠에 서서 뒤늦은 후회를 하고 있던 스칼렛은, 그런 와중에서도 끝까지 희망을 잃지 않으며 중얼거린다.

"내일은 또다시 내일의 태양이 떠오를 것이다."라고.

■ 해설

5부작으로 구성된 「바람과 함께 사라지다」는 남북 전쟁 시대를 배경으로 하는 리얼리즘의 역사 소설이라는 점에서, 톨스토이의 「전쟁과 평화」와도 견줄 만한 기념비적 작품이다.

미첼은 이 작품에서 남북 전쟁 전후의 재건을 배경으로 급변하는 사회상과, 아름답고 억센 남부 여성 스칼렛 오하라라는 현실적이며 전통 사회에 반발하는 한 여성을 통해, 그녀가 자신의 세계를 고집하며 참사랑을 찾아 힘차게 살아가는 모습을 박진감 있는 필치로 묘사하고 있다.

이외에도 연약한 이상주의자 애슐리에 대한 스칼렛의 사랑과 물질주의적이면서 행동가인 레트 버틀러와의 애증 관계 등을 정결하게 묘사하고 있다.

그 당시 미국에서는 「바람과 함께 사라지다」 외에도 윈스턴 처칠의 「위기」, 스타크 영의 「장미는 왜 붉은가」, 매킨리 켄터의 「잠잘 때를 경계하라」 등이 발표되어 남북 전쟁을 주제로 한 소설이 유행하기도 했다. 남북 전쟁에 대한 독자의 흥미가 높아지고, 불황의 밑바닥에서 현실을 잊게 해줄 만한 읽을거리를 찾고 있을 때 바로 미첼의 「바람과 함께 사라지다」가 발표된 것이다.

이 작품은 발표되자마자 공전의 베스트셀러가 되었고, 세계 여러 나라에서 각국어로 번역되었다. 이는 여주인공 스칼렛 오하라가 갖고 있는 자유 분방하고 정열적인 성격이 대중에게 어필해, 그들의 마음을 사로잡을 수 있었기 때문이다.

백경
(Moby Dick, 1851)

허먼 멜빌

"오오, 고독한 생애 끝의 고독한 죽음!
오오, 내 최고의 위대함은 내 최고의 슬
픔 속에 있다고 느끼도다."

— 「백경」 중에서.

미국의 소설가인 허먼 멜빌은 뉴욕에서 스코틀랜드계의 부유한 수입업자의 아들로 태어났다.

유복한 소년 시절을 보낸 멜빌이었지만 연이은 부친의 사업 실패와 죽음으로 인해 막대한 빚을 짊어지게 된다.

19세에 선원이 된 멜빌은 리버풀로 떠나는 배에 승선하게 되는데, 이 당시의 체험이 훗날 발표된 「레드 번」(1849)의 토대가 되었다고 한다.

이후에도 멜빌은 오스트레일리아의 포경선 루신앤 호를 탄 경험을 소재로 한 「오무」(1844)를 집필하기 시작한다. 이어서 그는 마르케이사스 군도의 한 섬에서 동료와 함께 식인종의 포로가 된 경험을 옮긴 「타이피」(1846)를 발표하고, 계속해서 미 해군 유나이티드 스테이츠에 승선한 경험을 옮긴 「하얀 재킷」(1850) 등을 발표한다.

엘리자베스 쇼와 결혼한 후 매사추세츠 피츠필드 근방으로 이사한 멜빌은, 1850년 여름부터 자신의 대표작 「백경」(1851)을 집필하기 시작한다.

출판 당시만 해도 이 작품의 평판은 그다지 좋지 않았는데, 겨우 몇몇 사람들만이 작품의 예술성을 인정할 뿐이었다고 한다.

그러나 이에 개의치 않고 이듬해에 「피에르」(1852)를 발표한 멜빌은, 그후 10여 년에 걸쳐 유럽과 성지 등을 여행한다.

1863년 다시 뉴욕으로 돌아온 그는 20년 동안 세관 근무를 하면서 틈틈이 시집 등을 발표한다.

이후 멜빌은 미발표 원고인 두 권의 여행기와 「빌리 버드」를 남겨 둔 채, 1891년 72세의 일기로 생을 마감했다.

불행하게도 생전에는 작가로서의 인정을 받지 못했던 멜빌은, 금세기에 이르러서야 미국 문학의 최고 작가중 한 사람으로 손꼽히고 있다.

■ 줄거리

자살 대신 바다를 선택한 주인공 이쉬메일은, 포경선의 선원이 되기 위해 뉴 베드퍼드로 가 포경선 피퀴드 호에 승선한다.

어딘가 좀 괴이한 데가 있었던 그 포경선에는 광적인 노선장인 에이허브와 세 명의 뉴잉글랜드 출신 조타수, 세 명의 원시인 살잡이, 신비에 싸여 있는 배화교도(拜火敎徒), 백치의 흑인 소년 등이 타고 있었다. 이쉬메일은 그들과 함께 아메리카 동북안의 난타게트 항을 향해 떠나게 된다.

병중이라는 이유로 선원 앞에 모습을 드러내지 않고 선실에만 틀어박혀 있던 선장 에이허브는, 열대 지방 가까이 가서야 비로소 갑판에 모습을 드러낸다. 이미 노인이 된 채 고래뼈로 만든 의족을 하고 있던 그는, 언제나 무언가에 골몰해 있어 마치 신들린 사람처럼 보였다.

그러던 어느 날 에이허브가 선원들 앞에서 자신의 과거를 얘기하기 시작한다.

자신이 한쪽 발을 잃은 것은 '모비 딕'이라는 거대한 흰 고래 때문으로, 그 고래에게 한쪽 발을 잃은 후 자신은 오로지 복수하고자 하는 일념으로만 살아왔다는 것이었다.

모비 딕이라고 불리던 백경은 인도양과 태평양 등지에서 신출귀몰하는 거대한 고래로, 배를 침몰시키고 인명을 빼앗기로도 악명 높은 마물적 존재였다.

게다가 성질까지 포악한 모비 딕은 이마에는 주름이 져 있고, 굽은 턱에 하얀 머리 모양을 하고 있었는데, 등에 꽂힌 수많은 작살에도 불구하고 지금까지 살아 있다는 것이었다.

선원들은 선장의 한이 맺힌 이야기에 감동을 받아, 한 사람도 빠짐없이 모비 딕과 맞서 싸우겠다고 맹세를 하게 된다. 복수심에 불타는 에이허브 또한 모비 딕과의 두 번째 전투를 준비하면서, 완전한 승리가 아니면 파멸이 있을 뿐이라고 생각한다.

피쿼드 호가 모비 딕을 쫓아 희망봉에서부터 인도양, 태평양에 이르기까지 험난한 항해를 시작한 지 얼마 안 돼, 그들은 마침내 문제의 모비 딕을 발견하게 되고, 모비 딕과의 사흘간의 치열한 전투에 임하게 된다.

첫날에는 선장 에이허브가 타고 있던 보트가 물어 뜯겨져 한 사람이 죽게 되고, 둘째 날에는 세 척의 보트가 완전히 부서져 버린다. 셋째 날에는 돌진해 들어온 모비 딕으로 인해 급기야 포경선까지 부서지고야 만다.

그후 가까스로 한 척만 남은 보트에 타고 있던 에이허브는 모비 딕의 몸에 무쇠살을 적중시키며 사투를 벌이지만, 불행하게도 밧줄에 몸이 묶인 채 모비 딕과 함께 바다 깊이 가라앉고 만다.

이 치열했던 사투 끝에 홀로 남겨진 이는 젊은 방랑자 이쉬메일

뿐이었다.

■ 해설

멜빌 사후에야 주목을 받기 시작한 「백경」은, 한 마리의 거대한 고래를 쫓아 오대양을 누비며 범주하는 장쾌한 해양 소설이자, 우주와 인생의 진리를 선명하게 그려 낸 멜빌의 역작이다.

초현실적 상상력과 멜빌 자신의 체험을 바탕으로 쓰여진 이 작품은, 전 135장과 에필로그로 구성되어 있다.

이외에도 「백경」은 단순한 줄거리에도 불구하고, 고래와 포경업에 대한 멜빌의 박학한 고증과 전통적 소설의 형식을 무시한 독특한 스타일을 갖고 있는 작품이기도 하다.

멜빌은 「백경」을 통해서 극적인 독백과 방백, 그리고 '내'가 말하는 형식 등의 3인칭 기술에 해학까지 곁들여 힘찬 문장을 구사하고 있다.

이와 더불어 사실과 허구를 교묘히 뒤섞어 놓아 백경의 리얼리티를 최대화한 것이야말로, 멜빌의 작가로서의 역량을 돋보이게 만든 점이다.

그러나 「백경」은 작품 전체가 갖는 신비적 의미의 상징을 어떻게 해석하느냐에 따라 의견이 달라질 수 있다.

에이허브와 백경과의 싸움을 선과 악, 인간 악과 자연 악의 대결로 본다거나, 백경의 추적을 백인들의 저주된 숙명으로 보고 그것에서 정복욕에 사로잡힌 서구 문명의 비극을 바라볼 수도 있기 때문이다.

　오늘날 단테나 셰익스피어에 비길 만하다고 평가되는 멜빌의 분방한 상상력이 십분 발휘된 바다의 서사시 「백경」은, 작품 곳곳에 작가의 휴머니즘과 따스한 인간미, 그와 더불어 주옥같은 진리의 아름다움까지 새겨져 있어 독자로 하여금 깊은 감동을 느끼게 하는 작품이다.

변신

(Die Verwandlung, 1912)

프란츠 카프카

"모두 그대로 놓아두지 않으면 안 된다. 살림살이가 자기에게 미치는 바람직한 영향 없이는 도저히 배겨날 수 있을 것 같지 않다. 살림살이가 놓여 있어서 무의미하게 기어 돌아다니는 운동이 방해를 받더라도, 그것은 손해라기보다 커다란 이익임에 틀림없었다."

– 「변신」 중에서.

■ 프란츠 카프카(Franz Kafka, 1883~1924)

프란츠 카프카는 1883년 프라하에서 유태인 상인의 맏아들로 태어났다. 잡화상을 경영하는 아버지와 항상 의견이 엇갈려, 평생을 아버지와의 갈등 속에서 살았다. 1901년 프라하 대학에서 법률을 공부하고 1906년에는 법학 박사 학위를 취득한 바 있다.

이후 그는 보험 회사 직원으로서 유능한 활동을 하는 한편, 일찍부터 문학에 생명을 걸고 전대 미문의 작품들을 남기게 된다. 1912년부터 본격적인 문학 활동을 시작한 카프카는 초현실적이고 환상적인 사건들을 객관적으로 묘사한 「변신」(1912)을 발표함과 동시에, 이 해부터 1913년 1월에 이르기까지 「아메리카」의 제7장 부분까지의 집필을 완성한다.

이어서 『실종자』의 제1장 「화부」(1913)를 단독으로 발표해 이 작품으로 폰타이네 상을 수상한 카프카는, 1914년부터 「심판」을 집필하기 시작한다. 한동안 창작 활동이 부진했던 카프카는 1917년 펠리체 바우어와 두 번째 약혼을 하나 또다시 파혼한 후 평생을 독신으로 살게 된다. 1922년 「성」을 집필하던 중 보험 회사를 퇴직하고 요양 생활을 하던 그는, 병세가 악화되자 외삼촌과 친구 막스 브로트의 권유로 프라하로 돌아간다.

카프카의 소설들은 악몽 속을 헤매는 것 같은 느낌이 들기도 하고, 언어조차 제대로 이해할 수 없는 경우가 많다. 그러나 친구인 막스 브로트가 말했듯이, 카프카만큼 양심에 충실하고 철저했던 사람은 없었을지도 모른다. 그는 기교적이거나 흥미로운 것, 야릇하거나 그로테스크한 것을 싫어했으며, 조용하고 위대한 자연의 힘이나 견실하고 단순한 것들을 사랑했다.

외적으로는 별다른 파란을 겪지 않은 카프카였지만, 불행하게
도 한번도 행복한 결혼 생활을 해보지 못한 채, 1924년 41세의 비
교적 짧은 생애를 살다 갔다. 생전에는 소수의 단편밖에 발표되지
않았으나 사후에 친구인 브로트가 카프카와의 약속을 깨고 그의
유작을 발표해, 전세계의 주목을 받는 동시에 현대 실존주의 문학
의 선구자가 되었다.

■ 줄거리

밤새 악몽에 시달리던 세일즈맨 그레고르는, 아침에 눈을 떴을
때 자신의 몸의 일부가 이상해져 있음을 느낀다. 어처구니없게도
자신이 수없이 많은 다리를 가진 커다란 독충(毒蟲)으로 변해 있
는 것을 발견하게 된 것이다.

이 이상한 몰골의 독충은 여러 개의 딱딱한 활 모양의 띠로 나
뉘어져 있는 배와, 몸의 다른 부분에 비해 한심할 정도로 연약한
다리를 갖고 있었다.

예정대로라면 오늘 출장을 갔어야 했는데, 결근을 할 수밖에 없
는 상황이 되자 그레고르는 회사에서 해고당할 것을 걱정하게 된
다. 도대체 그로서는 납득할 수 없는 일이 벌어진 것이다. 몇 번이
고 자신의 눈을 의심했지만 꿈은 아닌 듯했다.

비록 좁긴 하지만 그가 독충의 모습으로 누워 있는 이 방은 틀
림없는 자신의 방이었다. 그는 자신의 변해 버린 모습을 두려워하

며 방 안에만 틀어박혀 있었다.

한편 그레고르가 출근을 하지 않자 회사에서는 그가 수금한 회사 돈을 횡령했으리라는 의심 때문에 지배인을 그의 집으로 보낸다. 한동안의 줄다리기 끝에 그레고리의 이상한 모습과 맞닥뜨린 지배인은 놀라서 도망쳐 버리고, 독충의 모습으로 변해 있는 아들의 모습을 목격하게 된 부모는 졸도를 하기에 이른다.

누구보다도 끔찍하게 가족을 생각하는 그레고르였지만, 독충의 모습으로 변해 버린 후에는 가족에게까지 버림을 받게 될까봐 초조해 하며 고독과 불안 속에서 생활하는 신세가 된다. 집안을 꾸려 나가며 가장 노릇을 하던 그레고르가 이 지경이 되자, 가족은 가족대로 곤경에 빠지게 된다. 그나마 누이동생만이 헌신적으로 그레고르의 뒷바라지를 하지만, 그의 기괴한 모습은 가족 모두에게 공포심을 불러일으키고도 남을 만큼 끔찍한 것이었다.

그러던 어느 날 방에서만 꼼짝 않고 있던 그레고르가 누이동생이 켜는 바이올린 소리에 이끌려 옆방으로 기어 나오게 되는데, 우연히 그 모습을 보게 된 하숙인들은 기겁을 하면서 당장 집을 옮기겠다고 말한다.

그 때문에 누이동생마저 그를 외면하기 시작하고 그레고르는 이제 방 안에 갇히는 신세가 되고 만다. 그가 할 수 있는 일이라고는 때때로 벽을 기어올라가 천장에 달라붙어서 자신을 위로하는 일뿐이었다. 마침내 우려하던 대로 가족에게까지 버림을 받게 된 그레고르는 열등감과 불면, 식욕 부진 등에 빠져 날이 갈수록 쇠약해진다.

그러던 어느 날 아침, 차디찬 시체로 변해 있는 그레고르를 발견하게 된 가족들은, 아이러니컬하게도 이튿날이 되자 모처럼 밝은 기분에 휩싸여 교외로 산책을 나간다.

■ 해설

카프카 생전에 발표된 몇 안 되는 작품 중 하나인 「변신」은, 어느 날 갑자기 독충으로 변해 있는 주인공을 통해, 가족과 사회로부터 버림받는 현대인의 정신 세계를 그린 작품이다.

이야기는 주인공인 그레고르가 잠에서 깨어 보니, 자신의 모습이 괴이한 독충으로 변해 있는 것에서부터 시작된다. 그러나 주인공 그레고르의 변신은 이야기가 본격적으로 시작되기도 전에 끝나 버리면서, 이야기는 고대의 비극처럼 느닷없이 종말을 향해 치닫기 시작한다.

이렇듯 카프카는 우선 독자를 인과율과 그 밖의 기성 관념의 지배에서 해방시킨 다음, 그레고르와 그의 직업과의 관계, 그 자신과의 관계 등에 대해 차근차근 이야기를 진행해 나간다.

여기서 그치지 않고 카프카는 독충의 껍질 속에 갇혀 벙어리 죄인이 된 그레고르의 고뇌를 전하면서, 그의 변신을 둘러싼 가족의 심리를 미묘하게 그려내고 있는데, 그의 의도대로라면 작품 전체에서 변신하는 것은 그레고르가 아닌 가족이었던 셈이다.

특히 그레고르에게 가족들이 보여주는 경악과 연민, 불안과 혐오, 마지막의 무관심 등을 통해 그레고르가 느끼는 고통과 절망을 절절하게 표현하고 있는데, 이는 카프카가 처했던 당시의 사회상을 그대로 재현한 것과 다를 바 없다. 즉 주인공의 고독과 고통은 카프카 자신이 태어난 프라하의 불안정한 정치 상황과, 유태인 아버지 때문에 정신적, 육체적으로 소멸되어 가는 카프카 자신의 모습과 매우 흡사한 것이었다.

카프카 특유의 유머와, 괴이한 사건을 예사로운 일처럼 묘사하는 냉정하고 사실적인 문체는, 독자를 실존의 차원과 부조리의 세계로 끌어들이는 힘을 지니고 있다.

키에르 케고르의 사상적 영향을 받아 신비적, 철학적 작품을 주로 썼던 카프카는, 객관적 묘사에 탁월하며 철학적 상징법과 표현주의 형식 등으로 실존주의 문학의 선구자로 간주되고 있다.

보바리 부인

(Madame Bovary, 1857)

G. 플로베르

"아름다운 것들은 아무 것도
더럽히지 않는 법입니다."

— 「보바리 부인」 중에서.

■ G. 플로베르(Gustave Flaubert, 1821~1880)

프랑스의 소설가로 시립 병원 외과 의사의 아들로 태어났다. 플로베르는 아버지의 병원 부속 주택에서 시체들을 지켜보며 성장했는데, 이로 인해 그는 페시미즘과 해학적이며 몽환적인 성향을 지니게 된다.

1832년 플로베르가 중학교에 입학할 당시는 바이런, 뮈세 등의 우울한 낭만주의가 시대를 주도하던 시기로, 이때부터 그는 「광인 일기」, 「11월」 등을 습작하기 시작했다. 1842년 파리 대학 법학부 재학 중 플로베르는 파리에서의 학창 시절을 소재로 한 「감정교육(感情敎育)」과 「성(聖) 앙투안의 유혹」의 초고를 쓰다가 신경증 발작을 일으키게 된다. 이를 계기로 문학에만 전념하게 된 플로베르는 이 무렵 르왕 근교의 크르와세로 이주해 몇몇 문우들과 사귀며 생애의 대부분을 이곳에서 보낸다.

이후 그는 여행 중에 착상한 확고한 문체와 긴밀한 구성이 돋보이는 「보바리 부인」(1857)을 발표하게 되는데, 이 작품으로 프랑스 당대의 최고 작가라는 칭송과 함께 리얼리즘의 거장으로 자리잡게 된다. 이외에도 고대 카르타고의 서사시를 환기시킨 역사 소설 「살람보」(1862)와 자전적인 요소가 짙은 현대 소설 「감정교육」(1869), 고대 이집트 수도사의 환상을 대화 형식으로 묘사한 「성(聖) 앙투완의 유혹」(1874), 주옥같은 단편집 「세 가지 이야기」(1877) 등을 발표한다.

작가는 무엇보다 객관에 철저해야 한다는 문학관을 지닌 플로베르는, 그의 여러 작품 등을 통해 독자적이며 다채로운 문체를 자랑했는데, 특히 면밀한 자료 수집과 현지 조사를 게을리하지 않았고 작가의 주관이나 선입견을 작품 속에 반영하지 않으려고 애썼다. 또한 플로베르는 문학을 언어의 문제로 환원시킨 최초의 '누보 로망(nouveau roman)'의 선구자임과 동시에 리얼리즘의 거장으로 당당히 문학사의 한 페이지를 장식하고 있다.

■ 줄거리

평범한 의대생 샤를르 보바리는 노르망디의 한적한 소읍에서 병원을 개업한다. 그는 질투심이 많은 연상의 미망인과 결혼을 하지만 얼마 안 가 아내가 죽자, 우연히 왕진 가서 알게 된 루오 노인의 딸 엠마에게 연정을 품게 된다. 뛰어난 미모에 재질과 정열을 겸비하고 있던 엠마는, 인생의 행복과 즐거움에 가슴 벅차하는 꿈 많은 소녀였다. 죽은 아내는 지독한 히스테리 기질을 갖고 있었기 때문에, 보바리로서는 엠마야말로 그가 바라는 모든 것을 갖춘 여인이었다.

마침내 보바리는 엠마와 재혼을 하게 되지만, 귀족들의 화려한 생활을 동경하며 매혹적인 결혼 생활을 꿈꿔 왔던 엠마로서는, 별다른 희망 없이 평범하기만 한 시골 의사의 아내 역할에 만족할 수 없었다. 시간이 갈수록 결혼 생활에 권태를 느끼는 엠마 때문에 보바리는 용빌이라는 마을로 이사를 한다. 그곳에서 법률 사무소 서기인 레옹과 만나게 된 엠마는 말이 통하는 그에게 매력을 느끼게 된다. 그러나 엠마는 자신의 감정을 숨긴 채 레옹 앞에서는 성실한 아내이며 착한 엄마인 척하며, 그에게로 향하는 자신의 사랑을 참고 견디는 것이야말로 위대한 사랑이라고 생각한다. 결국 레옹은 제풀에 지쳐 그녀와의 사랑을 단념한 채 파리로 떠난다. 레옹이 떠나 버리자 엠마는 생에 대한 허무함과 남편에 대한 불만으로 가득 차서, 자신의 마음을 충족시켜 줄 새로운 대상을 찾아 나서는데, 그때 난봉꾼인 르돌프가 나타난다. 르돌프의 교묘한 유혹에 넘어간 엠마는 자신도 모르는 사이 정욕의 포로가 되어 버리고, 악덕 상인에게 빚까지 지게 된다. 그녀는 이미 지난날의 엠마가 아니었다. 보바리의 아내로서의 자신의 위치를 완전히 잊은 것은 아니었지만, 이미 남편과의 결혼 생활에 환멸을 느끼게 된 엠마는 르돌프와의 새 생활을 꿈꾸며 도망치기 위한 준비를 해나간다.

그러나 르돌프에게 엠마는 단순한 농락의 대상일 뿐이었다. 그마저 그녀 앞에서 자취를 감춰 버리자 절망에 빠진 엠마는 병에 걸리고 만다. 그 사이 남편 보바리는 엠마가 진 빚 때문에 고통스런 나날을 보내고 있었다. 얼마 후 엠마가 겨우 몸을 회복하자 보바리는 그녀의 기분을 풀어 주려고 오페라를 보러 간다. 공교롭게 그곳에서 파리에서 돌아온 레옹과 재회하게 된 엠마는 다시금 사랑의 열정에 휩싸인다. 엠마는 더욱 대담하고 열정적으로 자신의 사랑을 표현하며 쾌락에 몸을 맡기는데, 레옹과의 밀회가 거듭될수록 악덕 상인에게 빌려쓴 빚은 눈덩이처럼 불어난다.

시아버지의 부고 소식에도 동요하지 않으면서 엠마는 유산에까지 손을 댄다. 이제 그녀에게는 신도, 종교도, 남편도 중요하지 않았던 것이다. 그러던 어느 날 그 동안 쌓여 왔던 빚으로 인해 파산

선고가 내려지자, 그녀는 궁리 끝에 옛 애인 르돌프를 찾아가 도
움을 청하지만 단박에 거절을 당한다. 그녀를 도와 줄 사람은 아
무 곳에도 없었던 것이다. 극도의 절망감과 외로움 속에서 몸부림
치던 엠마는 결국 자살을 하기에 이른다.

그녀가 죽은 지 얼마 후 르돌프와 레옹에게서 온 편지를 발견한
보바리 역시, 그제서야 아내의 부정을 깨닫고는 엄청난 충격에서
헤어 나오지 못한 채 죽고 만다.

■ 해설

「보바리 부인」은 실제로 있었던 '들라마르 사건'을 소재로 플로
베르가 5년간에 걸쳐 완성한 작품으로, 세계 문학사에서 근대 사
실주의 문학을 꽃피운 작품으로 높이 평가되고 있다. 플로베르는
정확한 조사와 연구를 바탕으로 수없이 갈고 닦은 아름다운 문체
를 사용해 프랑스 자연주의 문학의 효시로 일컬어지기도 하는데,
이 작품 속에서는 꿈과 현실 사이에서 낭만적 생활을 추구하는
엠마라는 한 여자를 통해, 부르주아 생활에 대한 혐오감을 노골적
으로 표명하고 있다. 그러므로 주관적인 감정이나 공상은 일절 가
미하지 않은 채 진실을 파헤치려는 냉철한 리얼리즘 정신으로 일
관하고 있는 이 작품의 바탕에는, 플로베르의 그칠 줄 모르는 낭
만적 심성이 흐르고 있다 하겠다.

이 작품이 잡지에 연재되었을 당시에는, 미풍양속의 파괴와 종
교 모독 등의 죄목으로 플로베르가 기소를 당할 만큼 대단한 반향

을 불러일으킨 작품이기도 하다.

"보바리 부인, 그것은 곧 나다."라는 말을 남기기도 했던 플로베르는, 보바리 부인인 엠마를 통해 자신이 직접 체험했던 이상적 욕구와 현실에서의 좌절, 그리고 더 나아가 좌절을 초래한 부르주아 사회와 그 윤리 등을, 하나의 진실한 문학 작품으로 완성시켜 놓고 있다.

정밀한 자료, 예리한 관찰, 치밀한 계산, 정확한 묘사 등을 신조로 삼는 플로베르의 사실주의 이론은, 모파상을 거쳐 자연주의 문학에 결정적인 영향을 끼치고 있다.

분노의 포도

(The Grapes of Wrath, 1939)

J. E. 스타인벡

"둘이 같이 자면 따스하리라. 혼자 자면 어
찌 따스하리요? 다른 사람이 그 하나를
치면 패하고, 둘이서는 이를 막을지니, 세
겹 줄은 쉽게 끊어지지 않으리라."

— 「분노의 포도」 중에서.

■ J. E. 스타인벡(John Ernst Steinbeck, 1902~1968)

미국의 소설가이며 극작가인 스타인벡은 독일계 아버지와 아일
랜드계 어머니 밑에서 캘리포니아 주 샐리너스에서 출생했다. 조
부모의 영향으로 켈트 민족적 의식이 강했던 그는, 스탠포드 대학
에서 해양 생물학을 전공했으나 곧 그만두고, 신문기자 등의 여러
직업을 전전하며 창작에만 전념하게 된다.

그의 처녀작은 27세 때 쓴 「황금의 잔」(1929)으로, 17세기 영국
의 해적 헨리 모건을 주인공으로 한 낭만적 역사 소설이다.

1930년 결혼을 한 후에도 가난에서 벗어나지 못했던 스타인벡
은 이 무렵, 캘리포니아 농민의 괴이한 생활을 소재로 한 단편집
「하늘의 목장」(1932)과 한 농민의 토지에 대한 신비적 집착을 다
룬 「알려지지 않은 신에게」(1933)를 발표한다.

이어서 캘리포니아의 한 해안 마을에 사는 파이사노의 생활을
따스한 유머와 페이소스를 담아 묘사한 「토르티야 대지(臺地)」
(1935)를 발표해 주목을 받게 된 스타인벡은, 다음해에 과수원의
파업을 사실적으로 묘사한 「승부 없는 싸움」(1936)과 두 노동자간
의 우정을 그린 「생쥐와 인간」(1937)을 발표해 작가로서의 명성을
획득한다.

특히 「생쥐와 인간」은 영화로도 제작된 바 있는데, 당시 미국
희곡 비평가상을 수상한 작품이기도 하다.

이후 그는 자신의 소년 시절을 담은 단편집 「긴 골짜기」(1938)
와 기계화 농업의 압박으로 농토에서 쫓겨난 이동 농민들의 비참
한 생활을, 변천하는 사회 양상과 함께 힘차게 그리고 있는 대표

작 「분노의 포도」(1939)를 발표하고는 여행길에 오른다.

이외에도 스타인벡은 「통조림 골목」(1944), 「변덕스런 버스」(1947), 「진주」(1947), 「벌겋게 타오르다」(1950) 등과 얼마 후 그가 전력을 기울인 야심작 「에덴의 동쪽」(1952)을 발표한다.

만년의 스타인벡은 미국 문명을 비판하며 기독교와 이교, 근대 산업주의와 원시주의 같은 주제에 몰두했으며, 1962년 노벨 문학상을 수상했다.

■ 줄거리

텍사스로부터 캐나다 국경에 이르는 대평원에 거센 바람이 불어닥치고 모래 먼지가 휘몰아치자, 하룻밤 사이에 모든 농경지는 모래 언덕이 되고 만다. 가난한 농부 조드 일가는 한때 오클라호마에서 남부럽지 않은 생활을 하고 있었다. 그러나 천재지변과 기계화에 쫓기게 되자, 조드 일가는 토지를 저당 잡힌 채 은행에서 돈을 빌리게 된다.

빚을 제때 갚지 못한 조드 일가는 결국 은행측에 의해 소작농으로 전락하게 되고, 은행측에서는 기계화에 의한 대농 경영을 핑계로 소작인들을 내몰기 시작한다.

조드 일가와 같이 소작농으로 전락한 사람들은 조상 대대로 터를 잡고 살아오던 집과 농지를 버려 둔 채, 높은 품삯을 준다는 캘리포니아로 이주할 결심을 한다. 조드 일가 또한 모포와 취사 도구만을 챙겨 든 채 캘리포니아를 향해 머나먼 여정 길에 오른다. 젊은 선교사인 캐시를 포함해 열세 명이나 되는 대가족이었다.

그러나 험난한 여행 도중 조부모를 차례로 잃게 되고, 장의사를 부를 돈조차 없어 제대로 된 장례를 치르지 못하는 등 온갖 고생을 하게 된다. 그들이 겨우 캘리포니아에 도착했을 때는 모두가 지칠 대로 지친 상태였다.

더욱이 그들을 기다리고 있는 것은 예상과는 다른 캘리포니아의 냉혹한 현실뿐이었다. 캘리포니아는 이미 각지에서 몰려든 농민들로 실업자가 우글거리는 곳으로 변해 있었다. 다시 돌아가고 싶어도 돌아갈 곳조차 없는 조드 일가로서는 값싼 임금으로라도 생계를 이어나가야 했다.

그곳에는 조드 일가와 처지가 비슷한 사람들이 많았는데, 시간이 흐르면서 점점 그들 사이에는 저임금과 지나친 노동량에 대한 불만이 새어 나오고 있었다. 그러나 그들의 거세진 불만은 지주들로부터 한층 더 심한 박해만을 불러일으킬 뿐이었다. 한 사람의 지주를 위해 수십만 명의 농민들이 굶주림과 헐벗음으로 고통받고 있었고, 농민들이 재배하는 포도는 이미 아름다운 열매가 아닌 노동자들의 '분노의 포도'로 변해 있었던 것이다.

그러던 어느 날 조드 일가의 장남이자 가석방 상태였던 톰이, 동맹 파업을 주도했던 선교사 캐시가 고용주 측에 의해 살해당하는 장면을 목격하게 된다. 과거를 잊고 아버지를 도와 성실히 일하려 했던 톰은 캐시를 살해한 남자를 몽둥이로 때려죽인 후, 지주에게 매수된 경찰에 쫓겨 집을 떠나게 된다.

그러던 중 장마철이 되자 홍수는 모든 것을 앗아간다. 남자들이 강물을 막기 위해 둑으로 나간 사이, 조드가의 딸 로자샤안은 그만 사산(死産)을 하고 만다. 비를 피해 창고 안으로 옮겨진 그녀는 그곳에서 굶어 죽어 가는 늙은 노동자를 발견하게 되고, 자신의 죽은 아이 대신 그에게 젖을 물리며 신비로운 미소를 떠올린다.

■ 해설

「분노의 포도」는 오클라호마의 농민인 조드 일가의 고단한 삶을 소재로, 경제 공황에 직면한 소작인들이 겪는 광대하고도 고난에 찬 드라마를 소설화한 서사시적 작품이다.

제목으로 쓰인 '분노의 포도'는 미국의 여류 시인 하우의 시에서 따온 것으로, 구약성서의 출애굽기의 구성을 빌려 농장 노동자의 비참한 생활상을 묘사하고 있다.

또한 스타인벡은 이 작품 속에 당시 미국의 사회 노동자 계급의 문제를 제기하는 동시에, 이를 종교적으로 승화시키려는 시도를 하고 있다.

이외에도 「분노의 포도」는 1929년 10월에 일어난 주가의 대폭락과 1930년대의 경제 불황, 1933년부터 2년간 미국 중서부와 서남부를 휩쓴 모래 바람 때문에 졸지에 농토를 잃고 난민이 돼버린 20만 명의 농민들을 소재로 쓰고 있다.

소외받는 노동자 계급의 절망과 구제를 그렸다는 점에서, 발표되자마자 커다란 사회적 반향을 일으켰던 「분노의 포도」는, 미국의 전통적 농본주의를 바탕으로 문명에 등을 돌리고 소박 단순한 원시사회로의 회귀를 바라는 스타인벡의 염원이 상징적으로 부각

되어 있는 것이다.

존 포드 감독에 의해 영화화되기도 했던 이 작품은, 자본주의 사회의 모순과 기계 문명에 대한 부정, 정치 참여, 사회의식의 각성 등을 주장하던 스타인벡에게, 퓰리처상을 안겨 준 그의 대표작이기도 하다.

사촌누이 베트

(La Cousine Bette, 1846)

H. 발자크

"난 26년 동안이나 항상 그이들이 먹다 남
은 것을 얻어먹고 살아온 셈이죠. 그렇게
사람 마음을 상할 대로 상하게 해놓고서,
마지막엔 가난뱅이가 이 세상의 단 하나
의 낙으로 삼고 있는 양마저 빼앗아 가다
니, 그건 너무해요."

— 「사촌누이 베트」 중에서.

■ H. 발자크(Honoré de Balzac, 1799~1850)

프랑스의 소설가 발자크는 1799년 투르 지방에서 부유한 관리의 아들로 태어났다. 발자크 일가는 그가 15세 되던 해까지 투르 지방에 머물렀는데, 이때 발자크가 접했던 아름다운 투르 지방의 풍경은 이후 그의 여러 작품에 등장하게 된다. 문학에 대한 집념이 강렬해진 발자크는 법과 대학을 졸업 직전에 중퇴하고, 파리의 초라한 다락방에서 집필 생활을 시작한다.

1820년 처음으로 운문 비극 「크롬웰」을 완성했으나 별다른 관심을 끌지는 못했다. 가족들한테까지 인정받지 못했던 발자크는, 이때부터 본명을 감추고 익명으로 글을 쓰기 시작한다. 이 무렵 유일하게 그를 격려해 주는 20세 연상의 여인 베르니 부인을 만나 사랑에 빠지게 된다. 이후 그는 "나폴레옹이 총검으로 이뤄 놓은 것을, 나는 펜대로 성취하겠다."라는 말을 하면서 문학에만 전념한다. 나폴레옹이 전 유럽에 군림하던 당시에는 낭만주의 시대의 시인과 소설가들이 대부분 그러했던 것처럼, 발자크도 나폴레옹의 열렬한 숭배자였다.

1829년 「올빼미 당원들」을 발표하면서 명성을 얻게 된 발자크는 계속해서 「개인 생활 정경(情景)」(1830), 「상어가죽」(1832) 등을 발표한다. 몇 년 후 그는 자신을 열렬히 찬미하는 한스카 부인을 만나게 되는데; 이 때를 기점으로 「외제니 그랑데」(1833), 「골짜기의 백합」(1835)과 그의 최대 걸작 중 하나로 손꼽히는 「고리오 영감」(1835)을 발표한다.

이후의 발자크의 생활은 무질서함의 연속이었지만, 빈번한 여행과 안 좋은 건강에도 불구하고 왕성한 창작열을 불태운다. 그러던 중 발자크는 다시 만난 한스카 부인에게 끈질기게 구혼을 하지만 번번이 거절당하게 된다. 1848년 말 발자크는 당대의 현실을 사실적으로 묘사한 「사촌누이 베트」와 「사촌형 퐁스」를 발표하고, 오랜 시간을 들였던 『인간희극』(1848)을 완성한다. 그는 「올빼미 당원」 이후의 모든 소설을 작중 인물의 재등장이라는 수법으로 집필하고, 전 작품에 대해 '인간희극'이라는 종합적 제목을 붙이고 있다. 또한 그는 개인의 심성을 짓밟는 근대 사회의 참혹한 현실과 시민 계급의 에너지와 욕망을 사실적으로 묘사함으로써, 최초로 프랑스 시민 사회의 문장가가 됨과 동시에 시민적 근대화의 비판자, 그리고 사실주의의 선구자가 되었다.

1850년 발자크는 마침내 열망하던 한스카 부인과 결혼하지만, 불행하게도 6개월을 채 못 넘기고 그해 8월 생을 마감했다.

■ 줄거리

사촌간인 베트와 아드리느는 서로 상반된 외모와 성격을 갖고 있었다. 아드리느는 아름답고 심성 고운 처녀였지만, 베트는 못생긴 데다가 천박한 성격의 소유자였다. 베트는 이러한 용모와 성격 때문에 중년이 될 때까지도 독신으로 지낸다. 간혹 그녀를 불쌍히 여긴 주위 사람들이 결혼 상대를 소개하기도 하지만, 그녀 스스로가 응하지 않았다. 그러던 그녀가 어느 날, 15세나 연하인 가난한 조각가 벤세스라스를 만나 사랑에 빠진다. 베트는 자신의 모든 재

산을 털어 그의 뒷바라지를 하면서, 마치 어머니처럼 그를 헌신적
으로 보살피고 있었다.

한편 그녀의 사촌인 아름다운 아드리느에게는 오르단스라는 딸
이 있었다. 베트는 자신이 사랑하는 벤세스라스에 대해 호기심을
갖고 있던 오르단스에게, 반 농담으로 그를 만나 보라고 부추긴다.
베트로 인해 서로 만나게 된 두 사람은 첫눈에 반해 버리고, 결혼
을 하기에 이른다. 뒤늦게 두 사람의 결혼 사실을 알게 된 베트는
이제까지의 절대적 희생과 사랑으로 보살펴 주던 태도를 돌변하
여 불같은 복수심에 사로잡힌다.

그 사이 그녀와는 달리 명망 높은 유로 남작과 결혼해 행복한
삶을 살고 있던 아드리느는, 점차 남작의 방탕한 생활로 불행의
길로 치닫고 있었다. 그러나 심성 고운 아드리느는 가정과 아이들
을 돌보지 않은 채 수많은 여자들과 문란한 생활을 하는 남편에게
질책은커녕 따스한 애정과 부드러움으로 시종일관 그를 감싸준
다. 그녀의 이런 희생에도 불구하고 남작은 자신도 어찌할 수 없
는 강렬한 본능에 따라 점점 더 불행의 구렁텅이로 빠져든다.

그러던 중 복수심에 사로잡혀 있던 베트는 아무도 눈치채지 못
하게 오랜 시간 공을 들여, 언제나 자신보다 좋은 것을 차지해 버
리는 아드리느와 오르단스를 파멸시킬 계획을 세운다. 그녀가 제
일 먼저 한 일은 자신이 느꼈던 것과 똑같은 절망 속에 오르단스
를 빠뜨리는 일이었다. 벤세스라스를 유혹하기 위해 매력 넘치는
젊은 여자를 오르단스의 집으로 보냈던 것이다. 이 함정에 걸려든
벤세스라스는 결국 조각가로서의 재능마저 잃게 되고, 남편의 외
도를 알게 된 오르단스 또한 베트의 바람대로 불행의 나락으로

떨어진다.

이로써 베트의 계획은 어느 정도 성공을 거두지만, 아드리느를
비롯한 어느 누구도 이 모든 불행에 베트가 일조를 했다는 사실은
까맣게 모르고 있었다. 오히려 베트는 전보다도 아드리느 일가의
사랑과 신임을 받고 있었다.

그러나 세월이 흐르자 베트의 계획과는 다르게, 아드리느 가족
은 시련을 이겨내고 다시금 예전의 행복을 되찾는다. 자신의 계획
이 수포로 돌아간 것을 깨달은 베트는, 전보다 더한 증오심과 억
울함 속에서 결국 불행한 삶을 마감한다.

■ 해설

「사촌누이 베트」는 발자크가 그의 작품집『인간희극』중에서도
가장 힘을 쏟았던 작품으로, 발자크의 최고의 걸작으로 평가받고
있다. 발자크의 사생활을 모델로 삼은 작품들 중 가장 사실적이라
할 수 있는 「사촌누이 베트」는, 단순하게 열등감으로 가득 차 있
는 한 여인의 집념만을 묘사한 작품은 아니다. 발자크는 이 작품
을 통해 1830년대의 프랑스 부르주아 가정과 사회, 풍속, 정치, 경
제의 동향 등을 적절히 아울러서 묘사하고 있는데, 그는 소설로써
19세기 프랑스의 완전한 사회사를 그리려 했던 것이다.

이 작품의 주인공 베트는 집요한 복수심으로 자신의 인생을 갉
아먹는 대표적 인물이지만, 발자크는 그녀를 악당으로만 묘사하
고 있지 않다. 오히려 동정하는 시선으로 그녀를 바라보면서, 그

녀를 그렇게 몰아간 사회 현실과 다양한 등장 인물들을 시대상에 빗대 묘사하고 있다.

정열의 화신으로 가장의 직분을 망각하고 자신의 본능만을 따르다가 자멸하고 마는 유로 남작, 순종과 희생의 상징이며 가족을 위해서라면 모든 것을 버릴 준비가 되어 있는 헌신적인 아드리느, 부와 사치를 맛보기 위해 망설임 없이 남작의 정부가 되는 마르네프 부인 등이 대표적이다.

「사촌누이 베트」는 자연주의 작가 에밀 졸라에게 지대한 영향을 끼친 작품으로도 유명한데, 졸라는 발자크야말로 자연주의 문학의 선구자라고 칭송한 바 있다. 산업혁명으로 황금 만능 풍조가 만연해 있던 파리를 배경으로, 여러 인물들의 사실적 묘사를 통해 당대의 현실을 신랄하게 비판한 이 작품 곳곳에는 '사회와의 관계 속에서만 개인이 존재한다.'는 발자크의 기본 정신이 숨쉬고 있다.

아버지와 아들

(Ottsy i Deti, 1862)

I. S. 투르게네프

"착실한 과학자는 어떠한 시인보다도
유익하다."

- 「아버지와 아들」 중에서.

■ I. S. 투르게네프(Ivan Sergeevich Turgenev, 1818~1883)

러시아의 소설가이며 시인인 이반 투르게네프는 5천여 명의 농노를 거느린 전제적인 어머니 밑에서 양육되었는데, 바로 이 때문에 어린 시절부터 농노제에 대한 혐오감을 갖게 되었고, 유독 농민의 생활과 성격에 뛰어난 통찰력을 지니게 되었다.

외국인 가정교사로부터 영어와 불어, 독어, 라틴어 등을 배우고, 모스크바 대학 문학부와 페테르부르크 대학의 언어학부를 다녔던 투르게네프는, 농노제의 폐지를 꿈꾸는 민주주의적 경향을 띤 청년으로서, 바이런풍의 낭만주의적 시작에 열중했다.

졸업 후에는 베를린 대학에 유학해 바쿠닌, 게르첸 등과 함께 헤겔 철학에 몰두하는 한편 플로베르, 졸라, 모파상, 콩쿠르 형제 등과 친분을 맺었다. 이로 인해 투르게네프는 서구 문화의 가치에 대한 안목이 열리면서 서구파로서의 위치를 확고히 다졌다.

1843년 그의 처녀작인 서사시 「팔라샤」를 발표해 문단에 등장한 후 「호리와 칼리느이치」로 작가적 지위를 확립했다. 그의 출세작으로 알려진 「사냥꾼의 수기」(1851)에서 투르게네프는, 러시아 농민의 비참한 상태와 순박한 인간성을 강조해 사회에 커다란 반향을 불러일으키기도 했다.

이후 「루진」(1855), 「귀족의 보금자리」(1858), 「그전날밤」(1861), 「아버지와 아들」(1862) 등을 발표해 러시아 문단의 1인자로 군림하게 되었다. 특히 「아버지와 아들」은 몰락해 가는 귀족을 풍자하고 새로운 시민 계급의 등장을 예언함과 동시에 '니힐리즘'이라는 새로운 사조를 소개한 기념비적 작품이다.

투르게네프는 러시아 문학이 낳은 수많은 천재 가운데서도, 우아한 예술적 향기와 미에 대한 섬세한 감각, 풍부한 필치, 그리고 예민한 관찰력의 소유자임과 동시에, 타의 추종을 불허하는 천재적 문호이며 시인이다.

■ 줄거리

평민이면서 소지주의 아들인 바자로프는 대학을 졸업하고 귀향하던 중, 그의 친구이며 농노를 2백 명이나 부리는 대지주 아르카디의 집에 머물게 된다. 바자로프는 낡은 도덕이나 전통을 무시하고 과학 외에는 어떠한 권위 앞에도 굴하지 않는 과학자인 동시에 니힐리스트였다.

이러한 바자로프가 아르카디의 집에 머물면서부터 평화롭던 지주의 저택에 신·구 세대의 대립이 시작된다. 낡은 격식을 중요시하는 아르카디의 아버지 니콜라이는, 바자로프로부터 실용적인 일을 해야 한다는 비판을 듣고 자신들의 시대가 가고 있음을 한탄한다. 그러나 지주 집안의 하인들은 바자로프를 귀족이나 자신들과는 신분이 다른 사람으로 생각지 않고 자신들의 친구로 생각하며 그에게 호감을 갖는다.

그러던 얼마 후 바자로프는 고관의 안내로 참석한 주지사 저택의 무도회에서 만난, 아름다운 미망인 오진초바 부인에게 사랑의 감정을 품게 된다. 낭만적인 사랑을 부정하던 바자로프로서는 날이 갈수록 그녀로 인해 불안해지고 초조해지는 자신 때문에 당황하게 되고, 결국 아르카디와 함께 자신의 집으로 향한다.

그러나 바자로프는 믿음이 깊고 자식에 대한 사랑만으로 애태우는 부모님의 생활에 권태를 느껴 다시 집을 떠나 아르카디의 집으로 간다. 그곳에서 그는 자신을 귀족 출신이 아닌 소박하고 순수한 사람으로 좋아해 주는 페니치카에게 마음이 끌려 키스를 하게 되는데, 그 현장을 그만 백부에게 들키고 만다. 페니치카를 사랑하고 있던 백부는 복수심에 불타서 바자로프에게 결투를 신청하고, 그 결투에서 승리한 바자로프는 다시 오진초바 부인을 찾아간다.

그러나 그는 이곳에서도 자신의 마음을 채울 수 없다는 사실을 깨닫게 된다. 그에게는 아르카디나 오진초바 부인 모두가 다른 세계 사람들, 즉 자신과는 다르게 너무나 평범한 삶을 꿈꾸는 사람들이었던 것이다.

결국 바자로프는 노부모가 기다리고 있는 자신의 집으로 돌아가, 동네 사람들을 치료해 주며 살기로 결심한다.

그러던 어느 날 바자로프는 왕진을 갔던 환자에게서 티푸스에 감염되고 만다. 고열로 의식을 잃은 가운데서도 그는 자신을 응시한다. 과학 외에는 아무 것도 믿지 않았던 바자로프로서도 죽음에 직면하게 되자 오진초바 부인만은 잊을 수 없었다.

뒤늦게 그의 소식을 안 오진초바 부인이 달려오자 허무주의자 바자로프가 말한다.

"난 당신을 사랑했었소. 그러나 그것은 전에도 별로 의미 없는 일이었고 이제 와선 아무 것도 아닌 일이지. 사랑이란 하나의 형태지만, 나 자신의 형태는 이제 해체되어 가고 있는 거요."

그의 말을 듣고 있던 오진초바 부인은 그의 이마에 작별 키스를 하고 램프의 불을 꺼달라는 그의 부탁을 들어준다.

■ 해설

1862년에 출판된 「아버지와 아들」은 제목에서 느껴지듯이 신·구 세대간의 불가피한 대립이라는 영원한 주제를 다룬 투르게네프의 역작이다. 투르게네프는 이 작품을 통해 러시아 제정 시대의 농노 해방과 그에 따른 러시아 사회 문제를 깊이 있게 다루고 있는데, 낡은 관습인 귀족 문화와 민주 문화를 대립시켜 새로운 시대가 도래하고 있음을 밝히고 있다.

이는 러시아 전제 군주제에서 농노 해방이 싹트던 무렵의 사회 기류가, 주인공 바자로프의 의식과 행동 반경을 통해 여실히 드러나고 있다는 점에서도 알 수 있다.

그러나 주인공 바자로프를 칭했던 '니힐리스트'라는 용어가 반드시 허무주의라는 우울하고 폐쇄적 의미만을 갖고 있는 것은 아니다. 오히려 진보적 사고를 지닌 합리주의자의 일면을 바자로프는 보여 주고 있다. 다시 말해 바자로프의 허무주의는 낡은 세대에 대한 새 세대의 사상적 내용이었을 뿐 아니라 허무주의라는 하나의 사상을 형성하는 직접적 동기가 된 것이다.

「아버지와 아들」이 발표되자 당시 러시아에서는 신·구 세대간에 뜨거운 찬반양론이 불붙기도 했는데, 이 작품을 통해 투르게네프의 사상이 근대 니힐리즘의 한 출발점이 되었다는 점에서 더욱

높게 평가되고 있다.

　작가로서의 원숙기에 접어든 투르게네프가 자신의 모든 역량과 정열을 기울여 완성한 「아버지와 아들」은 러시아 문학의 가장 대표적 작품의 하나로 기억되고 있다.

안나 카레리나

(Anna Karenina, 1877)

L. N. 톨스토이

"행복한 가정들은 모두가 서로 비슷하다.
그러나 불행한 가정은 저마다 다른 면에
서 불행하다."

- 「안나 카레리나」 중에서.

■ L. N. 톨스토이(Leo Nikolaevich Tolstoy, 1828~1910)

톨스토이는 1828년 러시아 야스나야 폴랴나라는 마을에서 태어
났다. 오랜 전통의 귀족 집안에서 태어났지만 경제적으로 윤택한
생활을 하지는 못했다. 학교 생활에도 적응을 하지 못하고, 19세
때 받은 유산의 관리에도 실패한 톨스토이는 방탕한 생활을 하다
가 카프카즈로 거주지를 옮기면서 글을 쓰기 시작한다. 이 시기에
쓴 자전적 작품인 「유년시대」를 잡지 <현대인>에 연재하여 투르
게네프로부터 호평을 받기도 했다.

1854년 크림 전쟁에 자원한 톨스토이는 전쟁의 와중에서도 「청
년시대」와 「12월의 세바스토폴」 등을 발표하고, 군 제대 후 전업
작가 생활에 전념해 「코작」, 「눈보라」, 「두 기병용사」 등을 집필
한다. 그 후 오랜 세월을 두고 구상한 「전쟁과 평화」를 1869년에
출간한 톨스토이는, 4년여에 걸친 연재를 끝내고 「안나 카레리나」
(1877)를 발표하여 「전쟁과 평화」와 더불어 러시아를 비롯한 유럽
에서 많은 반향을 불러일으킨다.

이외에도 '톨스토이즘'으로 불리는 자신의 사상을 수록한 「참회
록」(1882)과 「사람은 무엇으로 사는가」(1881), 「사랑이 있는 곳에
신이 있다」(1886), 「바보 이반 이야기」(1886) 등의 작품을 발표한
다. 그러나 톨스토이의 결혼 생활은 평탄하지 못했고, 문필가로서
의 화려한 성공 또한 위안이 되지 못했다. 이로 인해 톨스토이는
자신의 내면적 방황을 잠재우기 위해 신앙으로 귀의한다. 톨스토
이는 훗날 문호로서의 성공보다 크리스천으로서의 안식이 더 행
복했다고 고백하기도 한다.

1890년으로 접어들면서 톨스토이는 빈민 구제 활동에 헌신했으며, 사회적인 모순과 현실의 부패를 위해 펜을 사용할 결심을 하고 그의 마지막 대작인 「부활」(1899)을 집필한다.

1910년 요양차 이동하던 길에 급성 폐렴이 발병하여, 82세의 일기로 대문호로서의 일생을 마쳤다.

■ 줄거리

「안나 카레리나」에는 많은 가족이 등장한다. 그 중에서 안나의 집안인 오블론스키 가족과 그녀의 남편 카레닌 가족, 안나가 사랑했던 브론스키 가족들이 주축이 되어 이야기가 전개된다.

돌리는 남편 오블론스키의 밀애 사실을 알고 자신의 방에서 두문불출한다. 집안은 엉망이었고, 오블론스키는 돌리를 달래다 지쳐 페테르부르크에 있는 누이동생 안나에게 중재를 부탁한다.

역으로 안나를 마중 나간 오블론스키는 때마침 어머니의 마중을 나와 있던 젊은 장교 브론스키와 만나게 된다. 공교롭게도 브론스키의 어머니와 안나는 같은 찻간에 타고 있었는데, 브론스키는 이내 안나에게 호감을 갖게 된다. 그러던 중 한 감시원이 후퇴하고 있던 열차에 치여 죽는 사건이 일어나자, 브론스키는 그 자리에서 2백 루블이라는 거금을 부의금(賻儀金)으로 내놓고, 오블론스키 남매는 그러한 브론스키의 행동에 강한 인상을 받는다. 그러나 안나는 기차에 깔려 죽은 사람을 떠올리며 불길한 징조라고 말한다.

오빠의 집에서 안나는 올케를 위로하며 부부의 화해를 시도하고, 그녀의 따뜻한 성격 덕분에 집안은 이내 화목해진다.

그 즈음 돌리의 동생 키치와도 허물없이 가까워진 안나는 그녀의 애인이 브론스키라는 것을 알고 역에서 보았던 그의 인상에 대해 얘기해 준다. 무도회가 있던 날, 브론스키와 안나는 다정하게 춤을 춘다. 얼마 후 집으로 돌아가던 안나는 우연히 기차에서 브론스키를 만나게 된다. 브론스키는 안나의 남편인 카레닌과 아는 체를 하고 그가 친구에게 빌려준 저택에서 머무르게 된다.

한편 키치는 브론스키의 배신에 병을 얻고 요양차 외국으로 떠난다. 안나는 모스크바에서 돌아온 후 춤과 잔치를 즐기는 사교 모임에 자주 모습을 보이며, 브론스키와도 계속 만나게 된다. 안나의 남편인 카레닌은 별다른 신경을 쓰지 않았지만 이미 두 사람의 염문설은 온 도시에 파다하게 퍼진 상태였다.

그러던 중 브론스키는 안나의 임신 사실을 알고 청혼을 하나 거절을 당하고, 키치는 청혼을 거절했던 레닌과 결합한다. 안나가 남편에게 자신의 불륜 사실을 고백하자, 남편은 몇 번의 화해와 용서를 반복하지만, 그럼에도 불구하고 안나와 브론스키와의 사랑은 식지 않았다. 결국 안나는 이혼을 반대하는 남편 곁을 떠나 브론스키와 함께 지내기 위해 집을 나온다.

그러나 달콤한 사랑도 잠시, 둘은 이내 자주 다투며 평탄하지 못한 관계를 지속한다. 심한 말다툼을 한 안나는 브론스키를 처음 만났을 때의 불길한 예감을 깨달으며 스스로 열차 바퀴 사이에 뛰어들고 만다.

실의에 빠진 브론스키는 안나와의 사이에 얻은 아이를 카레닌의 요구대로 그에게 돌려보내고 전쟁에 참가하기 위해 떠난다.

■ 해설

　1872년 톨스토이가 살던 이웃 마을의 지주와 내연의 관계였던 안나 미로코바가 화물 열차에 몸을 던져 자살하는 사건이 일어난다. 이 일화는 톨스토이에게 상류 사회의 무절제한 생활에 대해 쓰게 되는 계기가 되었는데, 톨스토이는 실제로 사건 현장인 야센키 역까지 가 현장 검증을 하며 집필을 하기 시작했다. 이렇게 해서 태어난 것이 「안나 카레리나」이다.

　1874년부터 잡지 <러시아 통보(通報)>에 연재되기 시작해, 4년여에 걸친 탈고와 수정을 거쳐 1877년에 완성된 작품이다.

　작품 속에 등장하는 레닌이라는 주변 인물을 주의 깊게 살펴보면 그가 톨스토이의 또 다른 분신임을 알 수 있다. 「전쟁과 평화」를 집필하는 동안에도 그랬고, 그후에도 톨스토이는 보다 가까이 민중에게 다가가기 위한 노력들을 쉴새없이 기울이게 된다. 톨스토이는 이 과정에서 그에게 새로운 삶의 가치로 자리잡게 된 신앙의 힘과 더불어, 참다운 민중의 가치를 강조하고 있는 것이다. 레닌은 다른 등장 인물들의 모순적인 행동과는 달리 자신의 도덕적 가치관과 행동 방식이 일치하는 이상적인 인물로 그려지고 있는데, 이는 톨스토이가 죽을 때까지 고뇌하던 바람직한 인간상과 일치한다. 톨스토이는 레닌을 통해 자신의 사상과 신앙적인 고백, 참다운 사랑과 결혼의 의미 등을 역설하고 있는 것이다.

아내 소피아와의 결혼생활이 원만하지 못했던 톨스토이는 이 작품에서 참다운 결혼에 대해 언급하면서, 자발적인 자기 희생이 선행되는 형이상학적인 사랑, 서로에 대한 경의와 존엄을 존중하는 진정한 기독교적인 사랑을 실천하는 것이, 바람직한 결혼의 의미라고 말하고 있다. 그런 의미에서 소설 속에 등장하는 인물들은 하나같이 모순되고 위선적이며, 도덕적 자아와의 싸움에서 매번 패하며 감정과 욕망에 스스로를 내맡기는 나약한 인간들이다. 기차에 몸을 던지기 직전 안나가 하느님에게 모든 것을 용서해 달라고 청했듯이, 인간은 죽음에 이르러서야 신에게 비로소 잘못을 회개하고 용서를 구하는 어리석은 존재일 수밖에 없는 것이다.

또한 「안나 카레리나」는 거침없는 구성력과 탄탄한 짜임새, 예리한 인물 묘사, 방대한 필력 등으로 대문호로서의 톨스토이의 역량을 유감없이 보여 준 역작으로 평가되고 있다.

여자의 일생
(Une Vie, 1883)

G. 모파상

"인생이란 사람들이 생각하는 것처럼, 그렇게
좋지도 나쁘지도 않은 것이군요."

- 「여자의 일생」 중에서.

■ G. 모파상(Guy de Maupassant, 1850~1893)

프랑스의 소설가로 노르망디 지방의 디에프 근처에서 출생하여 모친 밑에서 문학적인 감화를 받으며 성장한 모파상은, 루앙의 고등학교에서 작가 플로베르의 지도를 받기도 했다. 1869년 파리에서 법률 공부를 시작했으나, 1870년 보·불 전쟁에 유격대원으로 참전함으로써, 훗날 그의 작품의 귀중한 소재들을 체험을 통해 얻게 된다. 특히 모파상은 전후에 심한 염전(厭戰) 사상에 사로잡히는데, 이것이 그에게 문학에의 결의를 굳히는 동기가 된다.

어머니의 어릴 적 친구인 플로베르의 지도 아래 문학 수업을 받기 시작한 모파상은, 이후 자연주의 문학의 선구자 졸라의 영향을 받는다. 이 무렵 그는 졸라의 집에서 문학을 논하던 당대의 젊은 문학가들과 친분을 맺게 되는데, 이를 계기로 1880년 졸라가 주재한 단편집 『메당의 저녁』에 「비계 덩어리」를 발표한다. 이 작품은 플로베르의 격찬을 받으며, 무명이었던 모파상을 일약 유명작가로 만들어 주었다. 그후 「메종 텔리에」(1881), 「피피양」(1882) 등의 단편집을 발표해 작가로서의 입지를 굳힌 모파상은, 1883년 한 여인의 환멸의 일생을 염세적인 필치로 그려 낸 장편 소설 「여자의 일생」을 발표한다.

젊은 시절부터 신경 질환으로 고통을 겪기도 했던 그는, 병마에 시달리면서도 「벨아미」(1885), 「몽토리올」(1887), 「피에르와 장」(1888), 「죽음처럼 강하다」(1889), 「우리들의 마음」(1890) 등의 장편 소설과 300여 편에 달하는 단편 소설, 그리고 세 권의 기행문과 시집, 희곡 등을 발표한다.

모파상의 작품에서는 작가의 감정적 과장이나 정신적인 탐색, 대상에 대한 선입견 대신, 일상적으로 눈으로 보면서도 간과해 버리는 현실이 부각되어 있는데, 그의 작품에 자주 등장하는 염세적인 인물들은 그의 무감동한 문체를 통해 작품 전체에 괴이한 고독감을 심어 주고 있다.

평생을 독신으로 지낸 모파상은 1892년 다작으로 인한 피로와 복잡한 여자 관계 등으로 자살을 기도하지만 미수로 그치고, 파리의 한 정신 병원에서 치료를 받다가 1893년 생을 마감했다.

■ 줄거리

윤이 나는 멋진 블론드 머리를 가진 잔느는, 수도원에서 엄격한 교육을 받고 자란 귀족의 딸이었다. 오랜 수도원 생활을 마치고 집으로 돌아오자 가족들은, 그 동안 수고한 잔느를 위해 그녀 명의의 고풍스런 집으로 이사를 한다. 바다 가까이 위치하고 있는 이 집에 머물면서 잔느는 모처럼 자유로운 나날을 보내게 된다.

그러던 어느 날 부모의 소개로 라마르 자작인 줄리앙과 만나게 되는데, 그는 청순한 잔느 앞에 나타난 최초이자 최후의 남자가 된다. 사랑에 목말라 있던 잔느는 그를 진심으로 사랑하게 되어 마침내 결혼에까지 이르게 된다. 그러나 그토록 멋지고 자상하게 보이던 남편은, 막상 결혼을 하자 전혀 다른 사람으로 변해 있었다. 그녀가 동경해 오던 꿈 같은 결혼 생활은 첫날밤부터 무참히 깨져 버린 상태였다. 신혼 여행 중의 줄리앙의 짐승 같은 태도는 잔느에게 환멸감을 느끼게 하기에 충분했다.

　결혼 후 돌변한 줄리앙은 재산을 전부 자신이 맡아 관리하면서 잔느와는 침실도 따로 쓰고 있었다. 결혼에의 기대가 무참히 깨져 버린 잔느로서는, 남편의 모습을 지켜보는 것만으로도 숨이 막힐 지경이었다. 남편에게는 어떤 불평도 하지 않았지만, 그녀는 남편에게서 넘기 어려운 장벽을 느끼고 있었던 것이다.

　그러던 어느 날 자신과 같은 젖을 먹고 자란 하녀 로잘리가 사내아이를 낳게 되는데, 알고 보니 그 아이가 바로 남편 줄리앙의 아이였다. 이로써 남편의 부정을 알게 된 잔느는 절망의 나락으로 떨어진다. 자신과의 결혼 전부터 남편이 로잘리와 관계를 맺고 있었다는 사실에 자살 결심까지 하지만, 자신 또한 남편의 아이를 갖게 되었음을 알게 된 잔느는, 그로 인한 충격과 슬픔으로 인해 어머니가 된다는 사실에 어떠한 기쁨도 느낄 수 없었다. 그러나 정작 아들 폴이 태어나자 그녀는 그때부터 아들에게만 온갖 정성을 기울이게 된다.

　한편 줄리앙은 폴이 태어난 후에도 바람기를 버리지 못하고, 잔느의 친구인 푸르빌 백작 부인과 관계를 갖는다. 다시 한 번 상처 입은 잔느가 고통 속에서 신음하고 있을 때, 아내의 부정을 안 푸르빌 백작이 자신의 아내와 줄리앙을 살해하게 되고, 이로 인해 잔느는 임신중이던 여자아이를 사산하고 만다. 이제 잔느에게 남은 희망은 아들인 폴뿐이었다.

　그러나 폴 역시 잔느의 희망과는 달리 방탕한 생활을 일삼고 있었다. 돈이 떨어지면 잔느에게로 와서 금품을 강요했고, 그것도 모자라 창녀와의 사이에서 태어난 아이까지 잔느에게 떠맡겨 버렸다. 아들에게서까지 행복을 느끼지 못했던 잔느는 눈에 띄게 늙어갔다. 이제 그녀에게 남겨진 나날은 아무 의미가 없었다. 그녀 곁을 유일하게 지켜 주는 건 농부의 아내가 되었다가 사별하고 돌아온 하녀 로잘리뿐이었다. 그녀는 지난날의 치욕과 고뇌를 말끔히 씻어내고 잔느의 집안일을 돌봐 주고 있었다. 아내로도 어머니로도 아무런 행복을 느끼지 못한 채 자신의 삶에 지쳐 있는 잔느에게 로잘리는 말한다. "인생이란 사람들이 생각하는 것처럼, 그렇게 좋지도 나쁘지도 않은 것이군요."라고.

■ 해설

'조그마한 진실'이란 부제가 달린, 모파상의 대표적 장편 소설 「여자의 일생」은 주제나 수법에 있어서 자연주의 문학에 깊이와 넓이를 준 작품이다. 1883년 출판되자마자 25판을 거듭할 정도로 호평을 얻은 이 작품은, 꿈과 희망에 부풀어 있던 한 여자의 일생 이야기를 그린 것으로, 자연주의 필법을 기초로 하여 인간의 애욕과 운명을 세세하게 묘사하고 있다.

주인공 잔느를 통해 모파상은, 선량하고 아름다운 귀족의 딸에서 부덕(婦德)한 아내로, 또한 끊임없는 모성을 베풀어야 하는 어머니로서의 비극적 여성의 삶 속에 깃들인, 인간에 대한 공감과 동정을 느끼게 하고 있다. 또한 모파상은 마지막 대목인 "인생이란 남들이 생각하는 것처럼 그렇게 좋은 것도 나쁜 것도 아니다."라는 로잘리의 말을 통해, 인생에 대한 허무함과 인간 관계 속에서 얻어지는 절망을 나타냄으로써, 일종의 염세주의에 대한 항의를 표시하고 있는 것이다.

모파상의 여러 작품에 대해 가혹한 비평을 했던 톨스토이조차도 이 작품을 두고는 "이 작품은 비단 모파상 일대의 걸작일 뿐 아니라 위고의 「레 미제라블」 이후 프랑스 소설의 최대 걸작이다."라며 칭찬을 아끼지 않았다고 한다.

플로베르의 「보바리 부인」과 함께 프랑스 자연주의 문학의 극치라고 평가받고 있는 「여자의 일생」은, 모파상 특유의 간결하며 냉정한 문체와 더불어 객관적인 심리 묘사로도 유명한 작품이다.

오만과 편견
(Pride and Prejudice, 1813)

제인 오스틴

"사랑이 아니라 허영이 내 과오였다. 한 사람의
편애를 기뻐하고 다른 한 사람의 무시에는 화
를 내고, 이래서 우리가 애초 사귈 때부터 나는
편견과 무지를 사모하였고, 두 사람이 관련된
사건에 있어서 분별심을 잃어버렸다. 이 순간
까지 나는 나 자신을 까맣게 몰랐었다."

— 「오만과 편견」 중에서.

■ 제인 오스틴(Jane Austen, 1775~1817)

1775년 영국의 햄프셔 주 스티븐튼에서 목사의 딸로 태어난 오스틴은, 11세까지 정규 교육을 받고 난 후로는 집에서 공부했을 정도로 교육적 혜택을 받지 못했다. 이후 제인 오스틴은 마흔 두 살의 나이로 숨을 거두기 전까지 독신으로 지냈으며, 거의 고향을 벗어나지 않은 채 조용한 시골에서의 생활에 만족했다.

불운하게도 제대로 된 정규 교육도 받지 못했고 사회적인 풍부한 경험이나 여행을 통한 견문도 넓히지 못했던 오스틴은, 이에 굴하지 않고 15세 때부터 본격적으로 단편 소설 등을 쓰기 시작한다. 이후 21세 때는 장편 소설을 쓰기 시작해, 훗날 영국을 대표하는 위대한 작가들의 이름이 거론될 때마다 언제나 제일 먼저 회자되는 대가로 성장하게 된다.

계속해서 오스틴은 처녀작 「분별과 감성」(1812)을 익명으로 출판하고, 이듬해 자신의 대표작인 「오만과 편견」(1813)과 「맨스필드 공원」(1814)을 발표한다.

조지 4세의 요청으로 「엠마」(1816)를 헌정하기도 한 오스틴은 이어서 자신의 미완성 소설 「샌디턴」(1817)을 집필하기 시작하지만, 그 무렵부터 건강이 악화되어 그 해 7월 생을 마감한다. 그 밖의 작품인 「노댕거 수도원」, 「설득」 등은 그녀의 사후(死後)인 1818년에야 발표되었다.

오스틴의 소설들은 당시의 영국 중류층들의 일상적이고 평범한 이야기들을 주로 다루고 있는데, 특히 여성 특유의 섬세하고 복잡 미묘한 심리를 묘사하는 데 뛰어났던 그녀의 로맨틱한 작품 경향

덕분에, 제인 오스틴의 소설들은 영화로도 자주 각색되어 상영되고 있다.

■ 줄거리

이 소설의 주인공인 다시와 엘리자벳은 서로 처한 환경이 달랐다. 귀족인 다시는 엘리자벳으로부터 거만하고 귀족적인 긍지가 넘치다 못해 오만하다는 오해를 사게 된다.

자유분방하고 영리하며 활발한 성격의 엘리자벳이었지만, 스스로의 편견에 사로잡혀 다시의 참모습을 볼 기회를 처음부터 놓친 것이다.

좋지 못한 인상을 가진 다시를 그녀가 곱게 볼 리 없었다. 모든 것을 자신의 편견 섞인 시각에서 바라본 엘리자벳에게 다시는 형편없는 남자로 인식될 수밖에 없었다.

한편 엘리자벳과 마찬가지로 혼기가 찰 대로 찬 그녀의 언니 제인은 엘리자벳과는 반대의 성격을 지니고 있었다. 조용하고 내성적인 성격 탓에 제인은 빙글리라는 다시의 친구를 사랑하게 되지만, 이런 자신의 감정을 표현하지 않은 채 그에게로 향하는 애정을 가슴속에 혼자만 간직하고 있다.

그러는 사이 다시 또한 엘리자벳을 사랑하게 되지만 차이 나는 신분과 각기 다른 환경 등이 걸림돌이 되어 좀처럼 깊은 교제로 이어지지 못한다.

제인의 사랑을 받고 있는 빙글리 역시 그녀를 사랑하고 있지만 우유부단하고 자신감 없는 성격 탓에 그녀와 이렇다 할 관계를 맺지 못한다. 결국 이 두 남자는 사랑하는 마음만을 간직한 채 다른 곳으로 옮겨가게 된다.

그러나 훗날 다시는 계급적인 편견이나 입장을 극복해 내고 엘리자벳에게 용기를 내어 청혼을 하기에 이른다.

이런 저런 사랑의 고통을 체험하고 몇몇 남자들을 관찰하고 겪어본 결과 사람에 대한 통찰력을 깨우친 엘리자벳은, 오만해 보이기만 했던 다시의 왜곡된 모습은 단지 자신의 편견에 의한 판단이었음을 깨닫고, 서서히 그의 사랑을 받아들이게 된다.

그러던 어느 날 엘리자벳이 다시에게 자신을 사랑하게 된 계기가 무엇이었냐고 묻자, 다시가 대답한다.

"그 토대를 만든 시간이라든가, 장소라든가, 얼굴의 표정이라든가, 말이라든가 등등을 정할 수는 없어요. 너무 오래된 일이니까요. 당신을 사랑하게 되었다고 알았을 때에는 벌써 한가운데까지 와 있었지요."

한편 다시의 도움으로 빙글리에 대한 제인의 사랑 또한 행복한 결실을 맺으면서 이야기는 끝이 난다.

■ 해설

제목인 「오만과 편견(Pride & Prejudice)」에서도 알 수 있듯이, 오스틴은 이 작품에서 우리가 흔히 다른 사람을 판단할 때 갖게 되는 오만이나 편견 같은 심리들을, 여성 특유의 자상하고 섬세한 필치로 미묘한 부분까지도 상세히 다루고 있다. 이 소설의 초고 제목이 「제일인상」이었던 것만 봐도 이 작품이 무엇을 이야기하고 싶어하는지 짐작할 수 있다.

'오만'이 남주인공 다시를 대변하는 용어라면, '편견'은 여주인공 엘리자벳을 대표하는 것이다.

한 사람이 다른 한 사람을 편견이라는 시각에서 마주한다면 얼마나 많은 오해와 불신을 낳으며, 이러한 편견이야말로 얼마나 속되고 가치 없는 인식인가 하는 것을 이 작품을 통해 보여줌으로써, 제인 오스틴은 진실한 모습을 바라볼 수 있는 성숙한 인간상에 대해 역설하고 있다.

「오만과 편견」에는 이해하기 까다로운 부분도, 심오한 철학적 관념도 없다. 지극히 단순한 스토리만이 있을 뿐이다.

제인 오스틴은 단순하게 남자와 여자의 만남과 그 속에서 서로에게 받았던 첫인상, 둘의 만남이 지속되기까지의 여정, 서로의 미묘한 심리 상태와 감정의 변화 등을 막힘 없는 짜임새로 재미있게 풀어가고 있다.

오스틴이 발표한 작품들 대부분이 이 소설처럼 흥미롭고 유익하긴 하지만, 단순한 스토리로 인해 소재의 빈약함이나 주제의 협소함 등이 단점으로 거론되기도 한다.

그러나 그보다는 결코 지나칠 수 없는 인간 심리의 미묘함을 섬세한 여성적 필치로 끌어내어 재조명했다는 평가가 더욱 압도적인 것 또한 사실이다.

오스틴은 날카로운 관찰력과 교묘한 구성으로 남녀간의 만남에서 흔히 문제가 되는 심리적인 갈등과 방황들을 그녀만의 독특한 재치와 유머를 이용하여 낭만적인 필치로 풀어내고 있는 것이다.

이 작품은 제인 오스틴을 현대 소설의 개척자라고 불리게 만든 그녀의 대표작임과 동시에, 우리가 살면서 가질 수밖에 없는 필연적인 편견이 얼마나 의미 없고 불필요한 것인가를 깨닫게 해주는 작품이다.

율리시즈
(Ulysses, 1922)

제임스 조이스

"내가 멸시하지 못할 신이란 결코 있을 수
없다고 말하는 사람들로 말하자면, 어째
서 그들의 온갖 학식에도 불구하고 그들
은 무언가를 창조하지 못하는 것인가?"

－「율리시즈」 중에서.

■ 제임스 조이스(James Joyce, 1882~1941)

　제임스 조이스는 아일랜드의 소설가로 수도 더블린의 중류 가정에서 출생했다. 아버지는 음악과 술을 사랑하며 회화에 뛰어난 사람이었고, 어머니는 경건한 카톨릭 교도였다. 1888년 한 예수회 계통의 초등학교에 입학한 조이스는, 경제적 어려움 때문에 학교를 그만두었다가 1893년 벨비디어 중학교에 입학해 우수한 성적을 올리게 된다. 1898년 더블린의 유니버시티 칼리지에 진학하고 이때부터 그는 기독교 및 편협한 애국심에 대한 반항심을 키우게 된다. 1902년 학사학위를 받고 의학을 공부하기 위해 파리로 갔으나 어머니의 별세로 조이스는 더블린으로 되돌아온다.

　이 무렵 시와 평론, 소설 등의 여러 장르의 가능성을 모색하고 있던 조이스는, 1904년 초에 단편「예술가의 초상」을 시작으로 자전적인 소설 집필에 착수한다. 이는 나중에「스티븐 히어로」로 발전하고, 이를 다시 개작한 것이 그의 대표작 중 하나인「젊은 예술가의 초상」이다. 어머니의 별세 후 조이스는 한 초등학교의 교사로 취직해 노라 바너클과 사랑에 빠지게 되고 이후 독일, 이탈리아, 스위스 등지에서 교사 및 여러 직종을 전전하다가, 런던의 한 출판업자에 의해 고전적 정취가 풍겨나는 연애 시집「실내악」(1907)과 단편집「더블린 사람들」(1914)을 발표하게 된다.

　예이츠의 소개로 에즈라 파운드와 알게 된 조이스는 파운드의 도움을 받아 잡지 <에고이스트>에 연재해 오던「젊은 예술가의 초상」(1917)을 간행하게 되는데, 그제서야 비로소 조이스는 의식의 흐름을 따른 심리 묘사로 주목받기 시작한다. 이어서 그의 재능이 한껏 발휘된 희곡 「망명자들」(1918)을 발표한 후, 작가로서의 자신의 위치를 확고히 해준 기념비적 작품 「율리시즈」(1922)를 출판하게 된다. 이후 조이스는 인류의 역사를 하룻밤의 꿈에 응결시키려 한 「피네겐스 웨이크」(1939)의 완성을 위해 무려 17년 동안이나 열과 성을 다한다. 1941년 제2차 세계대전 중 독일군의 침입을 받게 되자 조이스는, 취리히로 떠날 결심을 하지만 미처 그 뜻을 이루지 못한 채 58세의 일기로 사망한다.

■ 줄거리

「율리시즈」는 아일랜드의 더블린을 무대로 1904년 6월 16일 아침 8시부터 다음날 새벽 2시 45분까지 일어난 사건들의 여러 가지 외형적 세계와, 수많은 더블린 사람들이 경험하는 평범한 생활의 움직임을 묘사하고 있는 작품이다. 특히 광고 외무원인 중산층 신사 리오폴드 블룸과 그의 아내이며 소프라노 가수인 몰리 블룸, 22세의 문학 청년 스티븐 디덜러스가 더블린에서 평범한 하루를 지내는 동안의 각각의 행동과 심리를 기록해 놓은 것이다.

이 작품은 전체적으로 3부 18에피소드로 이루어져 있는데, 1부의 중심 인물은 문학 청년 스티븐 디덜러스로, 아침 8시부터 정오까지의 그의 행적을 쫓고 있다. 어머니의 죽음 때문에 유럽에서 돌아온 디덜러스는 지성인 특유의 자존심이 유달리 강했으나 깊은 좌절감에서 쉽게 빠져 나오지 못하고 있었다. 파리에서의 의학 공부도 뜻대로 되지 않았고 문학으로도 성공하지 못한데다 아버지와의 사이도 소원해진 상태였다. 게다가 어머니의 마지막 소망이었던 카톨릭 의식에 대한 순종마저 거부했던 탓으로 그는 후회와 혼란 속에서 방황하고 있었다. 디덜러스의 머릿속은 철학과 문학, 역사, 신화, 종교 등의 문제로 꽉 차 있었는데, 그는 박식한 지식으로 더블린 사람들을 성가시게 구는가 하면 남성과 여성, 신에 대한 의문의 해답을 찾지 못할 때면 주색에 빠져들기도 했다.

제2부 또한 세 가지 에피소드로 구성되어 있고, 중심 인물은 38세의 중산층 신사 리오폴드 블룸이다. 유태인인 블룸은 평범한 광고업자로 실속 있으면서도 온유하고 친절한 사람이었다. 그는 집 없는 동물들을 돌보면서, 병자를 찾아가 자선을 베풀기도 하고 죽은 사람을 묻어 주기도 하며, 장님이 길을 건너는 것을 도와주기도 한다. 아내의 권유로 카톨릭 교도가 된 블룸은 수줍고 겁이 많은 어중간한 성격 때문에, 여성의 성적인 매력 또한 상상 속에서나 즐기는 소심한 사람이었다. 그 때문에 블룸은 아내와 정사를 나누기 위해 외간 남자가 자신의 집에 올 것이라는 걸 알면서도 정작 본인은 집으로 들어가지 못한다. 이렇듯 평범하고 소심한 블룸이었지만, 그는 나름대로 자신의 삶을 살아 왔다고 생각했다. 그는 주색에 빠진 디덜러스를 아버지처럼 돌보면서, 아내의 정사에 대해서도 질투심보다는 동정심을 갖는다.

한편 블룸의 아내 몰리는 언제나 침실에 누워 있는 자세로 등장한다. 마지막 장인 페넬로페의 에피소드는 몰리의 끝없는 내적 독백으로 구두점 하나 없이 연이어져 있다. 전부 여자의 관능적인 면에 대한 내용으로 이루어져 있는데, 몰리와 관계 맺은 남자들과 그녀 자신의 성적 매력 및 관능의 기쁨, 여자로서의 미래에 대한 불안 등이 그것이다.

이 작품에서 중요한 비중을 차지하는 것은 블룸과 디덜러스의 해후와 이별 장면이다. 두 사람에게는 공통점이 있었다. 블룸은 유일한 아들을 어려서 잃었고, 디덜러스는 주정뱅이이며 감상주의자였던 아버지를 잃었다. 블룸처럼 디덜러스 또한 집을 나왔고 그들은 모두 열쇠를 갖고 있지 않았다. 두 사람 다 인생의 공허함을 느끼고 서로를 통해 충족감을 얻으려 했던 것이다.

그러나 블룸은 이 냉철한 청년의 지성 앞에서 주춤하고, 디덜러스는 블룸의 갑작스런 접근에 주춤하다가 결국 블룸을 거절하고 떠나간다.

■ 해설

제임스 조이스가 1914년부터 7년에 걸쳐 완성한 「율리시즈」는, 이른바 소설 문학의 극한까지 추구한 인간 의식의 백과사전이라 칭송받는 작품이다. 대략 3만 자(字)에 달하는 어휘와 수많은 실험적 문체, 여러 형태로 개발된 의식의 흐름의 기법을 사용함으로써, 20세기 심리주의 소설의 대표작으로 평가받고 있다.

모두 18에피소드로 이루어진 작품의 전체적 구성은 호메로스의 「오디세이」를 모방하고 있는데 등장인물인 블룸은 오디세이를, 몰리는 오디세이의 아내 페넬로페를, 디덜러스는 오디세이의 아들 델레마코스를 각각 비유하고 있다. 조이스가 이 작품을 「오디세이」에 비유한 배후에는 그의 날카로운 문명 비평의 눈과 우매와 고통을 웃음으로 볼 줄 아는 해학의 정신이 숨쉬고 있다.

난해한 내용에도 불구하고 '현대인의 성경'이라고 불리고 있는 이 작품은, 무엇보다 인간의 내면에 눈을 돌려 인간 심리의 미묘하고 세세한 움직임을 표현하는 데 그 중점을 둔 심리 소설이라는 점에서 의의를 갖는다. 행동과 사건이 노출된 현실을 묘사한 것이 「오디세이」라면, 꿈의 세계와 몽롱한 의식의 세계를 묘사한 것이 「율리시즈」이다.

이 작품이 미국 잡지 <리틀 리뷰>에 연재되었을 당시에는 외설적이고 부도덕하다는 이유로 고소를 당해 오랫동안 발행 금지가 되었었는데, 그 와중에서도 제임스 조이스의 출중한 문학적 재능만큼은 높이 평가받았다고 한다.

이반 데니소비치의 하루

(Odin den' Ivana Denisovicha, 1962)

A. I. 솔제니친

"수용소에서 죽는 놈이 있다면, 그건 남의
죽 그릇을 핥으려 드는 친구들과 뻔질나
게 의무실에 드나들며 편히 누워 있으려
고만 하는 친구들, 그리고 쓸데없이 간수
장이나 찾아다니는 친구들뿐이지."

- 「이반 데니소비치의 하루」 중에서.

■ A. I. 솔제니친(Aleksander Isayevich Solzhenitsyn, 1918~)

러시아의 소설가로 1918년 코카서스의 키슬로보스크에서 출생한 솔제니친은 로스토프 대학에서 물리학과 수학을 전공했다. 1941년 자원 입대한 독·소 전쟁에서 전공을 인정받아 두 차례나 훈장을 타기도 했던 솔제니친은, 1945년 스탈린을 비판하는 바람에 체포당한 후 8년형을 선고받고 강제 노동 수용소에서 유형 생활을 하게 된다.

1956년 석방된 후 이듬해 복권되어 명예를 회복한 솔제니친은, 한 중학교 교사로 근무하며 자신의 처녀작이며 대표작인 「이반 데니소비치의 하루」(1962)를 발표한다. 그는 수용소 체험을 바탕으로, 소련의 현대사의 의미를 묻고 있는 이 작품을 통해, 사회주의 사회에 현존하는 모순과 비인도성을 고발하는 러시아 문학의 전통을 이어간다. 주로 20세기 인간의 존재에 대한 근원적인 질문을 던지는 그의 작품들 중에는, 「크레체토프카 역에서 생긴 일」과 「마트료나의 집」, 「공공을 위해서는」, 「자비르 카리타」 등의 네 편의 단편이 있다.

그러나 그의 반체제 비판의 경향 때문에 장편 「암병동」(1967)은 출판을 금지당했는데, 솔제니친은 이에 항의해 1967년 소련 작가 동맹 앞으로 검열 폐지를 호소하는 편지를 보내기도 했다.

이 무렵 소련에서 발표되지 못했던 작품들이 해외에서 잇달아 간행되자, 이로 인해 그는 소련 작가 동맹으로부터 제명을 당한다. 풍자와 알레고리를 구사한 정치적 장편 소설 「연옥 속에서」(1968), 「1914년 8월」(1971) 등이 그것이다.

1970년 노벨 문학상을 수상한 솔제니친은, 소련 정부의 탄압에
도 굴하지 않고 강제 노동 수용소의 내막을 파헤친「수용소 군도」
(1973)를 발표하는데, 이 때문에 KGB에 의해 원고가 압수되고
1974년 시민권 박탈과 함께 추방당하기에 이른다. 추방 후 미국
버몬트 주에서 살다가 소련 연방 붕괴 후인 1994년 20년간의 긴
망명 생활을 끝내고 소련으로 돌아갔다.

■ 줄거리

1951년 초 수용소 생활 8년째를 맞이한 이반 데니소비치는 언
제나처럼 오전 다섯 시에 잠에서 깬다. 러시아의 평범한 농민이었
던 그는 제2차 세계대전에 출전했다 포로로 잡힌 것이 간첩으로
오인되어, 10년형을 선고받고 수용소에서 복역 중이었다. 성격이
단순하고 배운 것도 많지 않았던 그인지라, 탈출 같은 것은 꿈도
꾸지 않은 채 그저 무사히 10년이 채워지기만을 바라고 있었다.
데니소비치는 기상 시간에 늑장을 부리는 일이 한 번도 없었는
데, 그는 자리에서 일어나자마자 작업 출동 시간까지의 자유시간
을 부업에 매달려 보내곤 했다. 그런 그가 오늘은 도무지 일어날
생각을 하지 않고 있었다. 엊저녁부터 감기 기운이 있던 그는 기
분이 몹시 안 좋았는데, 밤새 추위에 떨었던 터라 좀처럼 몸을 움
직일 수 없었던 것이다.
그러나 아침은 어김없이 찾아왔고 작업은 나가야 했다. 온몸이
금방이라도 부서져 버릴 것 같아 의무실에 가서 하루만이라도 작

업에서 제외시켜 달라고 부탁해야겠다고 생각하는 순간, 누군가의 위압적인 손길이 그가 덮고 있던 담요를 낚아채 갔다.

"노동 영창 3일이다!"라고 소리치고 있는 말라깽이 타타르 하사였다.

언제나 제일 먼저 일어나다가 오늘만 잠시 아픈 몸 때문에 게으름을 피운 것뿐인데, 노동 영창 3일이라는 건 너무 억울하다는 생각이 들었지만 타타르 하사에게 사정해 봐야 아무 소용없다는 것을 그는 잘 알고 있었다. 묵묵히 타타르 하사를 따라가는 데니소비치를 동료들은 그저 쳐다보기만 할 뿐 누구 하나 변호해 주는 사람이 없었다. 그러나 데니소비치가 타타르 하사를 따라 들어간 곳은 영창이 아닌 간수실이었다. 타타르는 이번 일은 눈감아 줄 테니 대신 마룻바닥을 닦으라고 지시한다.

맨발로 마룻바닥을 닦아낸 후 데니소비치는 식당으로 향한다. 죄수들로 만원인 식당에서 그는 생선뼈와 썩은 양배추로 만든 수프와 마가라로 쑨 죽을 먹는다. 그러고는 혹독한 추위 속에서 점호와 신체 검사를 받고, 경찰견과 자동 소총으로 무장한 간수들의 감시 아래 작업장으로 행진해 간다. 모자와 가슴, 무릎과 등뒤에 각자의 번호를 단 죄수들은 질서정연하게 발전소의 건설 현장으로 옮겨진 후 발전소의 벽과 지붕을 만드는 일에 동원된 것이다.

오랜 시간의 혹독한 노동에 비해 극히 짧기만 한 점심 시간. 데니소비치는 요리사를 꼬여내 2인분의 음식을 타는 데 성공하고 행복해 하지만 그것도 잠시뿐, 그는 다시 오후 점호를 받고 벽돌 쌓는 일에 동원된다.

날이 저물자 그제서야 중노동으로 지친 몸을 이끌고 막사에 돌아온 데니소비치는, 간신히 식어 빠진 수프 한 그릇을 저녁으로 먹고 잠자리에 든다. 그는 오늘 하루도 자신의 병이 더 악화되지 않았고 영창 신세를 지지도 않았으며 밥을 1인분이나 더 얻어먹은 것에 감사한다. 그러고는 더 나빠지지 않은 자신의 하루를 행복이라 여기며 달콤한 잠 속으로 빠져드는 것이었다.

■ 해설

솔제니친의 「이반 데니소비치의 하루」는 8년간의 강제 수용소의 체험을 배경으로, 소박한 주인공 이반 데니소비치를 내세워 그의 극히 사소한 일상까지도 극명하게 파헤친 작품이다. 이반 데니소비치뿐 아니라 수용소에 수용되어 있는 모든 죄수들을, 짐승처럼 노동을 강요당하고 사소한 실수까지도 고발당하는 권력의 희생물로 묘사하고 있는 것이다.

솔제니친은 이 작품을 통해 민중의 소리와 감각을 정확히 표현함으로써, 비인간적 수용소에서의 어느 죄수의 하루에 빗대어 러시아 민중이 짊어진 비극적 숙명과, 한계 상황에서 인간으로서 살아가는 의미를 묻고 있는 것이다. 그러나 솔제니친은 수용소에 갇힌 죄수의 생활이라는 비극적 측면보다는 정해진 상황 속에서 안위함을 추구하는 희극적 측면에 보다 큰 비중을 둠으로써, 수용소의 비인간적 상황을 역설적으로 부각시키고 있다.

스탈린 시대의 수용소 실태를 처음으로 적나라하게 파헤쳐, 1962년 발표되자마자 국제적 반향을 불러일으켰던 「이반 데니소비치의 하루」는, 해빙과 함께 개화한 러시아 문학의 걸작 중 하나로 평가되고 있다. 또한 무서운 현실을 억제된 문체와 꾸밈없는 유머를 섞어 묘사함으로써, 솔제니친 문학의 무한한 매력과 진실을 담고 있는 작품이다.

이방인
(L'Etranger, 1942)

알베르 카뮈

"신은 존재하지 않으며 이 세상에 존재하는
것은 이 지상에 발을 딛고 있는 실존뿐이
다. 비록 부조리이긴 하지만 그것은 유일
하며 또 전부이고 각자의 특권이기 때문에
무한한 가치를 지니고 있다."

- 「이방인」 중에서.

■ 알베르 카뮈(Albert Camus, 1913~1960)

1913년 당시, 프랑스의 식민지였던 알제리 몽드비에서 태어난 카뮈는 청각 장애자인 어머니와 할머니 밑에서 가난한 유년 시절을 보냈지만, 그의 삶에 지대한 영향을 끼친 스승 L. 제르맹과 J. 그르니에와의 인연을 맺게 된다.

스무 살이라는 어린 나이에 결혼한 카뮈는 얼마 안 가 이혼의 상처를 겪게 되는데, 1939년 레지스탕스에 가입해 정치적 저항을 시도하는 한편, <전투>라는 이름의 잡지 편집자로도 활동한다. 또한 '노동 극단'을 창립하여 대본 작가 및 연출가, 배우로도 활약하는데, 이때 바로 「오해」와 「칼리귈라」, 「계엄령」, 「정의의 사람들」 등이 쓰여진다.

이후 「안과 겉」(1937), 「결혼」(1938), 「반항적 인간」(1951) 등의 에세이집을 잇따라 발표하고, 29세에 발표한 소설 「이방인」(1942)을 통해 부조리 문학의 선두 주자로 활약한다.

뒤이어 「시지프스의 신화」(1943), 「페스트」(1947), 「전락」(1955) 등의 수작을 발표해 소설가로서의 확고한 자리를 굳히게 되는데, 1957년 마침내 카뮈는 그의 전 작품을 대상으로 한 노벨 문학상을 수상한다.

1960년 48세로 사망하기까지, 그는 인간의 존엄과 참된 자유에 대한 자기 성찰을 부단히 이야기했다. 부조리로 가득 찬 세계를 자각함으로써 카뮈는, 저항하고 고뇌하는 인물들을 통해서 진정한 의미로서의 자유를 전달하기 위해, 죽는 순간까지도 펜을 놓지 않은 투철한 작가 의식의 소유자였다.

주인공인 뫼르소는 알제리의 선박 회사에서 일하는 평범한 사무원이다.

어느 날 뫼르소는 양로원에서 지내던 어머니의 사망 소식을 듣고, 아무런 느낌 없이 장례식을 치르게 된다. 너무 오래 떨어져 지낸 탓에 뫼르소는 어머니의 나이도 정확하게 기억하지 못하고 있었고, 장례식에서도 그다지 슬픈 기색을 보이지 않았다.

장례식 후 일상으로 돌아간 뫼르소는 영화를 보며 낄낄거리기도 하고 마리라는 여인과 함께 밤을 보내기도 하며, 평소와 다름없이 지낸다.

그러던 며칠 후 친구인 레이몽을 따라 해변에 놀러간 뫼르소는, 우연찮게 불량배들과의 싸움에 말려들게 된다. 뫼르소는 단순히 방어만 하려다가 우연히 손에 들고 있던 총과, 눈을 찌르는 듯 내리쬐는 햇빛 때문에 그만 살인을 저지르고 만다.

그러나 살인은 우발적인 일이었고, 때마침 내리쬔 강렬한 태양 때문이었다는 뫼르소의 주장은, 누구에게도 받아들여지지 않는다. 결국 뫼르소는 사회적으로 많은 사람들의 비난을 받게 되고, 마침내는 사형 선고까지 받게 된다.

이후에 뫼르소는 의례적으로 감옥을 돌면서 죄수들을 위해 기도를 하며 설교를 펼치는 신부에게, 죽은 다음의 자아를 위해 신을 믿을 것을 강요당한다.

그러나 뫼르소는 지금 살아 있는 이 순간이 자신에게 가장 행복한 순간이며, 죽은 사람처럼 무심하게 살아왔지만 죽음을 앞둔 지금에서야 비로소 자신이 살아 있다는 확신이 든다고 생각한다. 뫼르소는 자신이 그런 것처럼 어머니 또한 죽음을 앞두고 일종의 해방감을 느끼며, 이 단조로운 인생에 진심으로 도전하며 살아 볼 마음이 생겼을 것이라고 생각한다.

뫼르소는 자신이 지금 가장 바라는 것은, 신도 아니고 내세에서의 평온도 아님을 강조하며 다음과 같이 말한다.

"……내 생각은 옳았고, 지금도 옳고 언제나 옳으리라. 나는 이처럼 살았으나 다르게 살 수도 있었을 것이다. 나는 어떤 일은 하고 어떤 일은 하지 않았다. 그게 어떻단 말인가? 나는 나의 정당함이 인정될 저 새벽을 기다리며 살아온 셈이다. ……누구나 다 특권을 갖고 있다. 특권을 가진 사람밖에 없는 것이다. 다른 사람들도 나처럼 언젠가는 사형을 받게 될 것이다. 살인범으로 고발되어 너희들이 어머니의 장례식 때 눈물을 흘리지 않았다고 해서 사형을 받게 된들, 그것이 무슨 의미가 있겠는가? ……모든 것이 이루어지고 내가 외롭지 않다고 느끼기 위해 오직 내게 남은 한 가지 소원은, 내가 사형 집행을 당하는 날에 수많은 구경꾼들이 증오에 찬 눈초리로 나를 바라보고 아우성치며 맞아 주었으면 하는 것뿐이다."

■ 해설

'부조리'에 대한 신랄한 고발을 담고 있는 「이방인」은, 1942년에 발표되어 카뮈를 일약 세계적 작가의 반열에 올려놓은 작품이다.

「이방인」의 주인공 뫼르소는 자신이 하고 싶은 대로 행동하는 인물이다. 사회 제도나 규범 등은 그에게 별다른 의미가 없다. 다른 사람의 생각이나 우리가 흔히 세상을 살아가면서 지켜야 한다고 믿는 관습과 상식 등에 대해서도 그는 관심이 없다. 무언가에 지나치게 집착하지도 않고 감정에 쉽사리 휩쓸리지도 않는다. 이러한 성향을 가진 사람들은 특별하게 피해를 입히거나 직접적으로 다가오지 않는 한, 관심의 대상이 되지 못하는 인물들이다.

그러나 전적으로 관심 밖의 인물인 뫼르소가 살인을 하게 되면서, 그의 무심한 성향들이 전혀 다르게 해석된다. 의미 없이 행동한 그의 모든 행동 양식에 편견의 꼬리표가 붙고, 타인들의 주관적인 가치 판단이 그의 모든 것을 폄하하기에 이른다.

흔히 「이방인」에 대한 해설서로, 카뮈가 이후에 집필한 에세이 「시지프스의 신화」가 거론되곤 한다.

카뮈는 이 에세이에서 언뜻 이해하기 힘든 뫼르소의 심리 상태인 권태, 허무, 무심함 등을 다음과 같이 설명하고 있다.

"갑자기 환상과 광명이 없어진 세계에서 인간은 자신을 이방인이라고 느낀다. 이 추방에는 구원이 없는데, 그것은 그에게는 잃어버린 조국에 대한 기억도 없고 약속된 땅에 대한 희망도 없기 때문이다."

선인도 악인도 아니며 일개 부조리한 인간에 불과했던 뫼르소야말로, 부조리를 직시하고 부조리에 사는 부조리의 영웅인 것이다. 부조리란 세계와 인간의 어느 한 편에 있는 것이 아니라, 양자의 대립 그 자체 속에 있는 인간의 조건인 셈이다. 즉 '이방인'이란 부조리 의식을 지닌 인간을 지칭하는 것이다.

실존주의의 문학적 승리로까지 평가받고 있는 이 작품에서 카뮈는, 극도로 압축된 표현과 접속사 등을 효과적으로 사용해 작가로서의 역량을 십분 발휘하고 있다. 카뮈의 반항 문학과 부조리 철학의 상징인 이 작품을 두고, 사르트르는 다음과 같이 평가하고 있다.

"건조하면서도 깨끗하다. 외관상으로는 무질서하게 보이지만, 탄탄하게 짜여진 구성이 돋보이는 것과 동시에, 너무나도 인간적인 작품이다."

인간의 굴레
(Of Human Bondage, 1917)

W. 서머셋 몸

"자신의 의무를 다하고 되도록 자신의 능
력을 살려, 나아가서는 타인을 해치지 않
는 일을 해야 하는 것이 이 세상에 태어난
의미이다."

—「인간의 굴레」 중에서.

■ W. 서머셋 몸(William Somerset Maugham, 1874~1965)

영국의 소설가이며 극작가인 몸은 1874년 파리에서 태어나 일찍 부모를 여읜 채 백부 헨리 맥도날드의 목사관에서 성장한다. 고독한 생활 속에서 말을 더듬게 된 몸은, 14세 때 캔터베리의 킹즈 스쿨에 입학하나 학교 생활에 적응하지 못하고 폐결핵으로 학업을 중단한다. 요양차 프랑스를 다녀온 그는 1891년 하이델베르크 대학으로 1년간 유학을 떠나, 그곳의 철학적 분위기에 동화되어 학문과 생활 면에서 변화를 일으킨다.

이후 이탈리아와 스위스 등지를 여행하다가 작가가 되기로 결심하고 귀국하지만, 백부의 뜻에 따라 1892년 런던의 성 토마스 의과 대학에 입학한다. 의학에는 별 관심이 없었던 몸은 이때 오히려 문학에 전념해, 런던 빈민가에서의 경험을 소재로 한 그의 처녀작 「램버스의 라이자」(1897)를 발표해 비평가들의 인정을 받게 된다. 그는 1904년에서 1933년까지 「순환」, 「나으리들」, 「영원한 아내」 등의 30여 편에 달하는 희곡을 발표해 극작가로서의 면모를 과시하는데, 특히 1908년에 쓴 희곡 「프레드릭 부인」은 무려 422회에 이르는 공연 회수를 자랑하고 있다.

작가로서의 명성과 부를 얻어 풍요로운 생활을 하게 된 몸은 이후 극작을 중단하고, 20세기의 고전이라 칭송되는 자전적 장편 소설 「인간의 굴레」(1917)를 출판한다. 이어서 화가 고갱을 모델로 한 「달과 6펜스」(1919), 토마스 하디와 휴 월폴을 모델로 한 「과자와 맥주」(1930), 「면도칼날」(1944) 등을 발표한다.

60여 년간의 문필 생활 동안 장편 소설 20편, 희곡 30편, 단편 소설 100여 편과 10여 권에 달하는 여행기와 평론집을 집필했던 몸은, 대중에게 고급 읽을거리를 제공하고 폭넓은 독자층을 갖고 있다는 점에서 높이 평가되고 있다. 평생 독신으로 지냈던 몸은 1948년 마지막 소설 「카타리나」를 발표한 후, 1965년 91세의 나이로 니스에서 사망했다.

■ 줄거리

어려서 부모를 여읜 주인공 필립은 목사인 백부 슬하에서 성장하며, 블랙스 테이블의 목사관에서 교육을 받게 된다. 선천적으로 절름발이었던 그는 학교에서 친구들의 온갖 놀림을 받았고, 그로 인한 열등감 때문에 언제나 고통 속에서 생활했다. 친구들의 따돌림을 당하면서 그의 자의식은 더욱 굳어져 가고, 이때부터 필립은 독서에만 몰두하게 된다.

이후 목사가 되기 위해 캠브리지 대학에 진학하려던 꿈을 포기한 필립은, 돌연 하이델베르크 대학으로 유학을 떠난다. 그러나 고아이며 불구자라는 열등감에서 벗어나지 못했던 필립은 런던으로 돌아와 회계사 수업을 받게 된다.

어느 날 필립은 호기심에 차서 백부의 손님인 40세 가량의 미스 윌슨과 관계를 맺게 되는데, 곧 그녀에게 싫증을 내버리는 자신의 냉담함에 당황한다. 그러던 중 그녀가 파리로 떠나자 필립 또한 백부의 반대를 무릅쓰고 파리로 향한다.

그곳에서 미술을 공부하던 중 필립은 자신과 같이 그림을 배우는 한 영국 여자와 알게 되는데, 그녀가 갑자기 자살을 해버리자 필립이 그녀의 장례식 일체를 떠맡게 된다. 얼마 안 가 그림에도 재능이 없음을 깨달은 필립은 런던으로 돌아와 다시금 의학 공부에 매달린다.

그는 런던의 의과 대학 시절 다방의 여종업원 밀드레드에게 사랑을 느끼게 되어 구혼을 하지만, 무지하면서도 거만했던 밀드레드는 필립을 무시한 채 독일인 밀러와 결혼해 버린다.

그후 필립은 또다시 노라라는 삼류 여류 작가와 사랑을 하게 된다. 그러던 어느 날 남편에게 버림받은 밀드레드가 초췌한 모습으로 필립을 찾아온다. 그녀에 대한 사랑이 되살아난 필립은 노라를 버리고 이미 만삭이 된 밀드레드를 돌봐 준다.

그러나 출산을 한 밀드레드가 같은 하숙의 그리피스와 눈이 맞아 또다시 도망가 버리자, 필립은 후회와 고통 속에서 노라를 찾아간다. 하지만 이미 노라도 약혼을 한 상태였다. 절망한 필립은 의학 공부에만 매달려 보지만, 증권에 손을 대는 바람에 파산해 버리고 학업도 중단된다.

이후 아페르니의 도움으로 한 가게의 점원이 된 필립은, 페르시아 융단의 꽃무늬 그림을 보면서, '인생도 이 꽃무늬 같아서 현란하긴 하지만 무의미하게 무늬를 이루고 있는 것에 불과하다.'라고 생각한다.

세월이 흘러 마침내 의사 자격증을 취득하게 된 필립은, 대학 시절 파산 당한 자신에게 도움을 주었던 아페르니의 딸 샐리를 만나게 된다. 필립은 시골 순방을 마치고 돌아오는 길에, 전형적인 현모양처형인 샐리에게 사랑을 고백하고 그녀와 결혼을 하기에 이른다.

　이로써 그는 겨우 과거의 인간의 굴레에서 풀려 나오게 되지만,
그의 앞에는 새로운 인간의 굴레가 기다리고 있었다.

■ 해설

　스피노자의 윤리학 제4부의 제목을 따서 붙인 「인간의 굴레」는,
작가 자신의 생에 대한 정신적인 자서전으로, 서머셋 몸의 대표작
이자 세계 문학 사상 불후의 명작으로 손꼽히고 있는 작품이다.
　작가의 인생 체험이 그대로 나타나 있는 이 작품을 쓸 당시 이
미 작가로서의 성공을 거두었던 몸은, 말더듬이로 고통받던 어린
시절과 어머니의 죽음 등의 불행한 과거의 추억에 복받쳐 집필한
작품이라고 밝힌 바 있다.
　"나는 견딜 수 없는 그 무엇으로부터 자신을 해방시키기 위해
이 작품을 썼다. 나는 바라던 성과를 얻었다. 교정을 끝냈을 때 나
는 온갖 망령들이 전부 무릎을 꿇었다는 것을 알았다."
　이처럼 몸은 자신의 불행했던 젊은 시절을 이 작품을 통해 그대
로 재생시키고 있는데, 고아와 불구라는 이중의 십자가를 짊어진
주인공 필립을 통해 그가 얼마나 괴로워하고, 어떻게 인생을 꿈꾸
고, 어떻게 인생에 배반당하며, 어떻게 인생을 해결해 나가는가를
보여 주고 있는 것이다.
　특히 몸은 필립이 밀드레드에게 사로잡혀 고뇌를 더해 가는 과
정을 '인간의 굴레'로 상징하고 있다. 또한 필립의 고뇌를 사실적

이고 세밀하게 묘사함으로써 특유의 페시미즘을 드러내고 있는데, 인생은 페르시아 융단의 꽃무늬 같아서 현란하긴 하지만 아무런 의미도 없다는 리얼리즘의 정신 또한 잊지 않고 있다.

　20세기의 고전이라 평가되는 「인간의 굴레」는 서머셋 몸에게 작가로서의 명성과 부를 안겨 준 그의 대표작이다.

인간의 조건
(La Condition Humaine, 1932)

앙드레 말로

"어떤 인간을 자기 것으로 한다 해도 결국
자기에 의해서 변하여진 상대편의 부분밖
에는 소유할 수가 없는 것이다."

— 「인간의 조건」 중에서.

■ 앙드레 말로(André Malraux, 1901~1976)

  프랑스의 소설가이며 정치가인 말로는 파리의 부유한 은행가의
집에서 태어났다. 일찍부터 문학 이외에 고고학과 고대 미술에도
관심을 갖고 있던 말로는, 고등학교 졸업 후 동양어 학교에서 산
스크리트어를 비롯한 인도지나어, 중국어 등을 공부했다.

  이것이 그에게 동방에 대한 관심을 더욱 증폭시켜 이후에 「왕
도」, 「정복자」, 「인간의 조건」 등의 작품을 쓰게 되는 계기가 된다.
19세 무렵부터 문학 활동을 시작한 말로는, 이 무렵 마르셀 아르
랑, 르네 크르벨 등의 초현실주의자들과 함께 동인지를 내기도 했
다. 이후 말로는 정치에 참여해 인도차이나 혁명과 안남 혁명 등
민족 해방 운동에 가담하였고, 1926년 중국으로 건너가 광동 혁명
과 상해 혁명에도 참가하였다.

  이때 집필한 작품들로는, 중국 청년과 프랑스 청년과의 왕복 서
간 형식을 빌려 서구 지성의 한계를 제시한 「서구의 유혹」(1926)
과 중국의 광동 혁명을 배경으로 한 「정복자」(1928), 인도차이나
의 유적 탐험을 다룬 「왕도(王道)」(1930), 상해 혁명을 소재로 한
「인간의 조건」(1932) 등을 들 수 있다. 특히 상해 혁명의 목격과
실전의 체험을 바탕으로 쓴 「인간의 조건」은 말로를 세계적 문호
로 발돋움시켰으며, 그에게 1933년 프랑스 문학상의 최고 권위인
콩쿠르 상을 안겨 준 작품이기도 하다.

  중국에서 프랑스로 돌아온 말로는 히틀러의 나치즘과 뭇솔리니
의 파시즘으로 유럽의 평화와 자유가 위협받게 되자, 앙드레 지드
와 함께 반(反)파시즘 대열의 선봉에 선다. 이후 그는 스페인 내란

에 참전했다가 부상을 당하기도 하는데, 제2차 세계대전 때에는 독일군의 포로가 되었다가 탈옥해 레지스탕스에 참가한다.

1945년 드골의 신임을 얻어 입각할 때까지 오랜 모험과 극적인 생활을 계속해 오던 말로는, 드골의 제5공화국이 수립되자 문화장관으로 드골을 보좌하기에 이른다. 「인간의 조건」 이후 말로는 자신의 반파시즘 투쟁을 그린 「경멸의 시대」(1935)와 스페인 내란 참전 기록의 대서사시 「희망」(1937)을 발표한다. 드골이 사망한 후에는 정계에서 물러나 드골을 회고한 「쓰러진 느티나무」(1971)와 미술론 「랑탕포렐」(1976) 등을 출판한다.

현대 프랑스 문학의 주류를 이루는 '행동 문학'에 지대한 영향을 끼친 말로는, 1976년 지병으로 생을 마감했다.

■ 줄거리

테러리스트 진은 상해에서의 쿠데타를 성공시키기 위해 무기 브로커를 암살하고, 무기 인도 명령서를 빼앗아 자신의 동료들에게로 간다. 그의 동지들인 축음기 가게를 하는 엠멜리크, 북경 대학 교수 지졸, 그의 아들인 일본인 혼혈아 기요, 기요의 처 메이, 러시아인 카토프 등은 진이 가져온 서류로 혁명에 필요한 무기를 탈취하여 대원들을 무장시킨다.

마침내 쿠데타는 성공하여 상해는 국민당과 공산당의 국공합작 혁명군의 지휘하에 들어간다. 그러나 반공적이던 장개석이 계엄령을 선포하고 노동 조합의 무기를 몰수하려고 하자, 소수파인 공산당은 불리한 대우를 받게 된다. 이 때문에 진과 함께 폭동의 중심 인물이었던 기요가 코민테른의 의향을 묻자, 모스크바에서는 장개석과 타협하라는 지령이 내려온다.

그러나 테러를 부정하는 공산당의 지령을 무시한 진은 장개석의 암살을 기도한다. 장개석의 자동차를 습격하려던 계획이 실패로 돌아가자 진은 동지인 엠멜리크의 집으로 피신하려 하지만, 엠멜리크는 아내와 병든 자식을 핑계로 진을 받아 주지 않는다. 동지의 배신으로 인간다운 삶을 영위할 수 없는 처지에 몰린 진은, 또다시 장개석의 차를 습격하나 이마저 실패로 돌아간다. 어떠한 명예나 행복도 바라지 않던 진은, 그제서야 혁명에서 승리해도 그 속에서 살 수 없음을 깨닫고 권총 자살을 한다.

한편 기요는 자신이 블랙리스트에 올라 있는 줄 알면서도 혁명군의 재편성에 앞장선다. 그러나 전세가 불리해지면서 기요와 카토프 등이 체포되어 수감된다. 기요의 아버지 지졸은 아들의 석방을 탄원하지만, 배신자로 살아남기보다는 죽음을 택하는 것이 훨씬 가치 있는 삶이라 생각한 기요는 아버지의 바람을 저버린 채 음독 자살을 한다. 기요의 자살 후 혼자 남게 된 카토프는 심한 고독감을 느끼지만, 실천적 혁명가답게 몰래 감춰 둔 청산가리를 고문을 두려워하는 다른 동지들에게 나눠주고는 자신은 당당하게 화형장으로 향한다.

그 사이 아들과 동지들의 죽음으로 슬픔에 잠긴 지졸은, 절박하고도 무서운 상해 거리를 떠남으로써 죽음과 삶으로부터 해방된다. 그러던 어느 날 기요의 아내였던 메이가 찾아와, 자신과 함께 모스크바로 가서 살아남은 동지들과 다시 싸울 것을 요청한다. 그

러나 이미 늙어버린 지졸은 그녀에게 모든 것을 체념한 기분으로,
아들의 죽음과 인간의 생사에 대해 말하면서 조용히 여생을 보내
겠다고 한다.

"너는 인간을 만드는 데는 아홉 달이 걸리지만 죽이는 데는 단
하루로써 족하다는 문구를 알고 있겠지. 우리는 둘 다 혁명 사이
에서 그것을 싫증이 나도록 알았다. 그러나 사람 하나를 만드는
데 아홉 달 가지고는 부족하다. 60년이 걸린다. 희생이나 의지의
그리고 여러 가지 많은 것의 60년이 걸린다. 유년, 청년 시대를 거
쳐 그가 한 인간이 되었을 때는 그에게는 벌써 죽는 것밖에는 남
아 있지 않게 된다."

복수심에 불타던 기요의 아내는 지졸의 말을 묵묵히 듣고 난
후, 혼자서 모스크바를 향해 발걸음을 재촉한다.

■ 해설

「인간의 조건」은 말로를 현대 프랑스 문학의 선두주자로 자리
매김할 수 있게 해준 작품으로, 장개석이 공산당을 이용해 상해에
서 북방 군벌을 몰아낸 후, 공산당을 탄압하기 시작한 상해 혁명
을 배경으로 쓰여진 작품이다.

행동주의 문학의 대표 작가였던 말로는, 인간이 지니고 있는 죽
음에 대한 본질적인 공포와, 타인을 행동에 의해 파악할 수는 있
지만 남이 판단하는 자신과 미래의 자신과는 결코 일치할 수 없다
는, 인간의 근원적인 부조리한 조건을 예리하게 파헤친 작가였다.

이러한 말로의 의식이 「인간의 조건」 곳곳에 스며들어 있는데, 연대적인 행동의 중심 속에서도 고독에서 헤어날 수 없었던 니힐리스트 진과 혁명에서만 삶의 의미를 갖는 진정한 투쟁가인 기요, 강철같은 의지로 자신의 뜻을 굽히지 않았던 카토프, 기요의 아버지이며 아편 중독자 대학 교수 지졸 등을 통해, 말로는 고정관념이었던 허무주의적 고독감과 죽음으로부터 탈출하려는 인간의 필사적인 모습을 그리고 있다.

특히 이 작품의 주요 등장 인물들은 죽음의 관념에 사로잡힌 채, 필연적으로 죽지 않으면 안 된다는 '인간의 조건'을 따르고 있는 것이다.

또한 말로는 중국에 있어서의 사회 혁명의 표면적인 면뿐만 아니라, 혁명의 내부적인 세력과 추진력이 되는 사상적인 면까지 예리하게 파악하고 있다. 바로 이러한 점 때문에 「인간의 조건」은 죽음과 고독, 인간의 고뇌와 운명과의 대결 등을 탁월한 수법으로 그려 나간 20세기형 소설이라고 평가받고 있는 것이다.

인형의 집

(Et Dukkehjem, 1879)

헨리 입센

"아내이며 어머니이기 이전에,
한 사람의 인간으로 살겠다."

– 「인형의 집」 중에서.

■ 헨리 입센(Henrik Ibsen, 1828~1906)

노르웨이의 극작가 헨리 입센은 남부의 작은 항구 도시 시엔에서 부유한 상인의 아들로 태어났다. 그러나 집안의 파산으로 한때 약국의 견습생으로 일하기도 했던 입센은, 독학으로 대학 입학 자격시험을 준비하는 한편 신문에 풍자 만화 시를 투고하면서 시작(詩作)에 몰두한다. 그 무렵 로마 시대의 혁명가를 주인공으로 쓴 처녀 희곡 「카틸리나」(1848)를 출판했으나 주목받지는 못했다.

대학 입시에 실패한 그는 이후부터 시, 희곡, 평론 등으로 민족주의 즉 내셔널리즘 운동의 일익을 담당하다가, 단막물 「전사의 무덤」(1850)이 상연되자 대학 진학을 단념하고 작가로 나설 것을 결심한다.

1851년 베르겐의 노르웨이 극장의 전속 작가 겸 무대 감독으로 초청된 입센은 이때부터 본격적인 극작 수업에 들어가 훗날 극작가로 성공하는 토대를 닦는다.

시 「에스트로트의 잉겔 부인」(1862), 「솔하우그의 향연」(1856)과 노르웨이의 고대와 중세의 역사를 배경으로 한 희곡 「헤르게트란의 전사」(1857)를 발표한 입센은, 이후 최초의 현대극인 「사랑의 희극」(1866)을 발표하나 이 역시 주목받지 못한다.

이 무렵 고국을 떠나 이탈리아와 독일 등을 전전하며 그리스·로마의 고미술을 접하게 된 입센은, '무(無)나 전부냐?'를 주제로 한 대작 「브란스」(1866)를 발표하고 곧이어 「페르귄트」(1867), 「황제와 갈릴레아 사람」(1873) 등으로 작가로서의 입지를 다진다.

이후에는 사회의 허위와 부정을 파헤치는 사회극을 쓰기 시작하는데, 그 대표적인 것이 「인형의 집」(1879)이다. 이밖에도 입센은 「민중의 적」(1882), 「들오리」(1884), 「바다에서 온 부인」(1890) 등의 걸작을 출판한 바 있다.

오랜 외국 생활을 마치고 고국으로 돌아온 그는 만년에는 신비적이고 상징적인 경향의 작품들을 발표한다. 「작은 아이 울프」(1998), 「우리들의 사자(死者)가 눈뜰 때」(1898) 등이 그것이다.

72세의 나이로 세상을 떠날 때까지 입센은 근대극의 1인자라는 명성과 함께, 힘차고 응집된 사상과 작품으로 여성 해방 운동에까지 깊은 영향을 끼치고 있는 작가이다.

■ 줄거리

여주인공인 노라는 아버지의 지극한 사랑 속에서 인형처럼 애지중지 여겨지며 어린 시절을 보낸다. 아름다운 처녀로 자란 노라는 변호사인 헤르멜과 결혼을 하고, 결혼 후에도 여전히 천진하고 응석받이인 인형 같은 아내로 행복한 생활을 한다.

노라의 남편 헤르멜은 '아무리 어려워도 빚만은 지지 않는다.'는 사고방식을 지닌 착실한 인물로 노라를 진심으로 사랑하고 있었다. 노라 또한 남편을 사랑하고 있었고, 자기만큼 아내로서 어머니로서 행복한 사람은 없을 것이라고 믿고 있었다.

그러나 그러한 노라에게도 비밀이 한 가지 있었는데, 신혼 시절에 남편의 결핵을 고치기 위해 크록크스터라는 사람에게 돈을 빌려쓰고는 보증인으로 친정 아버지의 서명을 위조한 것이었다.

남편 몰래 조금씩 그 빚을 갚아 나가던 노라에게 크록크스터가
은근한 협박을 해오면서 노라의 행복한 집에도 조금씩 금이 가기
시작한다.

그러던 어느 날 신임 은행장이 된 남편으로부터 해고될 것을
걱정한 크록크스터가 노라의 서명 위조의 죄상을 폭로하고 법정
에 고발하겠다는 내용의 협박장을 보내 온다.

할 수 없이 노라는 남편에게 그 동안의 일을 고백하고, 자신을
사랑하는 남편의 이해를 구하지만, 남편은 이 일로 자신의 사회적
지위가 흔들리게 될까봐 오히려 노라를 질책하며 모든 책임을 그
녀에게 돌린다.

노라는 모든 것이 남편을 위해 저지른 일임에도, 막상 일이 터
지자 자신의 사회적 명예만을 생각하는 남편을 보고 절망한다. 그
러나 파국으로만 치닫던 상황이 노라의 오랜 친구인 린데 부인의
도움으로 변하게 된다. 크록크스터가 더 이상 문제삼지 않겠다는
편지를 보내 온 것이다.

상황이 바뀌자 남편은 다시 태도를 바꿔 노라를 끔찍이 위하는
척한다. 그러나 이미 남편의 인간성과 사랑에 근본적 회의를 느끼
게 된 노라는, 남편의 자기에 대한 사랑이 결국 인간이기 이전에
단순한 인형이나 노리개에 대한 사랑이었음을 깨닫게 된다. 그녀
가 이제까지 행복이라 믿어왔던 것이 단순한 인형의 행복에 지나
지 않았던 것이다.

결국 남편의 위선적인 행동에 염증을 느낀 노라는, 인형에 불과
한 아내 노릇을 거부하고 책임 있는 한 인간으로 살기 위해 집을
나갈 결심을 한다.

그 사실을 안 남편이 노라에게 "아내와 어머니로서의 의무를 팽개치고 남편과 자식을 버릴 셈이냐?"고 질책하자, 노라가 대답한다. "아내이며 어머니이기 전에 먼저 하나의 인간으로 살고 싶어요."라고.

■ 해설

「인형의 집」은 입센에게 '근대극의 1인자'라는 칭호를 붙여 준 3막으로 이루어진 희곡 작품이다. 특히 이 작품은 19세기 후반에 빈번하게 논의되어 왔던 여성 해방극, 즉 페미니즘의 기폭제 역할을 한 작품으로, 1879년 발표되자마자 여주인공 노라는 여성 해방 운동의 기수로까지 논의되기도 했다.

그러나 실제로 입센은 자기 자신은 여성 해방 운동이 무엇인지도 모른다고 밝히면서, 자신은 다만 인간이 살아가는 데 있어서의 생에 대한 태도에 대해 묘사했을 뿐이라고 말한 바 있다. 입센은 노라와 같은 경우를 통해 인간성에 대한 신뢰와 사랑을 추구했던 것이다.

당대에 열띤 논쟁을 일으키기도 했던 「인형의 집」은 그만큼 상반되는 평가를 받고 있기도 한데, 하나는 아내로서의 인간성 회복 선언과 사회적 모순을 뚫고 과감한 개혁 의지를 지닌다는 자아 회복에의 찬사가 그것이다.

나머지 하나는 원인과 모순 속에서 이를 감싸고 반성하는 남편과 아이들을 두고 가정을 떠나는 것은 여성 본연의 모습을 저버리는 행위라는 비판적인 견해이다.

　평가야 어찌 되었든 힘차고 응집된 사상과 작품으로 근대극을 확립했을 뿐 아니라 여성 해방 운동에까지 깊은 영향을 끼쳤던 헨리 입센의 작가로서의 진가는, 바로 이 작품 「인형의 집」에서 한층 더 그 빛을 발하고 있다.

잃어버린 시간을 찾아서

(À la recherche du temps perdu, 1927)

마르셀 프루스트

"그녀가 잠들 때면 나는 더 이상 말하지 않아도
되었고, 그녀에게 보이지도 않는다는 것을 나
는 잘 알고 있었다. 말하자면 나는 나의 표면
에서 살 필요가 없었던 것이다."

－「잃어버린 시간을 찾아서」 중에서.

■ 마르셀 프루스트(Marcel Proust, 1871~1922)

프랑스의 비평가이며 소설가인 프루스트는 파리 대학 의학부 교수인 아버지와 부유한 유태계 어머니 사이에서 파리에서 태어났다. 선천적으로 병약했던 프루스트는 아홉 살 때 앓은 신경성 천식으로 평생을 고생하게 된다.

18세에 지원병으로 입대해 1년간 군 복무를 했던 프루스트는 이후 파리 대학 법학부에서 법학과 문학을 전공해, 훗날 동인 잡지 <환희와 나날>에 수록될 시와 수필, 단편 소설을 발표한 바 있다. 1900년 러스킨의 죽음을 맞아 「러스킨론」을 집필하기도 했던 프루스트는, 프랑스 작가들의 모작(模作)에 의한 문체 비평 소설 형식의 평론을 시도하면서 구상에 전념한다.

1909년 악화된 건강 속에서도 그의 일생의 거작 『잃어버린 시간을 찾아서』를 집필하기 시작하여, 제1편 「스왕가(家)」(1911)와 제2편 「꽃피는 소녀들의 그늘에서」(1919)를 발표해, 콩쿠르 상을 수상함과 동시에 20세기 최고의 작가로 문명을 떨치게 된다.

이후 죽음의 불안 속에서도 제3편 「게르망트가(家)의 사람들」(1920)과 제4편 「소돔과 고모라」(1922)를 발표한다. 폐렴으로 죽음이 임박했던 프루스트는 결국, 제5편 「갇힌 여인」(1923)의 퇴고(推敲)를 하던 중 사망한다.

초고(草稿)로만 남겨져 있던 제6편 「사라진 알베르틴」(1925)과 제7편 「다시 찾은 시간」(1927)은, 그의 사후에 출판된 작품이다. 이외에도 그의 작품으로는 평론집 「르모완 사건」과 「시평집(時評集)」 등이 있다.

■ 줄거리

제1편 「스왕가(家)」

마르셀은 어릴 적 휴가를 보내곤 하던 콩브레에 대해 회상한다. 콩브레에는 두 개의 산책길이 있었는데, 한쪽은 파리에 사는 부자 스왕 씨네 별장으로 통하는 길이었고, 다른 한족은 명문 귀족 게르망트 공작 부인의 저택으로 가는 길이었다. 이중 마르셀은 아름다운 아가씨 질베르트가 있는 스왕 씨네 별장에 더 마음이 끌리지만, 그의 몽상은 간혹 그를 게르망트 공작 부인 댁으로 이끌어 가기도 한다. 이 두 길은 소년 마르셀의 마음속에 사는 두 개의 동정의 길이지만, 그후 그의 운명에 깊은 관계를 갖게 된다. 몇 년 후 파리에서 다시 만나게 된 질베르트는 그의 놀이친구가 되어 주고, 그는 그런 그녀를 첫사랑의 대상으로 삼게 된다.

제2편 「꽃피는 소녀들의 그늘에서」

질베르트와 친해진 마르셀은 스왕가(家)에 드나들게 되지만, 시간이 흐를수록 그녀는 마르셀에게서 멀어지고 그 역시 그녀를 점차 잊게 된다. 그러던 어느 날 할머니와 함께 노르망디 해변의 발베크로 여행을 떠난 마르셀은, 그곳에서 꽃 같은 소녀들과 사귀게 된다. 그 중에서도 화가 엘스틸의 소개로 알게 된 야성미 넘치는 알베르틴 시모네에게 마음이 끌린다.

제3편 「게르망트가(家)의 사람들」

파리로 되돌아온 마르셀은 게르망트가(家)의 호텔에 묵으며 전

부터 동경하던 귀족 사회에 발을 들여놓는다. 그는 그곳에서 게르
망트 공작 부인에게 연정을 품으며, 언젠가 공작 부인이 자신을
받아들여 주기를 희망하나, 정작 공작 부인은 그에게는 별 관심이
없었다. 그러던 중 사랑하던 할머니가 죽게 되자 마르셀은 자신을
찾아온 알베르틴과 키스를 하게 되고 그녀의 애인이 된다. 어느
날 게르망트가(家)의 초대를 받은 그는, 영광스럽고도 비밀스런
귀족들의 취미나 기호 등을 익히게 된다.

제4편 「소돔과 고모라」

그곳에 게르망트 공작의 동생이며 마르셀에게 호의를 보이는
샤를뤼스 남작이 나타나는데, 그는 잔인하면서도 선량하고 오만
하면서도 겸손한, 좀처럼 정체를 알 수 없는 귀족인 동시에 대표
적인 소돔의 인물로 남색가(男色家)이기도 했다. 다시금 발베크
해안으로 간 마르셀은 할머니를 회상하며 눈물을 흘린다. 이후 그
는 알베르틴이 동성연애자라는 사실을 깨닫고는 사랑의 허망함에
괴로워한다. 그는 질투심에 사로잡힌 채로 결혼을 결심하고 그녀
를 독점하려 한다.

제5편 「갇힌 여인」

알베르틴과 파리에서 동거 생활을 하는 동안에도 마르셀은 질
투심을 버리지 못하는데, 그녀가 고모라의 여자일지도 모른다는
의심 때문에 그녀를 집에 가둬 놓기에 이른다. 그녀를 붙들고 있
으면서도 그는 항상, 그녀가 자신에게서 벗어나고 있음을 느낀다.
한편 알베르틴은 마르셀만 남겨 둔 채 말없이 사라져 버린다.

제6부 「사라진 알베르틴」

알베르틴이 사라진 후 후회와 고통 속에서 지내던 마르셀은, 얼마 후 그녀가 말에서 떨어져 죽었다는 소식을 듣게 된다. 그는 과거를 돌아보며 전보다 더한 고통의 나날을 보내게 되지만, 이 역시 시간이 흐르면서 점차 잊혀지게 된다. 한편 마르셀의 첫사랑인 질베르트는 게르망트가(家)의 아들과 결혼한다. 그녀와 만난 마르셀은 지난날의 그녀에 대한 사랑이 이루어질 수도 있었다는 사실을 깨닫지만, 모든 것은 이미 지나간 꿈일 뿐이었다.

제7부 「다시 찾은 시간」

결혼한 질베르트는 남편의 성적 도착증 때문에 괴로워하고, 마르셀은 자신에게 문학적 재능이 없음에 괴로워한다. 그 사이 갑작스럽게 제1차 세계대전이 터지면서 사교계가 변해 간다. 어느 날 게르망트 공작 부인의 초청으로 그 집에 들른 마르셀은, 돌층계에 앉아 베니스에서의 모든 것을 회상하며 환희에 잠긴다. 그는 과거로 흘러가 버린 순간들을 책 속에 고정시키는 것이야말로, 자신이 잃어버린 시간을 되찾는 길이라는 사실을 깨달았던 것이다.

■ 해설

17세기 이래의 심리 소설의 전통적 입장에서 인간 심리의 철저한 분석과 천재적인 작가의 시선을 통해 개성 있는 작품으로 태어난 「잃어버린 시간을 찾아서」는, 20세기 소설의 새로운 지평을 열어 준 작품이다.

이 작품은 전 7편으로 이루어진 대하 소설로, 주인공인 화자가 화려한 사교 생활로 잃어버린 시간을 찾아, 과거의 생활을 회상하고 분석함으로써 뜻 있는 시간을 재발견한다는 내용이다.

화자는 자신의 현재 생활을 말하면서, 단순한 사물과 순간들로 회상되는 과거를 자세하게 묘사한 후, 다시 현재로 되돌아오는 형식을 구사하고 있다.

즉 이 작품에서 프루스트는 현실에서 일어나는 여러 사건을 그대로 묘사하지 않고, 주인공이라는 관찰기계(觀察機械)를 통해 체험된 감각이나 심리를 묘사하고 있는 것이다.

특히 프루스트는 화자가 접촉한 모든 사람들의 생활상과 성격 등을 세세히 묘사함과 동시에, 심리의 흐름과 잠재 의식까지 한 부분도 놓치지 않고 있다. 바로 이러한 점 때문에 「잃어버린 시간을 찾아서」는 프랑스 전통 심리 소설의 한 획을 그은 작품으로 평가받고 있다.

또한 이 작품은 종래의 소설과는 본질적으로 다른 복잡한 구성으로 짜여진 일종의 종합 예술 작품이며, 인간 존재의 바닥을 파헤쳐 다차원적으로 표현해 낸 20세기형 소설이라 할 수 있다.

장 크리스토프

(Jean Christophe, 1912)

로망 롤랑

"문이 열린다. 여기 내가 찾고 있는 화음이
있다. 하지만 이게 마지막은 아니겠지?
아니 어떻게 새로운 공간이 있는 것일까!
우리는 내일도 또 계속해서 걷는 것이다."

— 「장 크리스토프」 중에서.

■ 로망 롤랑(Romain Rolland, 1866~1944)

프랑스의 소설가이자 사상가인 로망 롤랑은 부르고뉴 지방의 클라므시에서 태어났다. 교육을 받기 위해 파리로 간 롤랑은 고등 사법 학교에서 역사학을 전공했는데 그 무렵 톨스토이의 사상에 심취해, '예술가로서의 참다운 조건은 인류에 대한 사랑'이라는 그의 가르침에 큰 영향을 받는다.

졸업 후 로마로 유학하여 바그너 등과 친분을 맺고 귀국한 롤랑은, 모교와 소르본 대학에서 예술사와 음악사를 강의하며 광범위한 문필 활동으로 수많은 작품을 남겼다. 이 무렵 롤랑은 극작(劇作)에 손을 대 신앙의 비극을 다룬 「성왕(聖王) 루이」(1893)와 「아메르트」(1898), 「이성의 승리」(1899) 등의 3부작을 집필한다. 1894년 드레퓌스 사건이 터지자 드레퓌스 옹호파에 섰던 롤랑은 군국주의와 국가주의에 반대하면서 「이리들」(1898)과 혁명극 「당통」(1899), 「7월 14일」(1902)을 발표한다.

이어서 새로운 연극의 사명을 논했던 평론 「민중극론」(1903)을 발표하고 위인전인 「베토벤의 생애」(1903), 「미켈란젤로의 생애」(1905), 「톨스토이의 생애」(1911)와 음악 평론 「옛날의 음악가들」(1907), 「오늘의 음악가들」(1907)과 평전 「헨델」을 출판한다.

이 무렵 롤랑은 대하 소설의 선구작으로 칭송되는 「장 크리스토프」(1912)로 노벨 문학상을 수상하기에 이른다. 항상 엄격한 이상주의적 입장에서 인간에의 사랑과 존경을 설파한 평화주의자 롤랑은, 제1차 세계대전이 발발하자 전쟁의 비인간성을 격렬히 비판함과 동시에 반파시스트와 반전 운동에 전력한다.

이후 롤랑은 국제주의적 입장에서 프랑스, 독일 양국의 편협한 애국주의를 비판한 반전 평론집 「싸움을 초월해서」(1915)를 선두로 「학살된 사람들에게」(1917), 「선구자들」(1924) 등과 한 여인의 생애를 그린 제2의 대작 「매혹된 영혼」(1923)을 발표한다.

반파시즘 투쟁의 선두에 서서 계속해서 「투쟁의 15년」(1935)과 「혁명으로 평화를」(1935) 등을 발표한 롤랑은, 제2차 세계대전 중 반나치 저항 운동의 투사들을 격려하다가 1944년 사망했다.

■ 줄거리

라인강 연안의 조그만 마을에서 출생한 장 크리스토프는, 가난한 살림 속에서도 음악가인 할아버지와 아버지의 핏줄을 이은 음악적 재능이 뛰어난 신동이었다. 할아버지의 죽음 이후 아버지마저 실직을 당하자 살림을 꾸리기 위해 그의 어머니가 여기저기 전전하며 일하게 된다.

그런 상황에서도 크리스토프의 음악적 재능을 인정한 아버지는 그를 일류 음악가로 만들기 위해 그에게 잠시도 쉴 틈을 주지 않았다. 어린 크리스토프에게 음계를 익히게 하려고 아버지는 손가락에서 피가 흐를 만큼 피아노 건반만을 두들기게 한다. 각고의 노력 끝에 유명한 독일의 음악가 하슬러에게 인정받게 된 크리스토프는, 열한 살 때 궁중 음악 협회의 제2바이올린 주자가 된다.

그러던 중 뜻하지 않은 아버지의 사망으로 집안 살림을 떠맡게 된 그는, 피아노 교사 등을 하며 '산다는 것은 괴로워하는 것이고 싸우는 것이다.'라는 생각을 갖게 된다. 어려서부터 갖가지 고난과 맞서 나가야 했던 크리스토프는, 이후 두 번의 불행한 사랑과 작품 발표의 실패, 그리고 궁중에서의 의견 충돌 등으로 음악가로서의 생명이 위협받자 파리로 떠난다.

파리에서 최저 생활을 하며 작곡에 몰두해 있던 그에게 어느 날 앙트와네트라는 여성이 나타난다. 어느 날 우연히 거리에서 그녀의 모습을 발견한 크리스토프는 그녀를 뒤쫓아가지만 그만 놓쳐 버린다. 아쉬운 마음으로 집으로 돌아온 크리스토프는 그날 밤부터 고열로 앓아 눕는데, 공교롭게도 그녀 또한 급성 폐렴으로 앓게 되면서 처음으로 자신의 사랑을 고백한 편지를 보내온다. 급속도록 쇠약해진 그녀는 진실하게 살기 위해 최선을 다했다고 스스로를 위안하며 숨을 거둔다. 실의에 빠진 크리스토프는 그녀의 남동생인 오리비에와 가까워지는데, 그는 그 동안 파리의 사회와 정계, 그리고 음악계의 부패와 몰이해 때문에 고통받던 크리스토프에게 처음으로 위안을 준 친구였다.

오리비에의 적극적인 지원 덕분에 크리스토프는 인정받기 시작하지만, 그의 유일한 친구였던 오리비에마저 뜻밖의 사건으로 죽음을 맞게 된다. 오리비에를 구하려다가 경관에게 상처를 입히고 만 크리스토프는 졸지에 도망자 신세가 되어 스위스로 피신한다. 마을에서 멀리 떨어진 산 속 집에 살면서 절망과 외로움으로 고통받으며 그는 신에게 절규한다.

"하느님, 어찌하여 당신께서는 이토록 저를 괴롭히려 하시나이까? 당신께서는 제가 어릴 때부터 비참함과 싸움을 주셨나이다. 저는 불평하지 않고 싸워 왔으며, 영혼을 더럽히지 않게 노력해

왔나이다. 저를 구해 주옵소서……."

한편 그가 산 속에 있는 동안 그의 작품들은 유럽 각처에서 호평 받으며 연주되고 있었다. 이 무렵 스위스에서 로마로 떠난 크리스토프는 로마와 그리스 르네상스 예술과 접하게 되고 깊은 감명을 받는다. 그러던 중 어릴 적 그에게 음악 공부를 했던 그라챠를 만나게 되고, 남모르게 그녀에 대한 고요하고 청순한 사랑 속에 빠져든다. 그러나 그녀 역시 스위스의 요양원에서 숨을 거둠으로써 크리스토프는 다시 혼자가 된다.

20년의 세월이 흐른 후 파리로 돌아온 그는 예지와 감정이 잘 조화된 작곡을 시작한다. 격동의 세월을 살아온 크리스토프는 그제서야 인생에 대한 진정한 의미를 깨달아 영혼의 평화를 누리게 되고, 그가 한평생 모시려고 노력했던 하느님의 평화 속에서 조용히 눈을 감는다.

■ 해설

「장 크리스토프」는 전 10권으로 이루어진 로망 롤랑의 대표적 장편 소설로, 한 음악가의 파란만장한 생애를 그린 작품이다. 이 작품은 주인공 크리스토프의 소년·청년 시절과 파리에서의 장년기, 그리고 생애의 완성기 등의 3장으로 구성되어 있다.

로망은 이 작품에서 자신이 평생 경애하던 베토벤과 자신의 정신을 이상화한 독일 태생의 천재 음악가 장 크리스토프를 내세워, 그의 파란만장한 생애와 더불어 세기말적 사회의 흐름을 비판하고 있다. 이 때문에 「장 크리스토프」는 대규모 사회 소설로 간주 되기도 하는데, 독일 및 프랑스에 대한 신랄한 문명 비평과 함께 유럽 각국의 정신력을 조화시켜, 일종의 유럽 공화국을 꿈꾸던 작 가의 이상(理想) 소설이기도 하다.

롤랑이 이 작품을 집필하던 8년간의 기간은 그의 생애에서 가 장 가혹한 시련의 시기였다. 아내와 헤어지고 고독과 고뇌 속에서 생활고에 시달리면서도, 그는 오로지 이 작품을 완성하는 일에만 골몰했다고 한다. 그러므로 이 작품은 작자 자신도 밝히고 있듯이, 단순한 소설이 아닌 신앙의 책이라 할 수 있다.

어릴 때부터 인생의 모든 오욕과 허위를 경험하고 절망에 빠진 크리스토프가, 그 절망으로 인해 다시 한 걸음 내딛게 되고, 만년 에 이르러서는 평화와 안정을 얻게 됨으로써 신을 찬양하는 모습 을 그리고 있는 것이다.

20세기 대하 소설의 선구가 된 「장 크리스토프」는 롤랑의 작가 로서의 위치를 확고히 해줌과 동시에, 그에게 노벨 문학상까지 안 겨 준, '문장에 의해 묘사된 훌륭한 음악 소설'이라 칭송받고 있는 작품이다.

적(赤)과 흑(黑)

(Le Rouge et le Noir, 1830)

스탕달

"나는 얼마나 따분한 신세냐. 내게는 고상한
문제를 생각할 자격이 없다. 내 생활은 위선
의 연속에 지나지 않는다. 왜냐? 내게는 1년
동안 먹고 살 만한 천 프랑의 수입이 없기 때
문이다."

— 「적과 흑」 중에서.

■ 스탕달(Stendhal, 1783~1842)

본명이 마리 앙리 베일인 스탕달은, 발자크와 함께 19세기 프랑스의 양대 작가로 칭송 받고 있는 프랑스의 소설가이다. 어떤 인물 또는 어떤 이념을 위해 자신을 완전히 몰입시킨다는 의미의 '베일리즘(Beylisme)'은 그의 본명에서 유래한 것이다.

변호사의 아들로 엄격한 부르주아 가정에서 성장한 스탕달은 어린 시절부터 반항 정신과 반(反)종교 사상에 눈을 떴고, 민감한 감수성에서 비롯된 내향적 정열과 공상 등으로 시간을 보냈다. 학교에서는 특히 수학과 18세기 합리주의 사상에 몰두했는데, 이때부터 생겨난 대립적인 내적 경향과 억압된 감수성, 명석한 이성과의 복합적 성격은 이후 그의 작품 곳곳에서 찾아볼 수 있다.

1800년 육군성에 들어가 나폴레옹 원정군을 따라 알프스를 넘기도 했던 스탕달은 제대 후 파리 등지를 전전하며 불안정하고 자유로운 생활에 빠져 있다가, 1814년 나폴레옹의 실각과 동시에 이탈리아 밀라노로 이주한다. 그러나 1817년 이탈리아에서 추방당한 스탕달은 귀국 후 사교계에 출입하면서 「연애론」(1822)과 낭만주의 운동의 대변자로 불리는 「라신과 셰익스피어」(1825)를 발표하나 주목받지 못한다.

이 무렵 스탕달은 현대의 진실은 소설에서밖에 표현할 수 없다는 생각에서 극작을 단념하고 실제의 재판 사건에서 힌트를 얻은 불후의 명작 「적과 흑」(1830)을 세상에 내놓는다.

1830년 7월 혁명으로 루이 필립스가 집권해 반동 정치가 붕괴되자 스탕달은 오랫동안 숙원해 오던 외교관 직책에 오르지만, 이탈리아 통일 운동에 가담했다는 혐의를 받아 축출당한다. 이후 그는 영국 등지를 여행하며 수기와 에세이류를 집필하면서 자신의 또 다른 걸작 「파므르의 수도원」(1839)을 발표한다.

스탕달 문학의 대표적 사상은 인간만이 가질 수 있는 무궁무진한 정력의 예찬이다. 이 때문에 그는 16세기의 이탈리아를 가장 동경했으며 동시에 가장 왕성한 정력을 집약하고 있는 나폴레옹을 열렬히 예찬했던 것이다. 당대에는 제대로 된 평가를 받지 못했던 스탕달은 만년을 병마에 시달리다가 파리의 거리에서 비참한 최후를 맞았다.

■ 줄거리

프랑스의 소도시에서 제재소를 경영하는 소렐 영감의 셋째 아들로 태어난 주인공 줄리앙 소렐은, 선한 천성에도 불구하고 아버지와 형들의 학대로 인해 어두운 소년 시절을 보낸다.

그 와중에서도 늠름한 신체와 빼어난 외모를 갖춘 청년으로 성장한 줄리앙은, 나폴레옹을 존경하며 원대한 야망을 가슴 속 깊이 품고 있었다. 사제에게서 배운 능통한 라틴어 실력 덕분에 시장인 레날의 집에서 가정교사로 일하게 된 줄리앙은, 보기와는 다르게 열등감이 심했고 지나칠 정도로 자존심이 센 편이었다.

한편 연애 소설조차 읽어 본 적이 없는 레날 부인은 줄리앙을 보면서 조금씩 마음이 흔들리는 자신을 발견한다. 어린 시절부터 탐욕스런 시민 계급에 대한 증오심을 품고 있던 줄리앙은, 자신에게 무례하게 구는 시장에 대한 복수심에서 레날 부인에게 접근하지만, 그녀의 순정(純情)에 이끌려 그녀를 진심으로 사랑하게 된다. 줄리앙과의 사랑이 깊어질수록 애정과 도덕의 갈등 속에서 고민하던 레날 부인은, 남편에 대한 죄책감으로 괴로워하면서도 줄리앙을 향해 뻗어 가는 자신의 마음을 억누르지 못한다.

그러던 어느 날, 레날 부인의 하녀가 남몰래 그녀를 사랑하고 있던 발르노에게 두 사람의 관계를 폭로하자, 발르노는 곧장 레날 시장에게 이를 알린다. 이 때문에 브장송의 신학교로 쫓겨가게 된 줄리앙은, 이곳에서 파라르 사제의 신임을 얻어 운 좋게도 라올 후작의 비서로 발탁된다.

파리로 떠나기 전 레날 부인과 마지막 밤을 보낸 사실이 들통난 줄리앙은 시장을 피해 필사적으로 도망친 후, 자신이 그토록 꿈꿔왔던 파리의 사교계에 발을 딛게 된다. 그러고는 이곳에서 줄리앙은 만인이 부러워하는 미모의 소유자인 라올 후작의 딸 마틸드를 사로잡게 된다.

어느새 줄리앙의 아이를 임신하게 된 마틸드는 아버지에게 그와의 결혼을 승낙해 줄 것을 부탁하나, 그를 탐탁지 않게 생각하던 후작은 레날 부인에게 줄리앙의 신원 조회를 요청해 그의 과거를 알아내고는 분노한다. 레날 부인이 자신의 뜻과는 상관없이, 그녀의 정절을 요구하는 사제가 시키는 대로 줄리앙에 대해 기술한 것 때문이었다.

사건의 진상을 모르는 줄리앙은 레날 부인이 자신을 배반한 것으로 오인하고 격분한다. 임지를 탈영한 줄리앙은 때마침 미사를 올리고 있던 레날 부인을 발견하고, 그녀를 향해 방아쇠를 당긴다.

다행히 레날 부인은 목숨을 건지지만 줄리앙은 체포되어 사형 선고를 받게 된다.

이러한 사실을 알면서도 마틸드는 헌신적인 사랑으로 유력자들을 움직여 그를 구하려고 애쓰지만, 줄리앙은 이를 거절한다. 뒤늦게 레날 부인의 진심 어린 사랑을 깨닫게 된 줄리앙은 자신의 죽음을 담담하게 받아들인다. 그러고는 자신이 꿈꿔 왔던 모든 행복과 야망과 함께 사형대의 이슬로 사라져 버린다.

■ 해설

「적과 흑」은 사실주의의 선구적 역할을 한 스탕달의 장편 소설로, 스탕달이 부제를 '1830년 대사(代史)'로 붙인 것만으로도 사실주의의 특징인 한 시대상, 즉 1830년대의 프랑스 사회의 실상을 풍자와 야유로 적나라하게 묘사하고 있음을 알 수 있다.

제목에서 알 수 있듯이 적(赤)은 영웅, 야심, 희망 등으로 '군복'을 의미하고 흑(黑)은 절망, 암흑 등으로 '승복'을 의미한다. 즉 스탕달은 당시 프랑스의 사회적 희망과 암담함을 '적'과 '흑'이라는 두 글자로 표현하고 있는 것이다.

이 작품은 작가와 동향(同鄕)인 앙트완 베르테의 상해 사건에서 힌트를 얻은 것으로, 연애 상대와 사건의 전말 등 모든 것이 실재 인물을 모델로 하고 있다.

이처럼 어느 사회에서나 발생할 만한 평범한 사건을 훌륭한 문학 작품으로 승화시켰다는 점에서 스탕달의 작가로서의 재능이 더욱 빛을 발하고 있는 것이다.

　이와 더불어 스탕달은 정확하고 분석적인 심리 묘사와 객관적인 묘사를 통해, 확고한 신념이나 의식 없이 인습적 권위와 도덕의 포로가 되어 버린 지배 계급들과, 그들의 위선을 감추고 있는 프랑스 사회의 한 단면을 적나라하게 보여 주고 있다.

제인 에어

(Jane Eyre, 1847)

샤로트 브론테

"나는 새가 아니니까 그물에 걸리지
않아요. 나는 독립된 의사를 가진
자유로운 인간입니다."

— 「제인 에어」 중에서.

■ 샤로트 브론테(Charlotte Brontë, 1816~1855)

영국의 여류 소설가 샤로트 브론테는 「폭풍의 언덕」의 에밀리 브론테와 「아그네스 그레이」의 앤 브론테의 언니로, 영국 문학사에서 '브론테의 자매들'이라 불리고 있는 독특한 존재이다.

목사의 딸로 요크셔 지방에서 출생한 샤로트는 어려서 어머니와 언니들을 잃고 불행한 생활을 한다. 외롭게 지내던 샤로트의 유일한 낙은, 끝없이 공상에 젖어드는 일과 문학에 대한 애정뿐이었다. 어릴 때부터 글쓰는 습관을 붙였던 그녀는 이미 뛰어난 표현 기법을 터득하고 있었다.

1842년 샤로트는 동생들과 함께 벨기에의 브뤼셀로 유학을 가 프랑스어와 독일어 등을 배웠고, 이 무렵 두 동생과 공동으로 시집을 자비 출판했으나 크게 주목받지는 못했다. 이어서 발표한 그녀의 처녀작 「교수」(1847) 또한 출판을 거절당한 바 있다.

그러나 샤로트는 이에 좌절하지 않고 정열적인 고아 소녀를 주인공으로 한 그녀의 대표작 「제인 에어」(1847)를 발표해, 문단의 주목을 받게 된다.

계속해서 그녀는 「셜리」(1849)와 「빌레트」(1853) 등을 출판하며 왕성한 저술 활동을 보였으나, 오빠 브랜웰과 동생 에밀리가 폐병으로 죽은 데 이어 막내 동생 앤마저 죽게 되자, 정신적 충격을 받고 일체의 작품 저술을 중단한다.

이후 그녀는 불행한 가족사를 짊어진 채 아버지의 대리 목사였던 니콜스와 결혼한다. 그러나 얼마 후 샤로트 역시, 1854년 결핵으로 인해 38세의 짧은 생을 마감한다.

반항심 강하고 고집 센 고아 제인 에어는, 큰어머니인 리드 부인 집에 얹혀 살며 심한 냉대를 받고 있었다. 사촌들까지 제인을 구박하자 그녀는 점점 성격이 어두워지게 되고, 큰어머니는 그런 제인을 50마일이나 떨어진 기숙 학교에 넣어 버린다.

그곳은 낡아빠진 시설과 신경질적인 교사, 형편없는 식사 등의 최악의 학교였다. 고통과 외로움 속에서 학교 생활을 마친 제인은 졸업 후 다시 그 학교의 선생님이 된다.

그러던 중 그녀는 어느 시골 저택의 가정 교사로 입주하게 된다. 아딜이란 소녀의 교육을 맡게 된 제인은 거만하고 무뚝뚝한 집주인 로체스터의 호감을 산다.

어느 날 우연히 로체스터로부터 자신이 살아온 불행한 삶에 대해 얘기 듣게 된 제인은, 그에 대한 동정심으로 말미암아 로체스터를 사랑하게 된다.

마침내 로체스터는 그녀에게 구혼을 하기에 이르고, 그제서야 제인은 자신의 미래가 밝아질 것 같다는 생각을 한다.

그러나 교회에서 결혼식을 올리려는 순간 제인은, 로체스터에게는 미쳐 버린 아내가 있으며, 그 아내를 다락방에 가둬 놓고 있음을 알게 된다. 로체스터는 뒤늦게 자신의 비밀을 밝히며, 제인에게 함께 떠날 것을 애원하나, 그녀는 이를 거절하고 로체스터 몰래 집에서 도망쳐 나온다.

며칠 동안 들과 산을 헤매던 제인은 불행 중 다행으로 목사인 리버스에게 발견되어, 그가 운영하는 작은 학교의 교사로 일하게 된다.

　그 사이 제인을 사랑하게 된 리버스는, 자신과 결혼해서 인도로 가 포교(布教) 활동을 하며 살자고 제안하지만, 제인은 이를 거절한다. 아직까지도 그녀의 마음속에서 로체스터를 몰아낼 수 없었던 것이다.

　거듭되는 리버스의 구혼에 제인의 마음이 조금씩 돌아설 즈음, 그녀는 누군가가 자신을 부르는 듯한 환청을 듣게 된다. 이로 인해 새로운 결심을 하게 된 제인은, 리버스의 곁을 떠나 로체스터의 저택으로 돌아간다.

　그러나 그곳에서 제인을 기다리고 있던 것은, 미쳐 버린 아내가 저택에 불을 지르는 바람에 로체스터의 아내는 죽고, 아내를 구해 내려던 로체스터는 실명을 한 채 사라져 버렸다는 사실뿐이었다.

　제인은 여러 날을 수소문한 끝에 한 농장에서 숨어살고 있는 로체스터를 찾게 된다. 그러고 나서 제인은 '자기는 지금 썩은 나무 등걸일 뿐'이라고 말하는 초췌해질 대로 초췌해진 로체스터에게, 그녀의 진심 어린 사랑을 고백한다.

　이제는 볼 수 없게 된 로체스터의 눈을 바라보며 그가 아직도 자신을 사랑하고 있음을 확인한 제인은, 그제서야 행복한 새 인생을 살아가게 된다.

■ 해설

　1847년에 발표된 「제인 에어」는 출간 당시 일대 센세이션을 일으켰던 작품으로, 이는 낭만적인 내용과 함께 정열에 불타는 작중 인물, 그리고 당대의 인습적 도덕에 대한 대담한 반항 정신 때문이었다.

샤로트 브론테 자신의 체험을 중심으로 쓴 이 작품은, 온갖 역경을 하나씩 물리치며 자신의 의지에 따라 삶을 선택하는, 빅토리아 시대에 있어서는 획기적인 여성상을 창조한 작품이다.

19세기에 유행하던 로맨스 형식을 빌려 환상적인 괴기 소설적 경향을 띠고 있는 「제인 에어」는, 1인칭 화자에 의해 이야기를 진행시키고 있다.

샤로트 브론테는 또한 이 작품을 통해 억압당해 온 여성의 자유와 지위 향상을 추구하는 열의를 보여 주고 있는데, 그녀의 풍부하고도 낭만적인 상상력 또한 작품에 빛을 더하고 있다.

주인공인 제인 에어의 경우 어릴 때 어머니를 잃은 샤로트의 처지와 비슷하고, 제인이 고생하며 다녔던 기숙 학교의 음산한 분위기 역시 샤로트가 어린 시절을 보낸 브리지 학원의 분위기와 상통하고 있다.

이와 같이 작가의 체험에 근거해 쓰여진 「제인 에어」는, 평범한 인물을 주인공으로 내세워 자신의 꿈과 희망을 만족시키려는 강렬한 바람을 리얼하게 묘사해, 샤로트 브론테에게 작가로서의 성공을 가져다 준 작품이기도 하다.

일간에는 전체적인 줄거리가 지나치게 황당무계하고 통일성이 부족하며 다소 연극적이라는 비평도 있긴 하지만, 작품 전편에 넘쳐흐르는 로맨틱한 향기와 풍부한 상상력은, 격렬한 변화와 열정에 넘치는 작품을 요구하던 당대 독자층의 입맛에 맞아떨어진 것이었다.

이와 더불어 『제인 에어』는 1840년대 영국 소설을 대표하는 작품 중 하나로, 영국 소설에 새로운 지평을 열어준 작품으로 평가받고 있다.

좁은 문

(La Porte Étroite, 1909)

앙드레 지드

"일반적으로 사람들이 그려내는 사랑의 그
림은 내가 그리고 싶은 것과는 너무도 다
르다. 나는 사랑이라는 말 한 마디 하지
않고, 그를 사랑한다는 것을 알지 못한 채
로 그를 사랑하고픈 것이다."

− 「좁은 문」 중에서.

■ 앙드레 지드(André Gide, 1869~1951)

1869년 프랑스 파리에서 출생한 앙드레 지드는, 엄격한 기독교 도인 부모의 영향으로 종교적인 환경 속에서 성장했다. 11세 때 파리 대학 법학부 교수였던 아버지를 여읜 그는, 몹시 나약하고 소심하여 학교에서도 몇 번씩 퇴학을 당하기도 했다.

그러나 두 살 위인 사촌누이를 사랑하게 되면서 그의 영혼은 눈을 뜨게 되고, 문학에 대한 열정을 보이기 시작한다. 그는 20세를 전후로 피에르, 루이스, 발레리 등과 사귀며 말라르메를 자주 찾는 상징주의 문학 청년으로 변모한다.

자신의 억압된 청년기의 불안과 사랑의 고뇌, 욕정과 순결한 정신의 갈등을 그린 처녀작 「앙드레 왈테르의 수기」(1891)가 별다른 주목을 받지 못하자, 이후 지드는 말라르메의 영향으로 상징주의적 발상에서 「나르시스론」(1893)을 비롯한 몇 편의 수상, 시, 소설 등을 집필한다. 이 무렵 경험했던 아프리카 여행이 그의 삶에 커다란 전기를 마련해 주는데, 아프리카의 작렬하는 태양과 야성적 풍토가 지금까지 그를 묶어 온 엄격한 기독교적 윤리에서의 해방을 가져 왔기 때문이었다.

1897년 타율과 구속의 모럴에서의 탈출을 그린 「지상의 양식」을 발표한 지드는, 이어서 최초의 본격적인 소설 「배덕자」(1902)를 발표한다. 변신의 귀재였던 그는 삶의 온갖 측면을 통찰하고 문학의 여러 가능성을 실험한다. 3년에 걸쳐 완성한 자신의 대표작 「좁은 문」(1909)을 발표해 비로소 주목받기 시작한 그는, 연이어 종교계를 야유하는 「교황청의 지하도」(1914)와 프랑스 특유의 모럴리스트의 전통을 이은 「전원 교향곡」(1919)을 발표한다.

1826년 그 자신이 유일하게 소설이라 지칭한 「사전(私錢)꾼들」을 발표한 후 콩고 등지를 여행하며 자본주의 국가의 식민지 정책에 분노를 느낀 지드는, 이때부터 공산주의로의 전향을 결심한다. 그러나 소련의 현실을 실제로 접한 후에 집필한 「소련에서 돌아오다」(1936)를 통해, 그는 자신의 생각이 바뀌었음을 전하고 있다.

20세기 프랑스 문단에서 가장 많은 화제를 만들어 냈던 앙드레 지드는, 1947년 노벨 문학상을 수상하고 1951년 82세의 생애를 마감했다.

■ 줄거리

주인공 제롬은 아버지를 여읜 채 어머니와 함께 외삼촌 집에서 살고 있었다. 외삼촌에게는 조용하고 착한 맏딸 알리사와 씩씩한 말괄량이 줄리엣, 그리고 마음 약한 로베르라는 아들이 있었다. 제롬은 줄리엣과 자주 어울렸지만, 사실은 자신과 성격이 비슷한 두 살 연상의 알리사를 더 좋아했다.

어느 날 어머니의 부정한 행동 때문에 괴로워하는 알리사를 지켜보던 제롬은, 앞으로 자신이 하는 모든 일은 알리사만을 위한 것이라고 결심하게 된다. 제롬은 이후 "힘을 다하여 좁은 문으로 들어가라. 멸망으로 인도하는 문은 크고 그 길이 넓어 그리로 들어가는 자가 많고, 생명으로 인도하는 문은 좁고 협소하여 찾는 이가 적음이니라."라는 성경 말씀을 가슴속에 새기게 된다. 제롬

은 모든 괴로움과 슬픔을 넘어 하느님의 도에 이르게 노력하면,
알리사의 마음과 서로 융합될 것이라고 자신의 마음을 억제하면
서, 자신도 좁은 문으로 들어가리라고 다짐한다.

그러던 어느 날 줄리엣이 제롬을 사랑하고 있음을 알게 된 알리
사는 제롬의 청혼을 거절한 채 그를 줄리엣에게 양보한다. 알리사
로서는 사랑하는 제롬을 단념하고 자신이 희생함으로써, 오히려
제롬에 대한 자신의 사랑을 완성하고 싶었던 것이다. 그러나 줄리
엣은 제롬이 자신이 아닌 알리사를 사랑하고 있음을 깨닫고는 포
도원을 경영하는 평범한 남자와 결혼해 버린다.

이후에도 알리사에 대한 제롬의 사랑은 계속되지만, 알리사는
세상의 행복보다 영혼의 행복을 기원하면서 끊임없이 제롬에게서
달아나려고 한다. 하느님 앞에서 완전해지기를 소원하던 알리사
는, 제롬과 나란히 서로 붙들어 주며 하느님께로 나아가기를 원하
면서도, 하느님이 원하시는 길은 두 사람이 함께 걸을 수 없는 좁
은 길이라고 생각했던 것이다.

세월이 흐르고 외삼촌의 죽음을 알게 된 제롬은 아직도 자신이
알리사를 사랑하고 있음을 깨닫고 다시 한 번 알리사에게 청혼한
다. 그러나 이번에도 알리사는, 제롬 덕분에 인간적인 행복보다
더 위대한 것을 발견할 수 있었다면서 그의 청혼을 거절한다. 이
것이 알리사와의 마지막 만남이었다.

그후 제롬은 줄리엣에게서 한 통의 편지와 함께 동봉돼 온 알리
사의 일기를 받게 된다. 제롬과의 마지막 만남 후 집을 나간 알리
사가 파리의 조그마한 요양원에서 쓸쓸히 죽어 갔다는 내용이었
다. 알리사의 절절한 마음이 배어 있는 일기장을 보며, 그제서야

제롬은 알리사의 사랑을 이해하게 된다. 일기장에 적혀 있는 제롬만을 위한 헌신적인 노력과 자신을 규제하려는 여러 성경 구절, 자신이 제롬에게 방해된다고 생각하고 그가 자신을 덜 사랑하게끔 노력한 것 등이 그것이었다. 그녀가 죽은 지 10년이 되었을 때, 제롬은 이미 다섯 아이의 엄마가 되어 있는 줄리엣을 찾아간다. 줄리엣의 막내딸인 알리사의 대부가 된 제롬은, 언제 결혼할 거냐는 줄리엣의 물음에 대답한다.

"많은 일들을 잊어버리면……. 그러나 언제까지나 잊고 싶지 않은걸……."

■ 해설

「좁은 문」은 1909년 문학지 <NRF>에 연재된 작품으로 앙드레 지드의 대표작이라 할 수 있다.

이 작품의 여주인공 알리사는 지드의 사촌누이 마들레느를 모델로 한 것이지만, 지드 자신의 분신이기도 하다. 지드가 이 작품에서 알리사에게 쏟은 애정은, 과거의 자신에 대한 연민이기도 하고, 아내의 젊은 시절을 그리워하는 마음이기도 하다.

지드는 「좁은 문」을 통해 비인간적인 자기 희생의 허무함을 강하게 비판하고 있는데, 작품 전체에 흐르고 있는 아름다운 서정과 정교한 심리 묘사는 지드 자신을 인간성의 자유를 추구한 위대한 개인주의자로 빛나게 하고 있다.

「좁은 문」이라는 제목은 신약 성서 중 마태복음의 한 구절에서 따온 것으로, 인간의 쾌락과 자기 희생 사이에서 고민하는 사랑의 모습을, 작가 자신의 성실함과 탐구심을 통해서 세밀하게 묘사하고 있는 것이다.

이 작품으로 프랑스 문단에 새로운 기풍을 불어넣으며 20세기 문학의 진전에 지대한 공헌을 한 지드는, 그의 후세대 특히 카뮈와 사르트르 세대에게 큰 영향을 끼친 바 있다.

죄와 벌

(Prestuplenie i Nakazanie, 1866)

F. M. 도스토예프스키

"하나의 사소한 범죄는 수천의 적선으로 보
상될 수 없을까? 단 하나의 생명에 의해서
수천의 생명이 부패와 타락으로부터 구원
을 받는다. 하나의 죽음이 백 개의 생명과
바꿔어진다. ―이것은 간단한 산수 문제가
아닌가?"

― 「죄와 벌」 중에서.

■ 도스토예프스키(Fyodor Mikhailovich Dostoevskii, 1821~1881)

　도스토예프스키는 톨스토이와 더불어 19세기 러시아 문학을 대표하는 세계적 문호로, 1821년 모스크바의 어느 빈민 병원 의사의 차남으로 출생했다. 어린 나이에 차례로 부모를 잃게 된 그는 특히 소작인들에게 살해된 아버지의 죽음에 큰 충격을 받는다. 이 때문에 그는 러시아 메시아니즘, 즉 토양주의(土壤主義)에서 찾아볼 수 있는 농민 이상화의 경향을 띠게 된다.

　16세에 페테르부르크의 공병 사관 학교에 입학하고, 졸업한 후 육군 중위로 공병국에 근무했으나 1년을 못 채우고 퇴직한 후에는 문필 활동에만 전념한다.

　1846년 도시 뒷골목의 소외된 사람들의 사회적 비극과 그들의 심리적 갈등을 세밀하게 묘사한 처녀작 「가난한 사람들」로 문단에 데뷔한 도스토예프스키는, 이때부터 ‘새로운 고골리’라는 칭송을 받게 된다.

　이후 도스토예프스키는 ‘페트라셰프스키’라는 공상적 사회주의자 모임에 연좌되어 사형 선고를 받게 되지만 집행 직전에 감형, 시베리아로 유배당한다.

　1859년 말에 페테르부르크로 돌아온 후 그는 형인 미하일과 잡지 <시대>를 창간하고, 시베리아 감옥의 실상과 죄수들의 유형 생활을 사실적으로 묘사한 장편 「죽음의 집의 기록」(1861~1862)과 「학대받는 사람들」(1861)을 발표한다.

　그러나 이후의 그의 삶은 불행의 연속이었다. 1864년 아내와 형이 죽었고, 이 해 발행한 잡지 <에포하>는 완전히 실패해 거액의 빚을 지게 된다. 이 무렵에 그는 「지하 생활자의 수기」(1864), 「노름꾼」(1866)과 그의 3대 장편이라 칭해지는 「죄와 벌」(1866), 「백치」(1868), 「악령」(1872) 등을 썼다.

「죄와 벌」로 시작되는 그의 후기 대작은 시대의 사회적, 사상적, 정치적 문제를 예민하게 반영시킴과 동시에 인간 존재의 근본 문제를 제시하고 있다.

1867년 속기사였던 안나와 재혼한 도스토예프스키는 그녀의 헌신적인 사랑 속에서 「영원한 남편」(1870), 「미성년」(1875) 등과 존속 살해범을 주제로 신과 인간의 문제를 정면으로 대결시킨 「카라마조프의 형제들」(1880)을 발표한다.

1880년 푸슈킨 동상 제막식에서의 역사적인 연설을 마지막으로 이듬해 폐동맥 출혈로 사망했다.

■ 줄거리

주인공인 가난한 대학생 라스콜리니코프는 빈곤과 고뇌에 허덕이며 좁은 하숙방에서 추상적 사색에 몰두하곤 한다.

그러던 중 친구의 소개로 한 고리대금업자를 찾아가게 되고, 돌아오는 길에 우연히 들른 식당에서 라스콜리니코프는 옆자리 사람들의 대화를 엿듣게 된다.

여기서 그는 가난한 사람들의 피를 빨아먹는 것 외에는 아무런 존재 이유도 없는 전당포의 노파를 살해할 생각을 품는다.

인류를 구원하도록 선택된 비범한 인간은 남에게 해를 끼치는 추악한 인간쯤은 죽여도 괜찮다는 초인사상을 신봉하던 그로서는, 자신이야말로 비범인(非凡人)이기 때문에 우둔하고 간악한 고리대금업자 노파를 살해할 권리가 있으며 이 권리는 정당한 것이라는 결론에 도달하게 된다.

즉 자신이 대학을 졸업하기 위해서는 돈이 필요하므로, 인간 생활에 백해무익한 고리대금업자 노파를 죽이고 그 돈을 빼앗아 목적을 달성한 후에 사회에 나가 선행을 베푼다면, 그 정도 작은 범죄쯤은 용서받을 수 있을 것이라고 생각한 것이다.

마침내 그는 계획을 짜서 아무도 모르게 노파를 도끼로 살해해 버린다. 그러나 양심에 아무 거리낌이 없을 것이라고 생각한 것과는 달리, 범행 직후부터 그는 죄의식에 사로잡히게 되고 밤낮을 악몽처럼 보내며 양심의 가책과 자포자기의 상태에 빠져들게 된다. 이후 그는 공포에 떨며 범행 현장을 찾아가 주민들과 싸움을 벌이기도 하고 거리를 헤매면서 자살을 생각하기도 한다.

한편 경찰은 용의자로 현장 부근에서 일하던 한 페인트공을 체포하는데, 예심 판사 포르필리는 라스콜리니코프가 예전에 쓴 범죄론을 읽어보고는 그를 진범으로 확신한다.

그는 자신에게 의심의 눈초리를 보내는 예심 판사에게 논리적으로 맞서면서도 죄의식의 중압감을 이기지 못하고 고민하던 끝에, 자신은 백해무익한 범인(凡人)이라 해도 그를 마음대로 처분할 수 있는 비범인(非凡人)이 아니라는 것을 깨닫게 된다.

그러고 나서 그는 신앙심 깊고 자기 희생과 고뇌를 견디며 살아가고 있는 성스러운 매춘부 소냐를 찾아가 자신의 죄를 고백한다. 소냐에게서 영혼의 위안을 느끼게 된 라스콜리니코프는 그녀가 가르쳐 준 대로 땅바닥에 입을 맞추고 여러 사람들 앞에서 자신의 죄를 참회한 후 자수한다.

8년형을 선고받고 시베리아로 유형된 라스콜리니코프는, 소냐의 끝없는 사랑과 헌신 속에서 그제서야 비로소 새로운 자신을 발견하게 된다.

■ 해설

「죄와 벌」은 도스토예프스키가 1865년 44세에 쓰기 시작해서 이듬해 12월까지 잡지 <러시아 통보(通報)>에 연재한 작품이다. 도스토예프스키는 당시 러시아에서 유행하던 "사회의 부정을 시정하기 위해서는 어떠한 수단도 허용된다."는 허무주의적인 초인 사상을 배경으로 치밀한 구성과 탁월한 심리 묘사, 등장 인물들의 뚜렷한 개성 등을 잘 살려 주고 있다.

이 작품은 어떻게 보면 그리스도교적 신앙의 입장에서 서구의 합리주의와 혁명 사상을 단죄하려고 한 것처럼 보이지만, 그보다는 폐쇄적인 시대상황 속에서 인간 회복에의 원망을 호소하는 휴머니즘을 표출한 작품이라 할 수 있겠다.

도스토예프스키는 그의 모든 작품에서 공통적으로 선과 악, 악덕과 자유 의지, 인간과 신의 문제를 추구하고 있는데, 등장 인물들의 긴장된 심리 상태의 변화만으로 시종일관 독자를 끌고 나가는 데 탁월한 솜씨를 발휘하고 있다.

탐정 소설적 수법을 사용하기도 한 「죄와 벌」에서는 엽기적 사건에 대한 통속적 흥미보다는 인간의 사상과 관념에 대한 분석과 심리적 추구가 목적이었다는 것을 보여 주고 있는 것이다.

또한 도스토예프스키는 그 당시 러시아 시대에 싹트고 있던 처참한 사회 상황뿐 아니라, 주인공들의 비극을 통해 논리적 자아에 기반을 둔 현대의 위기 상황을 정확하게 예견했다는 데서 그 위대성을 찾아볼 수 있다.

주홍글씨

(The Scarlet Letter, 1850)

나다니엘 호손

"어느 고통이든 그것이 없었더라면,
나는 영원히 멸망했을 것이다."

— 「주홍글씨」 중에서.

■ 나다니엘 호손(Nathaniel Hawthorne, 1804~1864)

미국의 소설가로 매사추세츠 주의 세일럼에서 선장의 아들로 태어난 호손은, 네 살 때 부친을 잃고 외삼촌 슬하에서 자라 음울하고 고독한 성격을 갖고 있었다. 16세 때 보우든 대학에 입학한 후 훗날 대시인이 된 롱펠로우와 대통령이 된 플랭클린 등과 친분을 맺기도 했던 그는, 졸업한 후에는 은둔 생활을 하며 명상과 독서, 창작에만 몰두했다.

호손은 어릴 때부터 청교도적인 사상과 생활 태도에 깊은 관심을 갖고 있었는데, 그가 청교도적인 분위기에서 벗어나지 못한 것은 인간의 죄에 대한 관심에서 벗어나지 못했기 때문이었다.

1828년 처녀작인 소설 「판쇼」를 발표했으나 주목받지 못한 호손은, 이후 몇 년 동안 꾸준히 단편 소설을 쓰면서 1837년 단편집 「트와이스 톨드 테일즈」를 발표해 비로소 인정받게 된다.

1842년 소피아와 결혼한 호손은, 보스턴 세관에 근무하면서 가난한 신혼 생활을 보낸다. 호손 부부는 시인인 로버트 브라우닝 부부와 함께 금실 좋기로 소문난 부부였는데, 아내 소피아의 격려와 비판을 바탕으로 그는 자신의 작가로서의 위치를 확고히 해준 「주홍글씨」(1850)를 발표하게 된다.

이어서 호손은 청교도 선조를 가진 고가(古家)의 자손에게 악의 저주가 걸린다는 「일곱 밧줄의 집」(1851)과 자신이 참가했던 실험적 공동 농장을 무대로 한 「블라이스데일 로맨스」(1852)를 발표한다. 1853년 영국의 리버풀 영사로 부임해 4년간 근무하고 귀국한 호손은, 목신(牧神)이 죄를 짓고 비로소 지성과 양심의 깨달

음을 경험한다는 「대리석의 목신상」(1860)을 발표하고 콩코드로
돌아온 후 여행지인 프리마스에서 사망했다.

■ 줄거리

해안 도시 세일럼의 세관에서 검사관으로 일하던 필자는, 어느
날 색이 바랜 양피지에 정성스럽게 싸인 채 붉은 끈으로 잡아매져
있는 종이뭉치를 발견한다. 그 뭉치 속에는 황금실로 수놓은 A자
와, 전임자가 헤스터 프린이라는 여성의 생애를 기록해 놓은 두루
마리가 들어 있었다.

이야기는 간통의 첫 글자인 'A'(Adultery)자의 주홍글씨를 가슴
에 붙이게 된 헤스터 프린이, 생후 3개월 된 갓난아기를 안은 채
교수대 위에 끌려나오는 대목에서부터 시작된다.

남편 몰래 아기를 낳은 채 아기의 아버지가 누군지 밝히기를
거부했던 그녀는, 그 대가로 일생 동안을 죄의 표식인 주홍글씨를
가슴에 달고 살아야 했다. 어린 나이에 나이든 의사와 결혼했던
헤스터 프린은 약초를 찾아 집을 떠난 남편이 돌아오지 않자, 젊
은 목사인 팀즈테일과 사랑에 빠져 그 결과로 사생아인 딸을 낳았
던 것이다. 그녀가 교수대에 서서 수많은 구경꾼들에게 가슴에 단
주홍글씨를 내보이고 있을 때, 오랫동안 소식이 없던 남편 틸링위
드가 그녀를 지켜보고 있었다. 질투심과 배신감에 휩싸인 틸링위
드는 감옥으로 그녀를 찾아가, 아기의 아버지를 밝히라고 추궁하
지만 그녀는 단호하게 거절한다.

　시간이 흐른 후 감옥에서 풀려난 헤스터는, 교외의 오막집에 살면서 삯바느질로 생계를 이으며 딸을 자유롭게 키운다.

　한편 딸의 친아버지인 딤즈데일 목사는, 자신의 죄를 고백하지 못한 자책감 때문에 점점 건강이 악화되고 있었다. 그 사이 딤즈데일을 지켜보던 남편은 지나치게 고민하는 그를 의심하게 되고, 헤스터의 남편이라는 사실을 숨긴 채 그의 주치의가 된 후 교묘한 방법으로 그를 괴롭히기 시작한다.

　7년이 흐른 어느 늦은 밤, 사람들의 멸시에도 불구하고 인내와 봉사의 정신으로 살면서 점차 사람들의 존경을 받게 된 헤스터는, 남편이 딤즈데일을 집요하게 괴롭히고 있음을 알게 된다. 남편에게 딤즈데일을 용서해 줄 것을 애원하지만 아무 소용없음을 깨달은 헤스터는, 딤즈데일에게 틸링워드가 자신의 남편임을 알려 준다. 스스로 자신의 죄를 밝히고 형벌을 받을 만한 용기가 없었던 딤즈데일은, 그녀의 얘기를 들은 후 자신의 죄도 무섭지만 인간 내부의 신성한 영역에 폭력을 가하는 틸링워드의 죄만큼 악하지는 않을 것이라 말한다. 그러자 헤스터는 자신들의 사랑에서 우러난 행위야말로 신성한 행위라고 주장하며, 그에게 외국으로 함께 도망치자는 제안을 한다.

　공교롭게도 도망치기 전날 특별한 설교를 하게 된 딤즈데일은, 청중에게 깊은 감명을 안겨 준 채 설교 직후 쓰러져 버린다. 이미 심신이 쇠약해질 대로 쇠약해져 있던 그는, 가까스로 헤스터와 자신의 딸을 단상으로 불러내어 그들을 온몸으로 껴안는다. 그러고는 놀라는 청중들 앞에서 그 동안의 자신의 간음죄를 고백한 후 옷을 들춰 가슴에 새겨진 주홍글씨를 보이고는, "나는 이미 7년

전에 이 교수대에 섰어야 했다."라고 말한다. 그는 곧 몰려든 사람들에게 헤스터와 자신의 관계를 알리고 나서, 지난날 그녀만을 벌받게 했던 자책감에서 비로소 벗어난 채 조용히 숨을 거둔다.

그 광경을 지켜보던 남편 틸링워드 또한 얼마 후, 복수할 상대를 잃어버린 상실감 속에서 죽게 된다. 딸과 둘만 남게 된 헤스터는 이후 자신의 죄를 극복하고 희생과 봉사의 정신으로 살다가, 자신이 사랑했던 팀즈테일 목사의 묘에 합장된다.

■ 해설

미국 문학의 기초가 된 「주홍글씨」는 17세기 보스턴의 청교도 사회를 배경으로 가슴에 간음을 나타내는 A라는 주홍글씨를 달게 된 헤스터와 그녀의 남편과 목사, 그리고 목사와의 사이에서 태어난 딸 등을 등장시켜, 간음죄가 그들에게 어떤 작용을 하는가를 묘사하고 있는 상징적인 심리 소설이라 할 수 있다.

청교도 집안에서 태어나 원죄에 깊은 관심을 갖고 있던 나다니엘 호손은, 이 작품을 통해서 죄 자체보다는 죄의식이 사람의 마음과 생활에 미치는 심리적 영향을 더 중요시하고 있다.

다시 말해 호손은 무엇보다 개인의 죄와 이에 가혹하고 편협한 형벌을 가하려는 청교도 사회를, 청교도의 양심으로 등장시킨 목사 팀즈테일과 간음죄를 지었던 헤스터의 헌신적인 생활 태도 등에서 간접적으로 비판하고 있는 것이다.

또한 호손은 자신의 창작 노트에서 "도덕적, 정신적 병폐를 육체의 병폐로 상징하는 것, 이리하여 사람이 무언가 죄를 저지르면 그것은 육체의 상처로 나타난다."라고 밝히고 있는데, 그렇다고 해서 주홍글씨가 단순히 간음의 표식으로 헤스터의 가슴에 찍혀 있는 것만을 의미하는 것은 아니다.

그것은 양심의 가책에 몸부림치며 끊임없이 가슴에 손을 얹어야 하는 팀즈테일 목사의 가슴에도 찍혀 있는 것이기 때문이다. 결국 호손은 주홍글씨를 인간 모두에게 공통되는 죄의 상징으로 확대하고 있는 것이다.

천로역정(天路歷程)

(The Pilgrim's Progress, 1684)

존 번연

"두려움은 인간을 선하게 만들고, 순례의
길을 떠날 때 처음부터 올바른 자리에 서
게 만들지요."

– 「천로역정」 중에서.

■ 존 번연(John Bunyan, 1628~1688)

영국의 종교 작가인 존 번연은 베드포드 근방의 엘 스토우에서 가난한 놋쇠 세공인의 아들로 태어났다. 별다른 교육을 받지 못한 채 경제적 궁핍함 속에서 고통스러운 어린 시절을 보내던 번연은, 겨우 읽기와 쓰기만을 배운 채로 아버지의 가업을 이었다.

15세 때 모친과 누이를 잃은 번연은 허탈하고 무의미한 삶을 보내다가 1644년 크롬웰의 의회군 수비대에 입대하게 된다. 그는 이 당시의 복무 경험을 훗날 「거룩한 전쟁」(1682)과 「천로역정」(1684) 등의 작품에 반영하고 있는데, 번연은 이 3년간의 군대 생활을 통해 17세기 영국의 사상을 크게 변혁시킨 청교도주의에 접하게 된다.

제대 후 고향으로 돌아온 그는 1649년 결혼을 하고, 그때 아내가 가지고 온 두 권의 종교 서적인 「천국을 향해 가는 평신도의 길」과 「경건의 실천」을 읽고 감화되어 신앙심을 갖게 된다. 가난한 생활 속에서도 경건한 생활을 유지하던 번연은, 이 즈음 존 기포드 목사를 만나 평신도 설교가 및 저작가로 활동을 하다가 목사 임직을 받는다. 설교와 저술에도 재능을 발휘하기 시작한 번연은 종종 퀘이커 교도들과 격렬한 종교적 논쟁을 벌이기도 했는데, 이 논쟁의 결과를 옮긴 것이 그의 처녀작 「복음의 진리천명」(1656)이다. 이후 번연은 부자와 나자로의 우화를 해석해 놓은 「지옥의 탄식」(1656)에서, 특유의 소박한 유머와 힘차고 꾸밈없는 어휘 사용으로 재능을 유감없이 발휘한다.

1660년 비국교파의 설교자로서 명성을 얻게 된 번연은 비밀집회 금지령 위반죄로 체포되어 12년 동안 투옥 생활을 하게 된다. 감옥에서도 그는 활발한 저술 활동으로 「유익한 명상」(1661), 「기도론」(1665) 등을 연달아 발표한다. 특히 자서전 「넘치는 은총」(1666)은 그 동안 겪은 영혼의 고뇌와 정신적, 육체적 고통을 기록한 것이다. 여러 차례 감금을 당하는 상황에서도 번연은 자신의 최대 걸작인 「천로역정」을 감옥에서 집필한다.

이외에도 그는 「성전」(1682), 「소년 소녀를 위한 책」(1686), 「구원받은 예루살렘의 죄인」(1688) 등을 발표한다. 번연은 목사의 직분에 충실하며 비교적 만년을 평온 속에서 보내다가, 1688년 설교를 하기 위해 런던으로 가던 중 쌓인 피로와 감기 때문에 순례자로서의 삶을 마감했다.

■ 줄거리

이 세상의 광야를 걸어다니던 나는 어느 날 한 동굴에 다다르게 된다. 동굴 속으로 들어가 잠을 자던 나는 꿈을 꾸게 되는데, 누더기를 걸친 한 남자가 등에 큰짐을 짊어진 채 손에는 한 권의 책을 들고 서 있는 모습이 보였다.

그는 책을 읽으면서 울다가는 곧 부들부들 두려움에 떨며 "나는 어떡하면 좋은가?" 하고 슬픈 목소리로 외쳤다. 기독교도인 남자는 괴로워하며 멸망의 도시에 있는 자신의 집으로 돌아가 처자식에게 괴로움을 털어놓지만, 아무도 그의 말을 귀담아 듣지 않는다. 가족과 사람들로부터 소외당한 그가 멸망의 도시에서 구원을 받으려면 어떻게 해야 할지 고민하고 있을 때, 한 전도사를 만나게 된다. 전도사는 그에게 "저편에 보이는 눈부신 빛에서 눈을 떼지 말고 똑바로 가면 문이 있을 테니, 그 문을 두드리시오."라고 일러준다. 그 말에 따라 영원한 생명을 찾아 나선 그는, 가족을 버린 채로 등에는 무거운 짐인 죄를 지고 손에는 성경책을 든 채 자신의 고향인 멸망의 도시를 떠나간다.

한편 환상을 보게 된 그의 아내는 남편을 따르기로 결심하고는 아이들과 몇몇의 이웃들과 함께 출발한다. 얼마 안 가 그의 뒤를 쫓아온 그들이 그에게 돌아오라고 애원하지만 그는 "생명, 생명, 영원한 생명!" 하고 외치며 광야 저편으로 도망쳐 버린다.

마침내 언덕 위의 좁은 문에 이른 그가 그곳에서 가르침을 받고 새로운 힘을 얻게 되자, 등에 지고 있던 무거운 죄의 짐이 저절로 땅 밑으로 굴러 떨어진다. 그것 대신 축복과 한 권의 책을 받아든 그는 다시 길을 떠나고 첫 번째 어려움과 만나게 된다. 바로 '곤란의 산'이었다. 그곳을 지나자 악마와 싸워 승리했던 '겸손의 계곡'이 나타나고, 암흑과 고통 및 밑바닥 없는 늪인 '죽음의 그늘 골짜기'를 지나자 그는 독실한 신자와 동행하게 된다.

그러던 중 도착한 '허영의 도시'에서 그들은 사람들에게 회개하라고 전도하다가 체포되어 재판에 회부되기에 이르고, 그곳에서 그와 동행했던 독실한 신자는 죽어 버린다. 이후 탈옥한 그가 거인이 살고 있는 '의혹의 성'에 들어갔다가 다시 체포되자, 그때 나타난 절망자가 그에게 자살을 권한다. 그러나 그는 구원의 열쇠로 탈옥에 성공해 '기쁨의 산'에서 쉬다가 유망(有望)을 알게 되고, 그 둘은 천신만고 끝에 천국의 문 앞에 다다르게 된다. 그곳에서 그들은 "생명의 나무로 가는 권리를 얻기 위해서, 또한 문을 지나 하늘의 도시로 들어가기 위해서, 그 생명을 행하는 자는 행복할지어다."라고 황금 문자로 기록되어 있는 것을 보게 된다.

그곳의 왕이 진리를 지키는 바른 국민이 들어갈 수 있도록 문을 열라고 명령하자, 그들은 마침내 하늘의 도시 안으로 들어가게 된다. 도시는 태양처럼 빛나고 있었고 거리는 황금으로 뒤덮여 있었으며, 많은 사람들이 머리에는 관을 쓰고 손에는 종려나무 가지와 거문고를 들고 있었다.

한편 독실한 기독교도의 아내 크리스티나는 어느 눈부신 아침에 자비라는 아가씨와 함께 아이들을 데리고, 남편의 뒤를 따라 순례의 길을 떠난다. 그러고는 마침내 그녀는 죽음의 강을 건너 천국에 다르게 된다.

■ 해설

영문학 사상 그 문예적 가치에 있어서 걸작의 하나로 손꼽히는 「천로역정」은, 간결한 언어를 구사하면서도 진지한 신앙과 풍부한 인간 관찰을 묘사하여 영국 근대 문학의 선구가 된 작품이다. 이 작품의 원제는 '순례자의 여정(The Pilgrim's Progress)'이었으나 영국의 전도사가 전도를 위해 중국어로 번역한 '천로역정(天路歷程)'으로 더 많이 알려져 있다.

작품 곳곳에 번연의 자전적 요소가 짙게 깔려 있는 「천로역정」은, 작가 자신이 밝히고 있듯이 세밀한 계획이나 조사를 토대로 쓰여진 것이 아니라, 수많은 영감에 의해 자생적으로 쓰여진 작품이다. 또한 이 작품에서는 인간 내면을 깊이 있게 묘사한 서사시적 요소를 발견할 수 있는데, 이는 한 기독교도가 외롭고 험난한 순례길에서 만나는 뜻밖의 장애물과 그것으로부터의 해방 등을 여러 가지 일화에 빗대, 불변의 인간상과 인간 구원의 과정을 그려내고 있기 때문이다. 여기에「천로역정」을 단순한 종교 소설로만 볼 수 없는 이유가 있는 것이다.

전 1, 2부로 나뉘어져 쓰여진 이 작품은 풍자적이면서도 놀라울 만큼 사실적인 필체로 문학적 가치를 더하고 있는데, 이러한 자연스러운 문체 덕분에 영국에서는 성서 다음으로 많이 읽힌 작품이 되었다. 밀턴의「실낙원」과 단테의「신곡」이 천상 및 가상의 세계를 쓴 것과는 대조적으로,「천로역정」은 지상에서 실제로 볼 수 있는 인간의 내면 생활을 작가의 풍부한 체험과 깊은 통찰력, 풍부한 상상력 등을 토대로 묘사하고 있다.

오늘날까지도 시대와 국경을 초월해 사랑받고 있는「천로역정」은, 삶에 용기와 희망을 주고 현실에서 다가오는 모든 고난과 역경에서 진정한 평화가 무엇이며, 삶 속에서 과연 무엇을 추구해야 하는가를, 번연의 피와 땀으로 이루어진 목소리를 통해 제시해 주고 있는 것이다.

춘희(椿姬)

(La Dame aux Camélias, 1848)

알렉상드르 뒤마

"나는 악덕의 사자(使者)는 아니다. 그러나
나는, 고상한 마음씨를 가졌으면서도 불행
할 수밖에 없는 사람들의 기도 소리가 들
리는 곳이면 어디에서든지, 스스로 그 고
결한 불행의 메아리가 되고자 할 뿐이다."

― 「춘희」 중에서.

■ 알렉상드르 뒤마(Alexandre Dumas, 1824~1895)

프랑스의 작가 알렉산드르 뒤마는 「몽테 크리스토 백작」과 「삼 총사」 등으로 잘 알려진 대(大)뒤마의 사생아로, 파리에서 태어났다. 사생아였던 탓에 유년 시절을 우울하게 보내던 뒤마는, 벨기에 출신 어머니의 극진한 보살핌 속에서, 일찍부터 부친의 친구인 문인들과 사귀며 호화로운 청년 시절을 보냈다.

1847년 부친과 함께 스페인, 북아프리카 등지를 여행하고 돌아와 공상적인 소설 「네 여자와 오움」을 발표한 후, 「한 여자의 이야기」(1848)와 창녀인 마리 뒤플레시스를 이상적으로 묘사한 「춘희」(1848)가 대단한 인기를 누리게 되자, 뒤마는 본격적으로 작가가 되기로 결심하고 1851년까지 아홉 권의 소설을 썼다. 이어서 「디 안 드리스」(1851)를 발표한 그는, 1852년에는 「춘희」를 희곡으로 개작해 무대에 올렸다. 이 작품으로 비평가들로부터 ‘19세기 최대의 연극’이라는 칭송을 받게 된 뒤마는, 이때부터 희곡 집필에만 전념했다.

이외에도 그는 상류 사교계를 묘사한 「드미 몽드」(1855)와 「금전 문제」(1857), 「사생아」(1858), 「방탕한 아버지」(1859), 「여성 친구」(1864) 등을 발표했다.

이후에는 학교 시절의 쓰라린 추억을 회상한 「클레망소 사건」(1866)과 아이를 임신하고 버림받는 한 여성의 이야기 「오브레 부인의 생각」(1867)을 출판했다. 이밖에도 그의 작품으로는 「결혼식 참석」(1871), 「클로드의 아내」(1873), 「이국 여인」(1876), 「바그다드의 왕녀」(1881), 「드니즈」(1885) 등이 있다.

1874년 프랑스 한림원 회원으로 활동하기도 한 뒤마는, 여행할 경우를 제외하고는 죽을 때까지 파리를 떠나지 않은 채 창작에만 몰두하다가, 1895년 71세로 파리 근교에서 사망했다.

■ 줄거리

어느 날 거리에서 어떤 고인(故人)의 재산 경매 광고를 보고 호기심이 발동한 작자는 그 집을 찾아가게 된다. 그런데 그 집이 한동안 자신과도 친하게 지낸 적이 있던 마르그리트의 집이었음을 알고는 깜짝 놀라게 된다. 작자는 이미 고인이 된 마르그리트를 추모하는 마음에서 소설 「마농레스코」를 사게 되는데, 우연히도 그 책에는 '아르망'이라는 청년의 서명이 들어 있었다.

그러던 어느 날 실의에 빠진 청년 하나가 작자를 찾아오고, 그가 바로 아르망이었음을 알게 된 작자는 그의 서명이 들어 있던 「마농레스코」를 돌려준다. 그러나 얼마 안 가 아르망은 회한과 절망 때문에 몸져눕게 되고, 어느새 그와 친해진 작자는 그와 마르그리트와의 애절한 사랑 이야기를, 그의 고백을 통해 들으면서 이 소설을 엮어 나간다.

한창 유행하는 멋진 옷들로 몸을 감싼 아가씨들과 멋쟁이 청년들이 끝없이 모여드는 상젤리제에서도 특히 눈에 띄는 한 아가씨가 있었다. 비록 창녀의 몸이긴 했지만 귀부인 같은 고운 기품이 풍겨나는 마르그리트였다. 그녀는 동백꽃을 좋아해 항상 몸에 지니고 다녔기 때문에, 사람들은 그녀를 '춘희(椿姬)'라고 부르고 있었다.

그 무렵 파리에서 유학하고 있던 아르망은 명망 높은 가문에서 자라난 순진한 청년이었다. 아르망은 미모의 마르그리트를 본 순간부터 그녀에게 반해 있었다. 그러던 어느 날 그녀에게 몸이 달아 있던 아르망은 아는 사람을 통해 그녀의 집을 방문하게 된다. 때마침 몸이 안 좋은 그녀가 각혈하는 모습을 지켜보던 아르망은 진심으로 그녀를 걱정해 주고, 그만이 유일하게 자신을 걱정해 주는 것을 느낀 마르그리트 역시, 그에게 순수한 사랑을 느끼게 된다. 이것을 계기로 두 사람은 급속도로 가까워진다.

한편 마르그리트는 몸을 팔면서 여러 백작들과 관계를 맺고 있었는데, 그런 상황에서도 언제나 자신의 영혼을 구원해 줄 청순한 사랑을 고대하고 있었다. 그런 그녀였기에 육체가 아닌 순정과 영혼으로 자신을 사랑하는 아르망에게 그녀 자신도 청순한 사랑을 쏟게 된다. 그러나 그를 사랑하면서도 어쩔 수 없이 몸을 팔아야 하는 그녀의 현실로 인해, 아르망은 갖은 고통과 수모를 당하며 질투심 때문에 갈등하게 된다.

그러던 중 두 사람의 사랑이 아르망 집에 알려지자, 가문의 명예를 중시하는 그의 아버지가 마르그리트에게 아들과 헤어질 것을 간청한다. 심성 착한 마르그리트는 결국 자신의 사랑을 희생하기로 하고 아르망의 곁을 떠난다. 한편 그녀가 떠난 것을 배신으로 오해한 아르망은 한동안 실의의 나날을 보내다가, 복수심에 불타 그녀를 곤란에 빠지게 하기도 한다. 그렇지만 그것으로도 그녀와의 이별을 받아들일 수 없었던 아르망은, 모든 것을 잊기 위해 동양으로의 먼 여행길에 오르게 된다.

그 사이 마르그리트는 아르망에 대한 절절한 사랑과 그에게 받은 오해의 고통 때문에 나날이 쇠약해져 간다. 결국 폐병으로 쓰러진 마르그리트는 아르망의 이름을 부르며 불행한 생을 마감한다. 한편 그녀의 병세가 위독하다는 전갈을 받고 급히 파리로 돌아온 아르망에게 남겨진 것은, 그에 대한 절절한 사랑으로 가득 차 있는 그녀의 수기 한 권뿐이었다. 아르망은 뒤늦게 그녀의 진심 어린 사랑을 깨닫고는 눈물을 흘린다.

■ 해설

「춘희」는 그 당시 파리의 유명한 창녀이면서 뒤마와도 내왕이 있었던, 실재 인물 마리 뒤플레시스를 모델로 해서 쓴 그의 대표작이다. 이 작품에서 뒤마는 여주인공 이름만 다를 뿐, 나머지 작중 인물들은 실재 인물과 이름까지도 똑같이 썼음을 밝히고 있다.

뒤마는 순수하고 애절한 사랑 이야기로 점철되어 있는 이 작품을 통해, 당시의 육체만 있고 영혼은 없는 허세투성이의 부르주아 정신 때문에, 인간 사랑의 순수함과 고귀함을 용납하지 않는 세태를 꼬집고 있는 것이다. 또한 작가 스스로 작품 속에 뛰어들어 마르그리트와 아르망에게 동정을 보내고 순결한 사랑을 옹호하면서, 타락한 인간성의 복권(復權)을 위해 작가가 얼마나 고심하고 있는가를 잘 나타내 주고 있다.

작품 속에서 마르그리트를 육체는 창녀지만 정신은 처녀인 인간으로 묘사하고 있는 뒤마는, 지극한 사랑과 회개를 함으로써 구원받은 막달라 마리아와 그녀를 비교하고 있다. 즉 마르그리트처럼 사회와 인습의 가혹한 처벌을 받는 인간의 존엄성을 회복시켜 구원받게 해야 한다고 주장하고 있는 것이다.

뒤마 자신이 바로 사생아였던 탓도 있지만, 그는 자신의 대부분의 작품에서 부르주아 사회에서의 현실적 모순과 사회악, 그리고 그 편견과 부정 등을 파헤침과 동시에 신랄하게 비판하고 있다. 이로 인해 뒤마는 이상주의적 모럴리스트라고 불리기도 했다.

무엇보다 그가 작품을 통해 전력을 기울였던 것은, 인간성의 타락에 도전함으로써 실추된 인간의 기본권을 회복시키고, 더 나아가 사회 정의를 실현시키는 것이었다.

쿼 바디스
(Quo Vadis, 1896)

H. 시엔키에비치

"주여, 어디로 가시나이까?"
(Quo Vadis, Domine?)

-「쿼 바디스」 중에서.

■ H. 시엔키에비치(Henryk Sienkiewicz, 1846~1916)

폴란드의 소설가 시엔키에비치는 1846년 러시아령 포드리아 지방의 명문 귀족의 아들로 태어났다. 바르샤바 대학에서 법률과 의학을 공부하다가 문학부로 전공을 옮긴 시엔키에비치는 문학과 역사학, 문헌학 등을 배우면서 일찍부터 실증주의적 사회성을 띤 단편을 쓰기 시작했다.

이 무렵 그는 몰락해 가는 구세대에 대한 동정의 시선에서 당시의 사회악을 서정적 필치로 파헤친 「노복(老僕)」과 「하냐」 등을 발표한다. 이어 1876년 미국을 여행하고 돌아온 시엔키에비치는 「악사 앙코」(1879)와 「등대지기」(1882)를 발표해, 작가로서의 입지를 굳히게 된다.

1883년 이후에는 역사 소설에 손을 대어 민족적, 종교적 정열로 국민에게 큰 영향을 미치게 되는데, 이때 폴란드 역사에서 취재한 3부작 「불과 검으로」(1885), 「대홍수」(1886), 「판 볼로드요프스키」(1887)를 출판한다. 이 세 작품은 모두 카자흐와 타티르, 스웨덴, 투르크 등의 침략을 격퇴한 17세기 폴란드의 역사를 소재로 쓴 작품으로, 애국심을 고무하는 극적인 전쟁과 모험 이야기를 그리고 있다. 1896년 자신의 대표작 「쿼 바디스」를 발표한 시엔키에비치는, 이 작품을 통해 세계적 작가의 반열에 올라섬과 동시에 노벨 문학상을 수상하기에 이른다.

그의 역사 소설은 예술가로서의 예리한 분석과 학자로서의 깊이 있는 연구를 포함하고 있는데, 조국 폴란드가 러시아의 손에 넘어가자 시엔키에비치는 자신의 소설을 통해 영웅과 정의의 승

리를 그리는 것을 사명으로 알고 집필에 몰두했다. 제1차 세계대
전이 발발하자 민족 운동의 지도자로 변신한 시엔키에비치는, 스
위스로 망명해 독립 운동의 선봉에 서는 한편 국제 적십자 활동에
도 헌신했다. 그러나 그는 조국 폴란드의 독립을 2년 앞두고 스위
스에서 사망했다.

■ 줄거리

어느 날 네로의 측근인 페트로니우스는, 출정해 있던 조카 비니
키우스의 방문을 받는다. 그로부터 총애를 받고 있던 비니키우스
는, 자신이 기독교도인 리기아를 사랑하고 있다고 고백하면서 그
사랑이 이뤄지게 도와 달라고 페트로니우스에게 간청한다. 기독
교도인 리기아는 리기아족(族)의 아름다운 공주였으나, 로마에 인
질로 잡혀와 노장군 플라우티우스의 양녀가 된 몸이었다.

페트로니우스는 조카의 사랑을 동정하고, 네로가 개최하는 향
연에 리기아를 참석시켜 조카 옆에 앉혀 준다. 향연의 음탕한 분
위기가 무르익자 술에 취한 비니키우스가 리기아에게 강제로 키
스하려는 사건이 벌어진다. 이로 인해 리기아는 그를 경멸하며 기
독교도의 집회소로 달아나 버리고, 비니키우스는 오히려 그녀와
결혼하려는 결심을 굳힌다.

그 무렵 사이비 철학자인 키로 노인이 그에게 접근해 리기아를
잡아주겠노라고 자청한다. 키로 노인은 그로부터 받은 수색 자금
으로 기독교 집회에 참석한 후 리기아의 은신처를 찾아낸다. 이윽

고 비니키우스는 투기사를 대동한 채 성 베드로의 기독교도 집회에 잠입해 리기아를 납치하려 하지만, 리기아의 충복인 우르수스의 방해로 실패하고 만다. 이 와중에 팔이 부러진 비니키우스는 리기아의 정성 어린 간호를 받으며 차츰 기독교에 대해 진심으로 이해하게 된다. 그 사이 비니키우스를 사랑하게 된 리기아는 자신의 사랑이 하나님을 배반하는 것일지도 모른다는 생각 때문에 결국 그의 곁을 떠나고, 리기아가 자취를 감추자 비니키우스는 실의의 나날을 보낸다.

축제가 있던 어느 날 로마는 네로에 의해 불바다가 되어 버리고, 거리를 헤매고 있던 비니키우스는 그곳에서 리기아를 찾아낸 후 베드로에게 세례를 받게 된다. 로마의 화재는 일주일이나 계속되었는데, 몇몇 간신들의 책동으로 이 화재가 기독교도들의 방화라고 알려지게 되자, 로마 시민들은 기독교도들을 모조리 잡아내 사자의 밥으로 만들라고 아우성친다. 마침내 리기아를 포함한 대부분의 기독교도들이 감옥에 갇히게 된다.

기독교도에 대한 대학살이 시작되면서 리가아는 물소의 뿔에 묶인 채 투기장에 모습을 드러낸다. 다행히도 그녀의 충복 우르수스에 의해 그녀는 구출되지만 기독교도에 대한 박해는 계속된다. 그러던 중 기독교도들의 간곡한 권고로 사도 베드로는 로마를 탈출한다. 순교의 피를 흘린 형제와 로마를 버리고 탈출하던 중 베드로는 그리스도와 만나게 되고, 베드로는 그에게 "주여, 어디로 가시나이까?"라고 묻는다. 그리스도로부터 "네가 나의 어린양들을 저버렸으니 나는 또다시 십자가에 못 박히려고 로마로 간다."는 대답을 들은 베드로는 곧바로 로마로 발길을 돌린다.

시간이 흐른 후 비니키우스는 마침내 리기아와 결혼을 하게 되고, 파멸을 자초한 폭군 네로와 함께 로마의 귀족들은 모두 몰락해 버린다.

■ 해설

「쿼 바디스」는 '네로 시대의 이야기'란 부제에서 알 수 있듯이, 로마의 황제 폭군 네로의 기독교도 박해와 대학살을 배경으로 한 종교적 역사 소설로, 1896년 간행된 작품이다. 제명인 '쿼 바디스'는 라틴어로 '주여, 어디로 가시나이까?'란 의미로 사도 베드로가 십자가로 끌려가는 그리스도에게 한 말이다.

작중 인물인 리기아는 폴란드 여성을, 충복 우르수스의 괴력은 폴란드 국민의 힘을 나타내고 있는데, 이 작품을 통해 시엔키에비치는 정의와 진실의 승리를 호소함으로써 박해받는 폴란드 민족의 운명에 희망을 주고 있다. 특히 조국의 광복을 갈망하고 제정 러시아의 학정을 몸서리치게 증오하던 시엔키에비치로서는, 「쿼 바디스」에서 남유럽에 군림한 로마 제국을 러시아에 빗대어 애국 사상을 고취시키고 있는 것이다.

이 작품의 시대적 배경은 서기 1세기경의 로마로 그리스도가 십자가에 못 박혀 죽은 후 사도 베드로와 바울이 로마에서 포교에 힘쓸 때로, 그 무렵 향락과 오만과 포악의 화신 네로 황제의 권력에 저항하는 젊은이의 사랑과 갈등을 그리고 있는 작품이다. 그중 온갖 고난을 이겨내고 마침내 사랑의 결실을 맺어 결혼에 이르는

비니키우스와 리기아는, 헤브라이즘 문화와 기독교 문화의 결합
을 상징하고 있다.

  또한 시엔키에비치는 로마에서 가혹한 박해를 이겨낸 기독교도
의 승리의 주연으로 여주인공 리기아를 슬라브족의 왕녀로 내세
움으로써, 망국의 비운에 젖은 조국 폴란드의 미래를 예언하고 있
다. 이와 더불어 시엔키에비치는 정확한 자료와 풍부한 상상력을
바탕으로, 네로 시대의 로마의 역사적인 숙명을 작품 곳곳에서 보
여 주고 있다.

테스

(Tess of the D′urbervilles, 1891)

토마스 하디

"고기가 필요하면 주마. 그러나 마음만은
절대로 빼앗기지 않는다."

－「테스」 중에서.

■ 토마스 하디(Thomas Hardy, 1840~1928)

영국의 소설가이며 시인인 토마스 하디는 도셋 주의 조그만 마을에서 석공의 아들로 태어났다. 사산(死産)인 줄 알고 산실 한쪽에 버려졌던 핏덩이를 뒤늦게 발견해 생명을 이어가게 된 하디는, 독서광이었던 어머니의 영향을 받아 어려서부터 책과 고독을 사랑하는 아이였다. 한때 목사가 되기를 희망하기도 했던 그는 16세 때 교회 건축가의 제자가 되어, 틈틈이 그리스 비극과 영문학 작품을 탐독하면서 작가의 꿈을 키워 나갔다.

1860년부터 10년 동안 명 건축가인 아더 불룸필드의 조수로 일했던 하디는, 런던으로 상경해 과학적·사회적·문학적 사조에 접할 기회를 갖게 된다. 당시 문단의 대가 G. 메레디스에게 인정받게 된 하디는 그의 권고로 처녀작 「최후의 수단」을 발표하고, 이어서 「녹음 아래에서」(1872), 「푸른 눈동자」(1873) 등을 발표해 작가로서의 지위를 확립함과 동시에 본격적인 문학 활동을 시작한다.

1874년 하디는 약혼 중이던 엠마 기포드와 결혼한 후 고향으로 돌아와 평생을 그곳에서 살면서, 주로 고향 풍물을 묘사하는 작품들을 썼다. '웨섹스 소설'이라고도 불리는 그의 작품들은, 고향인 도셋의 옛 이름 웨섹스(wessex)를 부활시켜, 그곳 안에서만 취재하며 소설을 썼기 때문에 붙여진 이름이다.

매쉬 아놀드, 헨리 제임스, 테니슨, 모리엘 등과 친분을 맺게 된 하디는, 그 무렵 자신의 4대 걸작 중 하나인 「귀향」(1878)과 「캐스터 브릿지의 시장」(1886) 등을 발표한다. 이후 그는 이탈리아를 여행하고 돌아와 자신의 대표작 「테스」(1891)와 「미친한 사람 주드」
(1895)를 발표한다.

1895년을 기점으로 시작(詩作)으로 돌아간 하디는, 시극(詩劇)
「패자(覇者)들」과 독창적이고 다채로운 여러 시집을 출판한 바
있다. 1909년 영국 작가 협회 회장으로 추천돼 근대 영국 문단의
일인자가 된 그는, 행복한 만년을 보내다가 1928년 생을 마감했다.

■ 줄거리

영국의 웨섹스 지방의 조그마한 마을에 사는 테스는, 가난하고
우둔한 농부의 딸로 순진하고 감수성이 예민한 시골 처녀였다. 주
정뱅이에 게으름뱅이인 그녀의 아버지는, 자신이 기사(騎士) 혈통
을 이은 명문 더버빌가(家)의 직계 후손이란 말을 우연히 듣게 된
후부터는 우쭐해진 나머지 술로 세월을 보내고 있었다.

가세가 점점 기울게 되자 아버지는 테스를 더버빌이라 자칭하
는 돈 많은 부인의 집에 하녀로 보낸다. 그곳에서 테스는 그 집의
방탕한 아들 알렉에게 순결을 빼앗기고, 얼마 후 사생아를 낳게
된다. 쏟아지는 사람들의 비난과 조소에도 불구하고 테스는 아기
를 키울 결심을 하지만, 아기는 얼마 안 가 병들어 죽는다. 아기를
잃은 슬픔에 젖어 있던 테스는 그 집을 나와, 낙농장(酪農場)에서
젖 짜는 일을 하며 새 생활을 찾는다.

그러던 중 테스는 엄격한 목사를 부친으로 둔 순진한 농부 엔젤
클레어와 만나게 된다. 커다란 슬픔과 고통을 경험하기는 했으나

아직까지 젊고 아름다웠던 테스는 사랑에 빠지지만, 알렉에게 짓밟힌 자신의 순결 때문에 그의 청혼을 거절한다. 그러나 엔젤의 끈질긴 청혼으로 마침내 두 사람은 결혼을 하게 되고, 첫날밤이 되자 엔젤은 지난날 자신의 방탕했던 일들을 고백하고 그녀에게 용서를 구한다. 결혼하기 전 자신의 과거를 편지로 써서 그에게 알려 주려고 했던 테스도, 비로소 알렉과의 일을 고백하며 엔젤의 용서를 구한다. 그러나 그녀의 예상과는 달리 엔젤은 "당신은 이미 과거의 테스가 아니오."라고 말하며 그녀를 남겨둔 채 브라질로 떠나 버린다.

또다시 버림받게 된 테스는 가난에 쫓기며 눈물겨운 삶을 이어간다. 그 무렵 테스는 우연히 전도사가 된 알렉과 재회하게 되고, 아버지의 죽음으로 더욱 어려워진 친정을 돕기 위해 그의 정부가 된다. 한편 테스를 버리고 떠났던 엔젤은, 점차 테스를 비판하기보다는 이해하려는 쪽으로 자신이 변하고 있음을 깨닫고는, 그녀를 용서하기로 마음먹고 브라질에서 돌아온다. 그러나 그를 기다리고 있는 것은 무정하게 떠나 버린 자신을 용서할 수 없다는 테스의 한 맺힌 편지뿐이었다. 테스를 찾아 헤매던 그는 그녀가 이미 알렉과 함께 살고 있음을 알고는 쓸쓸히 떠나간다.

그후 엔젤이 그녀를 찾아왔던 것을 알게 된 알렉이 심하게 욕설을 퍼부어 대자, 엔젤은 결코 브라질에서 돌아오지 않을 거라는 거짓말로 자신을 속인 알렉에게 테스는 격분한다. 이번에도 자신을 농락한 알렉을 용서할 수 없었던 테스는, 마침내 그를 찔러 죽이고는 엔젤의 뒤를 따른다.

그후 단 1주일 동안이지만 그녀는 엔젤과의 사랑의 도피 행각

속에서 더없는 황홀함과 행복감을 맛본다. 그러나 결국 테스는 그
녀를 추적 중이던 경찰에게 체포되고 만다.

테스의 사형이 집행되던 날, 그녀는 동생인 리자와 엔젤이 슬픔
에 젖어 지켜보는 가운데 사형대에 오른다.

■ 해설

영국 문학 사상 19세기 후반의 대표작 중 하나로 평가되고 있는
「테스」는, 토마스 하디의 대표작으로 그가 소설 창작에서 시로 전
향하기 직전에 쓴 작품이다.

'순결한 여성'이란 부제를 달고 있는 이 작품에서 하디는, 자기
본위인 남성과의 운명의 장난으로 순결했던 여인 테스가 생의 파
탄을 겪는 과정을 묘사하고 있다.

하디의 소설들은 어두운 그림자가 감도는 심각한 작풍(作風)으
로 인해 간혹 좋지 않은 평가를 받기도 하는데, 그 중에서도 특히
「테스」는 당시 무수한 비판을 불러일으켰던 작품이다.

인간을 지배하는 것은 맹목적인 내재 의지라고 생각한 하디는,
테스의 운명에 자신의 사상을 유감없이 구현해 놓고 있는데, 이는
그 맹목적인 내재 의지가 알렉에게 순결을 잃고, 엔젤에게 버림받
고, 끝내는 알렉을 죽이게 되는 세 번의 큰 비극을 경험한 테스의
운명에 작용하고 있는 것이다.

즉 인간은 자신의 의지 여하에도 불구하고 우주를 지배하는 맹
목적 내재 의지에 의해 조종되고 있다는 비판적인 사상과 현실

폭로적인 수법으로, 풍속에 대한 고독한 반향을 내포한 작품이 바로 「테스」이다.

　이러한 작가의 심각한 사상과 깊은 통찰력으로 인해 「테스」는 한편의 감상적인 작품에서 벗어나, 감명 깊고 사회적 가치가 있는 작품으로 자리매김하고 있다. 이와 더불어 흥미로운 스토리와 시적인 향기, 매력적인 인물들로 빈틈없이 짜여진 구성 또한 이 작품의 진가를 더하고 있다.

파우스트
(Faust, 1832)

J. W. 괴테

"착한 인간은 암흑의 충동에 쫓기더라도
결코 올바른 길을 잊지 않는다."

— 「파우스트」 중에서.

■ J. W. 괴테(Johann Wolfgang von Goethe, 1749~1832)

독일 최대의 시인이며 극작가인 요한 볼프강 폰 괴테는, 독일 고전주의의 대표 주자로 1749년 독일의 프랑크푸르트에서 태어났다. 당시 프랑크푸르트의 자유 분방한 분위기는 훗날 괴테의 세계 시민성과 국제주의 정신에 큰 영향을 끼쳤다. 16세 때 라이프치히 대학에서 법률학을 공부하다가 병을 얻게 된 괴테는 그때부터 종교에 마음이 이끌리게 되고, 이 무렵 알게 된 클레텐베르그 부인의 경건주의에 감화되어 범신론적(汎神論的) 경향을 띠게 된다. 1770년 다시 법률 공부를 시작한 괴테는 자신의 문학 인생에 중대한 역할을 하는 J. G. 헤르더와 알게 된다. 신진 비평가로 명성을 떨치던 헤르더는 괴테 내부에 있는 문학적 천재성을 불러일으킨 인물로, 독일의 질풍노도(疾風怒濤) 운동은 헤르더와 괴테의 만남에서 비롯되었다 해도 과언이 아니다.

1771년 변호사 자격을 얻은 괴테는 「젊은 베르테르의 슬픔」(1774)을 발표해 일약 문명을 떨치게 됨과 동시에, 질풍노도 운동의 중심 인물로 활동하게 된다. 1791년 궁전 극장의 총감독으로 임명되면서 실러와 친분을 맺게 된 괴테는, 이때부터 고전주의 연극 활동을 시작한다. 실러와의 우정은 그가 죽을 때까지 지속되었는데, 실러의 깊은 이해에 용기를 얻어 많은 작품을 완성했다.

이외에도 괴테는 지질학 및 광물학 등의 자연 과학 연구에도 몰두했는데, 1784년 간악골(間顎骨)을 발견해 비교 해부학의 선구자가 되기도 했다. 1786년 12년간에 걸친 폰슈타인 부인과의 연애에 종지부를 찍은 괴테는 이탈리아 여행을 떠나게 된다. 이탈리아 여행은 예술가로서의 괴테의 생애에 큰 전환점이 되었고, 고전주의에의 지향을 결정한 계기가 되었다. 이탈리아에서 괴테는 1,000매에 달하는 스케치를 그림과 동시에, 희곡 「타우리스 섬의 이피게니」(1787), 「에그먼트」(1787) 등을 발표한다. 이후에는 「타소」(1789)와 「로마 애가(哀歌)」(1790), 「빌헬름 마이스터의 수업시대」(1795) 등을 출판한 바 있다.

1805년 둘도 없는 친구였던 실러의 죽음으로 정신적 타격을 받은 괴테는 조용한 생활을 하며, 당시의 시대와 사회를 묘사한 「빌헬름 마이스터의 편력시대」(1825)와 「이탈리아 기행」(1829), 그리고 세계 문학의 걸작 중 하나인 한 인간의 생애가 전 인류의 역사에 뒤지지 않는 깊이와 넓이를 지니고 있음을 보여 주는 「파우스트」(1732)를 완성했다. 만년을 고독함 속에서 보냈던 괴테는 자서전 「시와 진실」을 끝으로, 1832년 83세의 일기로 사망했다.

■ 줄거리

천사들에게 둘러싸인 채 지상으로 내려오던 우주의 신과, 민감한 두뇌의 소유자이면서도 이성을 갖고 있지 않은 악마 메피스토펠레스와의 흥정으로 이야기가 전개된다. 메피스토는 인간의 영혼을 유혹해 지옥에 떨어뜨릴 수 있다고 호언장담하고, 우주의 신은 착한 인간은 암흑의 충동에 쫓기어도 결코 올바른 길을 잊지 않는다고 주장하며 내기를 하게 한다. 철학과 신학, 법학, 의학 등 온갖 학문에 정통한 파우스트 박사를 내기 상대로 삼아, 그가 메피스토의 유혹에 넘어가는지를 알아보기로 한 것이다.

창조적 정신을 지닌 파우스트 박사는 오랜 세월 동안 모든 분야의 학문을 섭렵하지만, 지식에서 행복을 찾을 수 없음을 깨닫고 절망하고 있었다. 그는 무기력하고 무가치한 지식보다는 지상의 향락에서 만족을 얻으려 하지만 여의치 않자, 급기야는 자살할 결심을 한다. 이때 학자로 가장한 메피스토가 나타난다. 그는 파우스트가 원하는 지상의 모든 향락을 주는 대가로, 파우스트의 영혼을 자신이 갖게 해달라고 제안한다. 이상주의자인 파우스트는 이 제안을 받아들이기로 하면서 지식에 대한 혐오감을 떨쳐 버릴 수 있게 된 것을 기뻐한다. 계약이 성립되자 메피스토와 파우스트는 세계 편력의 길을 떠난다. 메피스토는 먼저 파우스트에게 젊어지는 약을 먹여 그의 청춘을 되찾게 한다. 젊어진 파우스트는 순진한 소녀 그레첸에게 매혹되어 메피스토에게 그녀를 갖게 해달라고 부탁한다. 메피스토의 유혹에 넘어간 그레첸은 수면제를 먹여 어머니를 죽게 만들고, 그녀의 임신에 격분한 오빠는 파우스트와 결투를 하다가 죽게 된다. 본의 아니게 두 사람의 살인자가 된 파우스트는 산 속으로 피신을 하고, 파우스트와의 사랑 때문에 가족을 잃은 그레첸은 죄책감에 못 이겨 자기가 낳은 아이를 연못에 던져 버린다. 살인죄로 투옥됐다는 그레첸의 소식을 들은 파우스트는 그녀를 구출하려고 메피스토의 힘을 빌리지만, 그레첸은 자신이 지은 죄의 대가를 달게 받겠다며 이를 거절한다.

그레첸을 감옥에 남겨 두고 떠나온 파우스트는 자연의 정령들의 합창 소리를 들으며, 얼마간의 위안을 느낀다. 한편 파우스트가 안식 속에서 새로운 용기를 얻는 것을 지켜보던 메피스토는 파우스트를 데리고 중세 독일 황제의 궁전으로 간다. 메피스토와 파우스트의 도움으로 재정적으로 여유를 갖게 된 황제는, 그리스의 선남선녀인 파리스와 헬레나를 만나고 싶어한다. 이에 메피스토에게 마법의 열쇠를 받아 헬레나를 찾아 나섰던 파우스트는, 그녀의 아름다움에 매료된 채 마법의 열쇠를 놓쳐 버린다.

그리스로 간 파우스트는 메피스토와 작당해 헬레나를 유인하는 데 성공하고 마침내 그녀와의 달콤한 사랑을 즐기게 된다. 그러나 헬레나가 낳은 오이포리온이 장난을 치다 그만 죽게 되자, 그녀 또한 아들을 따라 죽어 버린다. 그리스에서 북방으로 돌아온 파우스트는 사랑의 환락 외에도 위대한 일이 있음을 깨닫고, 인간을 행복하게 하는 것은 타인을 위한 희생적인 활동이라 생각하게 된다. 이어서 그는 황제에게서 하사받은 불모의 토지를 개척하여 이상적인 독립국을 건설하려고 한다. 그러나 일을 무리하게 추진한 나머지 마을에 화재가 일어나자 불만, 죄악, 걱정, 고난의 악령들이 나타나 독기를 뿜어낸다. 그중 걱정의 악령으로 인해 파우스트는 실명을 하게 된다. 그제서야 파우스트는 악마에게 영혼을 판 자신을 후회하지만, 메피스토는 그의 영혼을 뺏기 위해 악령들에게 무덤을 파게 한다. 그 광경을 지켜보던 파우스트는 악령들이 개척 사업을 하는 줄 알고 기뻐하다가, 그만 그 자리에서 쓰러져 죽는다. 메피스토는 그런 파우스트를 비웃으며 시체에서 영혼을 빼내려 한다. 그러나 그때 천사들이 나타나 새빨간 장미꽃을 파우스트의 시체 위에 뿌린다. 그러자 메피스토는 달아나 버리고, 천사들의 합창 소리가 울려 퍼지는 가운데 성모 마리아와 속죄의 여인 그레첸의 영혼이 나타나 파우스트의 영혼을 구해 준다.

16세기 독일의 '파우스트 전설'을 소재로 한 「파우스트」는, 괴테가 오랜 시간 열과 성을 다해 쓴 작품으로 그의 생애가 투영되어 있는 결정체라 할 수 있다. 「파우스트」는 바치는 말, 무대의 서곡(序曲)·천상의 서언(序言), 비극 제1부·제2부로 구성된 방대한 희곡으로, 작품 전체는 크게 두 부분으로 나눠진다.

1부는 천장이 높고 비좁은 고딕식의 서재·거리의 문 앞·지하 극장·마녀의 방·그레첸의 방·우물가·사원들·감옥 등등의 소세계 속에서 사건이 벌어지고, 2부는 1부와는 달리 황제의 성·고대 그리스의 들판·중세 게르만식의 성채·알프스를 연상시키는 산악 지대·광활한 개간지 등등의 대세계를 무대로 전개된다. 이 현저하게 다른 두 세계에 등장하는 주인공 파우스트는, 1부에서는 개성적 인물로, 2부에서는 유형적 인물로 묘사되고 있다.

「파우스트」의 근본 정신은 '어떠한 죄악과 절망 속에서도 선과 희망에 대한 끈질긴 노력이 있는 한 언제나 구원받을 수 있다.'는 것이다. 괴테는 파우스트의 일생을 가장 보편적 인간의 일생으로 상징하고 있는데 파우스트의 학문과 철학, 향락, 번뇌, 노력의 모든 것이 곧 인간의 보편적 과정이며 운명이라 주장하고 있다. 더불어 파우스트와 같은 인간의 보편적 운명을 최후의 구원으로써 마무리한 것만 봐도, 그의 인간에 대한 신뢰와 긍정을 알 수 있다.

지극히 독일적인 작품 「파우스트」는 독일 문학 사상 중에서도, '괴테 시대'라 불리는 가장 다채롭고 변화 많은 시대의 발전적 기념비라 할 수 있다.

폭풍의 언덕
(Wuthering Heights, 1847)

에밀리 브론테

"인간은 결국 자신을 위해 사는 거죠. 조용
하고 인자한 사람이 차라리 거만한 사람
보다 더 이기적일 수도 있는 것입니다."

— 「폭풍의 언덕」 중에서.

■ 에밀리 브론테(Emily Brontë, 1818~1848)

영국의 여류 소설가이며 시인인 에밀리 브론테는 「제인 에어」의 작가 샤로트 브론테의 동생이며 앤 브론테의 언니이다. 일찍 어머니를 여의고 고집 센 아버지와 백모 밑에서 자란 에밀리는 언니들과 함께 싸구려 기숙 학교에 맡겨져, 영양 실조와 결핵에 걸린 두 언니가 그곳에서 사망하는 아픔을 겪었다. 이 기숙 학교에서의 경험은 훗날 샤로트의 대표작 「제인 에어」에 고스란히 담기게 된다.

1842년 샤로트와 함께 벨기에의 브뤼셀로 유학을 떠나 어학 등을 공부하고 돌아온 에밀리는, 1846년 언니 샤로트와 동생 앤과 함께 익명으로 시집 「커러, 엘리스, 악턴 벨」을 출판하지만 별다른 주목을 받지 못했다. 그러나 이 무렵 에밀리는 시편 「죄수」와 「내 영혼은 비겁하지 않노라」(1846) 등을 발표하여 비로소 시인으로서 인정받게 된다. 이후 1847년 엘리스 벨이란 이름으로 그녀의 유일한 소설 「폭풍의 언덕」을 발표하지만, 이 작품 역시 당대에는 별다른 반향을 일으키지 못했다.

섬세하고 연약한 몸에 비해 강한 의지의 소유자였던 에밀리 브론테는, 가족들의 연이은 죽음으로 인해 이때부터 모순된 생활을 하게 되는데, 「폭풍의 언덕」 발표 후 눈에 띄게 건강이 악화되어 정신적으로도 균형을 잃어 가고 있었다. 샤로트와는 달리 평생 결혼하지 않았던 에밀리는 폐병을 앓으며 자신을 학대했는데, 증세가 심해져도 치료를 받지 않았고 간호마저 거절하곤 했다.

결국 그녀는 오빠의 장례식에 참석한 후 독감에 걸려, 1848년

30세의 젊은 나이로 생을 마감했다.

환상에 빠져든 신비주의자이기도 했던 에밀리 브론테는, 여성의 입장에서 빅토리아 도덕에 대한 반발과 강렬한 자아 정신의 존엄성 등을 나타냄으로써, 영문학 사상 독보적인 위치를 차지하고 있는 작가이다.

■ 줄거리

성난 바람이 끊임없이 휘몰아치는 폭풍의 언덕의 주인 언쇼는, 어느 날 빈민가에서 집시족 아이를 한 명 집으로 데려온다. 그는 가족들의 반대에도 불구하고 아이에게 히드클리프라는 이름을 지어 주고, 친자식인 힌들리와 캐서린 이상으로 사랑하며 키운다. 히드클리프보다 일곱 살 위인 힌들리는 처음부터 히드클리프를 적대시하고 사사건건 못살게 군 데 비해, 캐서린은 그런 히드클리프에게 동정을 느끼고 차츰 애정을 갖게 된다.

그러던 중 언쇼가 갑자기 죽게 되자 힌들리는 히드클리프에 대한 반감을 노골적으로 드러낸다. 자신을 하인 이하의 대접을 하는 힌들리의 온갖 학대 속에서도, 히드클리프는 인내심을 지닌 채 새 주인 힌들리의 명령에 복종한다.

그 무렵 캐서린은 우연한 일로 부유한 지주인 린톤가(家)의 아들 에드가와 알게 되고, 그의 사랑을 받게 된다. 그녀는 히드클리프를 사랑하고 있었지만 집에서 하루라도 빨리 벗어나고 싶어 에드가의 청혼을 받아들인다.

때마침 캐서린이 이 사실을 가정부 넬리에게 말하는 것을 듣게 된 히드클리프는, 캐서린에 대한 배신감으로 홀연히 자취를 감춘다. 캐서린은 필사적으로 그를 찾지만 끝내 찾지 못하고 에드가와 결혼한다. 한편 결혼한 후에도 자신의 가족에게마저 험악하게 굴던 힌들리는, 아내가 죽자 성격이 더욱 포악해진다.

소식이 끊긴 지 3년 만에 히드클리프는 교양과 돈을 지닌 말끔한 신사의 모습으로 폭풍의 언덕에 되돌아온다. 그가 돌아오자 캐서린은 남편 에드가의 반대에도 불구하고 히드클리프와 계속 만나게 된다. 그러나 복수심으로 가득 차 있던 히드클리프는 힌들리의 파멸을 부추기며, 사랑하지도 않는 에드가의 누이동생을 유혹하여 결혼하기에 이른다.

그러던 중 남편 에드가와 히드클리프 사이에서 갈등하던 캐서린이 딸 캐디를 낳다가 죽게 된다. 캐서린을 향한 히드클리프의 사랑은 그녀의 무덤을 파헤칠 만큼 광적인 것이었다. 그러나 히드클리프의 아내 이자벨라는 그의 증오에 찬 생활에 더 이상 견딜 수 없어 집을 나오게 되고, 아들 린턴을 낳은 지 얼마 안 가 이자벨라 역시 죽게 된다.

그 무렵 히드클리프의 계획대로 가산을 탕진하고 실의에 빠져 있던 힌들리 또한 죽게 되자, 폭풍의 언덕의 전 재산은 히드클리프의 것이 되지만, 이에 그치지 않고 히드클리프는 린턴가의 재산까지 손에 넣기 위해 자신의 아들과 캐서린의 딸을 결혼시킨다.

얼마 후 딸 캐디에게 온갖 사랑을 쏟으며 조용히 살아온 에드가마저 죽고, 이어서 병약했던 아들인 린턴도 죽게 되자, 양가의 재산은 모두 히드클리프의 소유가 된다.

이제 살아남은 사람은 히드클리프와 그의 며느리 캐디, 그리고 힌들리의 아들뿐이었다. 그제서야 모든 것이 허탈해진 히드클리프는 캐서린의 환영으로 고통받다가 쓸쓸히 죽어 간다. 히드클리프가 죽은 후, 유일하게 남겨진 캐서린의 딸과 힌들리의 아들 사이에 애정이 싹트기 시작하고, 마침내 둘은 결혼에 이른다.

■ 해설

치밀한 구성과 짜임새 있는 문체로, 한 편의 산문시라 일컬어지는「폭풍의 언덕」은, 바이런의 산문시에 나타나 있는 것처럼 악마적 인물 히드클리프의 세밀한 성격 묘사와 격렬한 이야기 전개로, 극적인 소설로 평가받기도 한다.

전편에 흐르는 에밀리 브론테의 풍부한 상상력은, 선악의 피안(彼岸)의 시인인 블레이크와 견줄 만한데, 이야기를 진행하는 방식도 여러 가지로 독특하다.

화자인 린톤가의 집에 세 들어 있던 록우드가, 폭풍의 언덕 저택의 식모인 넬라에게 들은 이야기를 토대로 다시 풀어 나가는 형식을 취하고 있다. 이 때문에 시간의 순서도 자주 바뀌며 사건의 굴절도 한층 심해진다.

서머셋 몸은 이 작품을 두고 다음과 같이 말한 바 있다.

"사랑과 고뇌, 기쁨, 슬픔이 이처럼 그려진 소설을 나는 한 편도 생각해 낼 수가 없다.「폭풍의 언덕」에도 물론 결함은 있지만 그런 것은 조금도 문제가 되지 않는다. 그것은 마치 바람에 쓰러진 나무와 물살에 밀려 내려온 바위가, 미친 듯이 쏟아져 내려오는 고산의 급류를 방해할 수는 있지만 막아낼 수 없는 것과 같다.”

　에밀리 브론테가 남긴 유일한 소설「폭풍의 언덕」은, 서정적인 긴박한 심상과 독자적인 깊이 있는 인생의 해석 등으로 가득 차 있어 독자들에게 순수한 감동을 선사하고 있다.

　유감스럽게도 당대에는 주목받지 못했으나, 1세기가 지난 오늘날에는 셰익스피어의「리어왕」과 멜빌의「백경」에 필적하는 명작으로 평가되고 있다.

　1939년 윌리엄 와일러 감독에 의해 영화화되기도 한「폭풍의 언덕」은 문예 영화의 고전이라 일컬어지기도 한다.

햄릿

(Hamlet, 1601)

윌리엄 셰익스피어

"사느냐 죽느냐, 그것이 문제로다. 가혹한
운명의 화살을 받아도 참고 견딜 것인가,
아니면 밀려드는 재앙을 힘으로 막아 싸
워 없애 버릴 것인가?"

— 「햄릿」 중에서.

■ 윌리엄 셰익스피어(William Shakespeare, 1564~1616)

영국의 시인이며 극작가이자 세계 4대 시성(詩聖) 중 한 명인 윌리엄 셰익스피어는, 1564년 중부 잉글랜드에서 태어났다. 마을의 유지였던 부친 덕분에 유복한 소년 시절을 보내던 셰익스피어는 마을의 문법 학교에서 라틴어와 그리스어를 비롯한 고전 교육을 받았다. 그러나 가세가 기울어져 학업을 중단하게 되자, 18세 때인 1582년 여덟 살 연상인 앤과 결혼해 딸을 낳고 이듬해 쌍둥이 남매를 낳는다.

런던의 극단에 들어가 있던 셰익스피어는 1590년대 초에 이미 배우 겸 극작가로서의 터전을 닦았고, 얼마 안돼 궁내부 장관 소속 극단의 주요 멤버가 된다. 극작가로서의 셰익스피어의 활동기는 1590년부터 1613년까지로, 이 무렵 그는 37편의 희곡과 6편의 시를 발표한다.

작품 활동의 초기에는 습작의 경향과 함께 「헨리 6세」(1592)와 「리처드 3세」(1593) 등의 영국사를 중심으로 한 역사극에 중점을 두었다. 이후 그는 「말괄량이 길들이기」(1594), 「한여름 밤의 꿈」(1596) 등의 낭만 희극을 쓰던 시기를 거쳐, 「로미오와 줄리엣」(1595), 「햄릿」(1601), 「리어왕」(1606), 「맥베스」(1606) 등으로 대변되는 비극 희극을 썼다. 그후 작품 활동의 말기에는 셰익스피어의 화해의 경지를 보여 주는 「겨울밤 이야기」(1611), 「폭풍우」(1612) 등의 이른바 로맨스 극을 집필했다.

1603년 제임스 1세가 왕위에 오르자 성공 대로를 걷던 셰익스피어는 1611년 은퇴한 후, 고향에서 풍족한 생활을 하다가 1616년 자택에서 사망했다.

당대뿐 아니라 만세(萬世)에 통용되는 작가로 인정받는 셰익스피어는 어느 시대를 막론하고 뛰어난 극작가로 평가받고 있으며, 그가 남긴 불후의 명작들은 오늘날까지도 세계 각국에서 자국어로 출판됨과 동시에 무대 위에서도 끊임없이 상연되고 있다.

■ 줄거리

햄릿의 부친인 덴마크의 국왕이 자신의 동생 클로디어스의 함정에 빠져 독살을 당하자, 왕자 햄릿은 인생에 대한 절망감에 사로잡힌다. 게다가 카트루드 왕비는 남편이 죽은 지 한 달도 안 되어 왕위를 계승한 클로디어스와 결혼하게 되고, 햄릿은 그런 어머니와 숙부에 대한 혐오감과 의구심을 갖게 된다.

그러던 중 세상을 떠난 부친의 유령이 햄릿에게 나타나, 자신의 죽음에 대한 전말을 얘기한다. 숙부가 자신을 독살한 범인이므로 그에게 복수할 것과 어머니에 대한 처벌은 하늘에 맡기라고 햄릿에게 당부한 것이었다. 부친에게 복수를 맹세한 햄릿은 그를 따르는 이들에게 비밀을 지킬 것을 명령하고 복수할 기회를 노린다.

그러나 숙부가 좀처럼 틈을 보이지 않자 미치광이처럼 행동하여 숙부를 안심시키려 했던 햄릿은, 재상의 딸이며 애인인 오필리어에게까지 독설을 퍼붓는다. 그러면서도 햄릿은 한편으로 아버지의 유령이 나타난 것은, 자신의 마음을 어지럽히려는 악마의 소행일지도 모른다는 생각에 괴로워한다. 점점 광기를 더해 가는 햄릿을 바라보던 카트루드 왕비는 슬픔에 빠져들지만, 숙부인 클로디어스는 오히려 의혹의 눈초리를 보낸다.

그러던 어느 날 자신의 무능함과 우유부단함을 자책하고 있던 햄릿은, 한 유랑 극단이 궁정에 오게 되자 그들에게 아버지의 살해 장면과 비슷한 내용의 연극을 상연하게 한다. 이 연극을 관람하던 클로디어스는 중지하라는 고함을 치고는 왕비를 데리고 밖으로 나간다. 그러고는 공포와 분노로 가득 찬 채 자신의 방으로 들어가 무릎을 꿇고 참회의 기도를 올리기 시작한다.

왕의 뒤를 따라온 햄릿은 복수를 하기 위해 단도를 꺼내드나, 참회하는 사람을 죽이면 그가 구원받게 될지도 모른다는 생각 때문에, 그곳을 지나쳐 어머니의 방으로 들어간다. 왕비가 연극 때문에 햄릿을 꾸짖자 햄릿은, 어머니가 경솔하게 숙부와 결혼한 것을 책망한다. 이때 커튼 뒤에서 이들의 대화를 엿듣고 있던 오필리어의 아버지 볼로니어스가 인기척을 내자, 햄릿은 그를 숙부로 착각하고 찔러 죽인다.

이 사건으로 인해 햄릿을 더욱 경계하기 시작한 숙부는, 결국 햄릿을 영국으로 추방하고 영국 왕에게 햄릿이 도착하는 즉시 죽이라는 편지를 보낸다. 그 사이 오필리어는 추방당한 햄릿에 대한 실연과 아버지의 죽음 등으로 미쳐 버린 채 강에 빠져 죽는다. 오필리어의 오빠 레어티즈는 아버지가 햄릿에게 살해당했다는 소식을 듣고는 복수심에 불타 프랑스에서 돌아온다.

한편 영국으로 향하던 햄릿은 숙부의 음모를 알아차리고 가까스로 뱃길을 돌려 고국으로 돌아오던 중, 오필리어의 장례식을 목격하고 슬픔에 빠져든다. 이 무렵 햄릿의 귀국을 알고 두려워진

왕은 레어티즈로 하여금 햄릿과 결투를 하게 한다. 왕은 독을 바른 칼을 레어티즈게 주어 햄릿을 살해할 계획을 세우고는, 만에 하나 성공하지 못할 경우를 대비해 독을 넣은 술잔까지 준비해 놓는다. 격렬한 시합이 계속되고 레어티즈가 햄릿에게 상처를 입히지만, 오히려 칼을 빼앗은 햄릿이 그에게 치명상을 입힌다. 이윽고 레어티즈는 왕의 모든 계략을 햄릿에게 고백하고는 숨을 거둔다.

그 사이 왕의 음모를 눈치채지 못했던 왕비는, 햄릿의 승리를 축하하기 위해 건배를 하다가 독주를 마시게 된다. 어머니마저 죽게 되자 햄릿은 마지막 사력을 다해 클로디어스 왕을 찌르고는 그에게 강제로 독주를 마시게 한다.

그러나 자신도 레어티즈의 독검에 찔려 목숨이 위태롭게 된 햄릿은, 친구인 호레이쇼에게 뒷일을 부탁하고 왕위를 노르웨이의 왕자에게 물려주라는 유언을 남긴 채 숨을 거둔다.

■ 해설

「오델로」, 「리어왕」, 「맥베스」와 더불어 셰익스피어의 4대 비극 중 하나인 「햄릿」은, 당시 유행하던 복수 비극의 형태를 취하면서 부왕의 원수를 갚아 국가 질서의 회복을 꾀하지 않으면 안 되었던 지식인 햄릿의 고뇌를 주제로 하고 있다.

19세기 러시아의 문호 투르게네프가 사람의 성격을 우유부단하고 내성적 성격의 '햄릿형'과 그와는 반대인 '돈 키호테형'으로 나

누고 있을 만큼, 이 작품을 통해 '햄릿형' 성격을 창출해 낸 셰익스
피어는, 오필리어와 폴로니어스라는 심리적 인물을 등장시켜 극
을 비극으로 승화시키는 천재적 문학 창작 능력을 발휘하고 있다.
또한 셰익스피어는 주인공 햄릿을 내세워 권력과 음모, 우정과 악
덕, 사랑과 복수 등의 인간의 본질적이고 근원적인 문제에 대해
날카로운 접근을 시도하고 있는 것이다.

그러나 햄릿을 단순히 우유부단한 성격의 소유자라고 볼 수는
없다. 오히려 최근에는 보다 활동적인 인물의 유형으로, 존재에의
깊은 문제점을 가진 인물로 평가되기도 한다.

인간의 근원적 양상과 집요한 인간 구명(究明)의 과정을 확실
하게 부각시키고 있는 「햄릿」은, 철학적 비극이란 점에서 시간과
공간을 초월해 크나큰 감동을 불러일으키는 작품이다. 또한 존경
하는 아버지를 잃은 햄릿의 상실감과 사랑하는 어머니의 도덕적
타락과 인간적인 배신, 그리고 숙부의 가공할 만한 악덕, 혼란한
나라 사정, 오필리어의 죽음, 복수를 하기까지의 처절한 내면적
갈등 등은, 인간의 근원적 의식 세계의 표출이라는 점에서 셰익스
피어의 예술성을 뒷받침해 주고 있는 것이다.

셰익스피어는 이러한 햄릿의 고뇌의 역정을 통해 인간의 심원
한 의식에 충격을 주고, 이어서 상상적 반응을 일으킬 수 있도록
작품 자체에 독창성을 부여하고 있다.

25시(時)

(Vingt—Cinquieme Heure, 1949)

C. V. 게오르규

"죄는 중대하다. 그러나 너에게도 스
잔나에게도 죄는 없다. 국가나 법률
이야말로 책임자다. 신은 국가를 용
서하지 않을 것이다."

－「25시」중에서.

■ C. V. 게오르규(Constantin Virgil Gheorghiu, 1916~1992)

루마니아의 시인이자 소설가이며 신부인 게오르규는, 몰다비아 지방에서 그리스 정교회 사제인 아버지와 어머니 사이에서 태어났다. 어린 시절을 종교적 분위기 속에서 보냈으나 가난 때문에 신학교에 진학하지 못한 게오르규는, 가까스로 관비를 지급받는 왕립 중학교에 진학한다. 그러나 관비만으로는 학비와 생활비를 충당하지 못했던 게오르규는, 그때부터 고학이나 다름없는 공부를 하기 시작한다.

부쿠레슈티와 하이델베르크 대학에서 신학과 철학을 공부하는 한편 신문 기자로 일하던 게오르규는, 그 무렵 유럽의 상징주의 문학에 심취한 채 몇 편의 시를 발표해 문단의 인정을 받게 된다. 이후 그는 1939년 독일 유학에서 돌아와 변호사인 에카트리아와 결혼한다. 그러나 유감스럽게도 결혼한 지 5일 만에 제2차 세계대전이 발발하고, 독일의 동맹국이었던 조국 루마니아의 징집 명령을 받은 게오르규는, 독일 파시스트를 위해 싸운다는 사실에 굴욕감을 느낀다. 얼마 후 루마니아 수상이 파시스트의 손에 암살을 당하자 게오르규는 저항시 「아르만드 칼리네스코」(1939)를 발표해 물의를 빚게 되는데, 그의 시가 게재된 잡지는 압수되어 불태워지기까지 한다.

제대 후 문학에만 전념한 그는 기간 시집 「눈 위의 낙서」(1940)로 루마니아 최고의 영예인 왕국 시인상을 수상한다. 시인으로서 확고한 위치를 굳힌 게오르규는, 이후 루마니아의 외무성 문정관이 되어 「불붙은 드니에스터 강변」(1941)을 발표한다.

　그러나 루마니아가 소련의 점령을 받게 되자 독일로 망명한 게오르규는, 적성국 국민이라는 이유로 2년 동안 포로 수용소에 수감된다. 이때의 경험을 옮긴 것이 그의 대표작 「25시」(1949)이다. 출판되자마자 커다란 반향을 불러일으킨 이 작품은, 게오르규를 일약 세계적 작가의 반열에 올려놓는다.

　이어서 그는 「제2의 찬스」(1952), 「고독한 나그네」(1954), 「기적을 구걸하는 사람」(1958), 「가죽채찍」(1960) 등을 발표한다. 1963년 그리스 정교회로부터 신부 서품을 받은 게오르규는, 루마니아로 돌아가지 않고 파리에서 집필 생활에 몰두하며 자전적 소설 「25시에서 영원의 시간으로」(1965), 「카랄레사의 살인자」(1966), 「여간첩」(1967) 등을 발표한다. 우리 나라에도 여러 번 방한한 바 있는 게오르규는 1992년 파리에서 노환으로 사망했다.

■ 줄거리

　루마니아 태생의 순박한 농부 요한 모리츠는 애인인 스잔나와의 밀회를 그녀의 완고한 아버지에게 들키는 바람에, 자신의 희망이었던 미국행을 포기하게 된다. 집에서 쫓겨난 스잔나를 모리츠는 혼자 둘 수 없었던 것이다. 한 사제의 도움으로 살 집을 마련한 두 사람은 부지런히 일하면서 두 아이를 낳고 행복한 나날을 보내고 있었다.

　그러던 어느 날 스잔나를 남몰래 좋아하고 있던 한 헌병이 그녀에게 유혹의 손길을 뻗치자, 이에 격분한 스잔나가 그를 쫓아내

버린다. 이에 앙심을 품은 헌병은 모리츠를 없애 버리면 스잔나를 차지할 수 있을지도 모른다는 생각에서, 모리츠를 루마니아인이 아닌 유태인으로 서류에 기재해 넣는다.

이 때문에 영문도 모른 채 강제 수용소로 끌려가게 된 모리츠는, 유태인 집단 수용소에서 언젠가는 석방될 것이라는 희망만을 갖은 채 갖은 고통을 견뎌내고 있었다. 그러던 어느 날 모리츠는 스잔나로부터 이혼 신청서를 받게 된다. 배신감과 절망감으로 어쩔 수 없이 이혼장에 서명한 모리츠는, 파리처럼 죽어 가는 유태인들을 보며 탈출을 결심한다. 이윽고 모리츠는 유태인 의사와 함께 헝가리로 탈출하는 데 성공하지만, 헝가리 당국은 그가 적성국가인 루마니아인이라는 이유로 그를 체포한다. 스파이라는 죄목으로 매일같이 고문을 받던 그는, 헝가리 정부에 의해 나치스의 노무자로 독일로 차출된다.

독일의 단추 공장에서 기계처럼 시키는 일만 하던 모리츠는, 공교롭게도 게르만 민족 연구가인 나치스 장교에게 가장 순수한 게르만 영웅족의 표본이라는 판정을 받게 된다. 그 덕분에 노무자 감시병으로 승격된 모리츠는 독일 간호사 힐터와 결혼하고 아이를 낳게 된다. 모처럼 평온한 나날을 보내고 있던 모리츠는 한 프랑스인으로부터, 연합군의 승리가 눈앞에 있으며 프랑스 편을 들어야 처자가 무사할 수 있다는 말을 듣게 된다. 결국 그는 프랑스인들을 도와 탈주를 결행하여 연합군의 점령 지구로 안내된다.

그러나 이곳에서 모리츠는 또다시 적성국인 루마니아인이라는 사실 때문에 연합군의 포로 수용소에 수감된다. 그곳에서 예전에 스잔나와 자신을 도와주었던 사제 코르가와 그의 아들이며 작가인 드라이만과 해후하지만 사제는 곧 죽고, 드라이만은 스스로 죽음의 길을 택한다. 그러던 중 힐터의 어머니로부터 독일이 전쟁에서 패했고 힐터와 살던 집은 불탔으며, 그 자리에서 아이를 껴안고 죽어 있는 힐터의 시체를 발견했다는 한 통의 편지를 받게 된다. 이후 모리츠는 열 다섯 군데의 수용소를 전전하며 지쳐간다.

우연히 한 수용소에서 고향 사람을 만나게 된 모리츠는, 스잔나가 집을 몰수하겠다는 협박 때문에 이혼 신청서에 서명했다는 사실을 알게 된다. 또한 스잔나는 마을을 탈출해 도망치던 중 소련군에게 강간을 당해 소련군의 아이를 낳게 되었다는 것이었다.

마침내 13년 만에 수용소에서 풀려난 모리츠는 루마니아로 돌아가 스잔나를 만나게 된다. 그러나 그는 18시간 만에 또다시 체포될 위기에 몰린다. 결국 그는 이번에는 가족들을 구하기 위해 미군에 지원하게 되고, 수용소 대신 전쟁터에 나가야 할 처지에 놓이게 된다.

■ 해설

게오르규의 대표작이라 할 수 있는 「25시」는 나치스와 볼세비키의 학정 및 현대의 악을 고발한 작품으로, 미·소 양진영의 틈바구니에 낀 약소 민족의 고난과 운명을 묘사한 작품이다.

'25시'란 최후의 시간인 24시 뒤에 오는 시간을 뜻하지만, 이 작품에서는 메시아의 구원으로도 해결할 수 없는 절망과 불안의 시간을 의미하고 있다. 즉 새로운 날의 제1보가 시작되는 오전 1시대신 언제까지나 밤이 계속되는 시간으로, 오늘날 메커니즘의 노예가 된 현대 사회를 바로 이 '25시'에 빗대고 있는 것이다.

이 책이 출판된 직후에는 불안, 절망, 허무 등의 일반적인 뜻으로 '25시'란 말이 유행되기도 했다 한다. 이외에도 게오르규는 절박하고 초조한 시한 속에서도 이 시한의 시간을 극복할 수 있는 길과 내일에의 비전을, 「25시」를 통해 인간 회복의 언어로 제시하고 있다.

1949년 이 소설이 발표되었을 당시는, 철의 장막을 경계로 자유 진영과 공산 진영으로 나뉘어져 항상 전쟁의 위협 속에 노출되어 있던 때였다. 특히 전쟁의 잔학함을 체험한 약소국으로서는 공포에 떨지 않을 수 없는 상황이었다.

그러나 게오르규는 「25시」 속에서 인류 역사상 그 유례를 찾아볼 수 없는 대량 살상과 재난 및 문화재의 소멸을 가져온 제2차 세계대전을 다루면서도, 전쟁의 참화 등에 대해서는 세세한 묘사를 절제하고 있다. 그 대신 인간의 숨겨진 잔학성과 나아가 그러한 부류의 인간에 지배되는 유럽의 메커니즘의 모순과, 장차 그들에게 닥쳐올 비극을 극명하게 파헤치며 고발하고 있는 것이다.

한권으로 읽는 세계명작50선

초판 1쇄 발행 2002년 8월 10일
초판 3쇄 발행 2011년 1월 10일

엮은이 한영미
펴낸이 배태수 ___**펴낸곳** 신라출판사
등 록 1975년 5월 23일 제6-0216호
전 화 02)922-4735 ___**팩 스** 02)922-4736
주 소 동대문구 제기동 1157-3 영진빌딩

ISBN 89-7244-047-7 43800
＊잘못된 책은 구입한 곳에서 바꾸어 드립니다.